六舟 著

梦裏有几朵花儿在开

中国文联出版社
http://www.clapnet.cn

图书在版编目（CIP）数据

梦里 有几朵花儿在开 / 王兴舟著. -- 北京：中国文联出版社，2020.12
ISBN 978-7-5190-4499-2

Ⅰ．①梦… Ⅱ．①王… Ⅲ．①散文集－中国－当代Ⅳ．①I267

中国版本图书馆 CIP 数据核字(2021)第 011415 号

梦里 有几朵花儿在开

著　　者：	王兴舟			
终 审 人：	姚莲瑞		复 审 人：	周小丽
责任编辑：	王东升　徐国华		责任校对：	鹿　丹　田宝维
封面设计：	刘子英		责任印制：	陈　晨

出版发行：中国文联出版社

地　　址：北京市朝阳区农展馆南里 10 号，100125

电　　话：010-85923032（咨询）85923000（编务）85923020（邮购）

传　　真：010-85923000（总编室）　010-85923020（发行部）

网　　址：http://www.clapnet.cn

E - mail：clap@clapnet.cn　　xugh@clapnet.cn

印　　刷：天津旭丰源印刷有限公司

装　　订：天津旭丰源印刷有限公司

本书如有破损、缺页、装订错误，请与本社联系调换

开　　本：880×1230		1/32	
字　　数：230 千字		印　张：11.75	
版　　次：2020 年 12 月第 1 版		印　次：2023 年 4 月第 3 次印刷	
书　　号：ISBN 978-7-5190-4499-2			
定　　价：73.00 元			

序 言

徐 可

散文最宝贵的品质是什么？

是真。

散文之真，在于内容真实。内容真实，就是不编造，不虚构，基本事实要真实。当然这不是要求散文必须亦步亦趋地复述生活，那是新闻报道而不是文学创作。

散文之真，在于态度真诚。为人要真诚，为文同样如此。要敬畏文字，敬畏读者，用心写作，用真诚的态度写作，用真诚的态度对待读者。就像巴金先生说的，要"把心交给读者"。

序
言

散文之真，在于感情真挚。要带着真情写作，要表达自己的真情实感，而不是虚情假意。散文创作是一种侧重于表达内心体验和抒发内心情感的文学样式，它主要是以从内心深处迸发出来的真情实感打动读者。当然，这种真情实感要以文学的方式表达出来。要内敛、节制、引而不发。

总之，真实是散文的生命，感情是散文的灵魂。

近年来，关于散文的说法很多，关于散文的探索也很多。这是好事。但是，不管这说法那说法，不管怎么探索，散文的真实性原则不容动摇。散文的写法有很多种，但是无论怎么写都不能丢掉真实性这个原则。散文必须以真面目面对读者，容不得一丝一毫的虚伪。在真实的前提下，才谈得到散文的创新。

捧读王兴舟的散文集《梦里 有几朵花儿在开》，给我的突出感受，就是一个"真"字。内容真实，态度真诚，感情真挚。在这一点上，王兴舟的头脑是很清楚、态度是很明确的："这些写作的文字都是忠实于内心，皆为真情表白，实事记录，原始收藏。"(《太行风土小记》后记)

读王兴舟的散文，一股清新之气扑面而来。

这是古村的气息。离开故乡三十多年了，然而故乡的小山村却常在作者梦里浮现。关于故乡的种种情形已陌生了许多，但有一个地方却是作者特别怀念的，那就是村庙。作者曾经在这里度过五年的小学时光，在这里爬过树，演过戏，吃过野草莓，留下了许多回忆。(《村庙》)藏在山坳里的佛堂村，酷似福建南靖土楼，危岩深涧，奇花异草，风光独特，极尽雄伟和壮丽，蕴涵着美妙与禅意，古风古韵，古色古香，连门上挂的都是明清时代的铁制老锁，仿佛是被世人遗忘的角落。(《佛堂》)故乡是一个人的精神栖息地，无论离开多久，无论离开多远，它总在你心灵最深处，终生难忘。兴舟满怀深情回望故乡，书写故乡，他的文字勾起我们对故乡的回忆，尽管我们的故乡不同，但相同的是浓得化不开的乡愁。

这是大山的气味。王兴舟热爱家乡，热爱家乡的山山水水。他用真诚而诗意的笔触，描摹着家乡的山山水水，记录下自己的点滴感受。寺上是夹在太行山缝里的一个千年古村，"我们"在山里漫游，偶然才发现这座小得不能再小的古村。村庄小而宁静，有几分古朴，几分典雅，又颇有几分神秘色彩，仿佛现实版的世外桃源，而《寺上古事》则仿佛现代版的《桃花源记》。作者喜欢大山，一有时间就在山里转悠，随时记下所见所闻所思，让我们有幸欣赏到深山里的景致。书中这样的篇幅太多了，印象最深的是《林虑山记》。这篇散文从山势、山路、山居、山炊、山茶、山雨、喊山、山色等各个角度，把一座大山立体地呈现在我们面前，让我们全方位地领略了这座大山的无穷魅力。

当然，仅仅有真实的内容、真诚的态度、真挚的情感，还不足以成就一篇好散文。好的散文，需有足够的才华、精巧的构思、优美的语言；如果以更高的标准，还要有深邃的思想、高蹈的见识，达到"深远如哲学之天地，高华如艺术之境界"（董桥语）。王兴舟的散文，大多篇幅精短，语言凝练，冲淡平和，令人回味，有明清小品的味道。他的散文，多为千字文，短的只有寥寥数百言，小巧精致，就像山水小品一样。这在长文泛滥、以长为美的今天，不失为一个有力有益的修正。看得出，他的散文受中国古典散文影响很大。尤其是其语言，典雅精致，美而不俗，显示出较深的文言功底。他喜用短句，间以长句，长短错落有致，读来有一种独特的韵律美。"村之四周尽山，山耸如墙，村镶山隙，云影绕屋，缥缈若仙，天山竟成一色，山水共其绿色。有溪忽自巅来，潺潺而有其声，叮咚成韵，汩汩如歌，遇岩即成瀑，逢坑便是潭，水流四处，任意东西。"（《小碾村》）"恍恍然，时光不居，回城早有些时日，飘飘然，久思成梦，忽觉我已久居山里，居草房，履草鞋，踏石路，捋云雾，俨然山人扮相，披蓑戴笠，荷锄牵牛，正踏着斜阳归来呢！"（《刁公岩记》）"村小如龛，镶在崖间，溪过崖下，人居崖上，四周山高如墙，争高直指，峰峦叠嶂。民房随山势而建，错落有致，层次成景，墙高数丈，屋悬欲倾。满山是石，石皆为景，石砌的路肩、地围、街巷、阶梯、石磨、石碾，就别说石凳、石桌、石房、石楼了，逶迤相连，俨然古堡。"（《石大沟记》）这样的文字，在王兴舟的散文中比比皆是，让人品之再三，齿颊留香。正像他形容太行山山民说话那样："语有节奏，话多和韵，低沉平缓，音轻调长，如诗如歌，宛若山谣小调。"（《太行寻巅记》）

王兴舟的散文，有正气、有才气、有灵气、接地气，给人以美好的享受和灵魂的熏陶。如同山间的野花一样，不要人夸颜色好，自有清气在人间。现在，他的散文集《梦里 有几朵花儿在开》即将出版，我写下这点读后感受，权代贺词吧。

2019 年 1 月 28 日

北京三清居

（作者徐可 鲁迅文学院常务副院长、著名散文家）

沉静的外表 涌泉的文思

——关于王兴舟与他的散文

石 英

对于王兴舟的散文，前几年我也写过文章，谈了我的印象，但现在看来还是相当不够。一是因为他这几年又发表了不少新作，有的我也读到了；二是因为就他的作品成就而言，也不是一两篇短文能够说透的，实在有深加探索、仔细品味之必要。

我所接触的王兴舟，是一位话语不多但显然极具内秀的人，更是一位不事张扬但文化底蕴相当丰厚的散文家。我觉得对于一个真正的作家，尤其是散文家来说，这一点是极其重要的。之所以兴舟同志近年的散文创作一直处于坚劲沉挚、更见厚重的态势，原因之一就是他的生活积累和知识资源相当丰实渊博，呈现出一种挖也挖不尽，而且愈挖愈见真金的状况。因此，我们有理由这样认为：这位作家的心灵是一座"富矿"。

　　不仅如此，他的丰厚积累（生活素材和知识储存）贵在能够做到很好的"化"。也就是说，他显然忌讳堆砌知识板块，也耻于卖弄生活。他忠于生活，善用生活素材。同样，他使用知识力求严谨准确，又善于溶解知识，使之活泼灵动，与严谨的文字和谐相融，妙语连珠，但又自然贴切，似溪流溢出山体，澄澈可爱。

　　这位作家显然读书很多，却从来不去呆板地博引，而是以此为引子，启动内心日常思考的问题，当真正成为他从心眼里认定的见解时，才以那种清隽纯美风格的语言加以表达。我特别注意到，他的散文中有时也引用古典诗文，但从来不像我们看到的某种做法那样：一篇散文基本上由引用的古典诗文组成，只以本人少量文字加以连缀。兴舟同志绝不采取这样偷懒和"借用"之法。他少量的引用分明是点到为止，看来只是起到"点睛"与印证的作用即可。因此，他的这类散文读起来很舒服。这位从不夸夸其谈的作家曾经说过这样一句朴素的话："要学习古人和今人一切好的东西，但本人的文章永远都直当是自己的，是从自己的心里流出来的。"

兴舟的散文，大致可归结为两大部类。一类是充满生活气息的抒情美文，一类是富含思辨意味或知识趣味的随笔性散文。我不想评判这两类散文的高下轩轾，因为它们各有特色，都有相当高的水平——作者创作态度的认真是一以贯之的，写哪类散文也绝不马虎从事。我也不想建议作者应向哪一类散文倾斜，只能是依作者当时的感情意向和需求而运笔。何况他本来就具备"几支笔"，能够驾轻就熟地写出路数有异却质地坚实的散文作品。他的抒情美文取材也是多方面的。家乡的山川土地、民俗风情无疑是这位作家的至爱。从大的方面说，这是他创作生命的基因，溪流如血脉浸润着他的肺腑，山野的空气洗涤着他的灵魂。他的许多散文作品都有不能误认的乡情印记。从一定意义上说，他的美文之所以那么不同寻常，就是从家乡变幻无穷的彩云中"拧"出来的神韵，乃至熟悉家乡大自然的味道："不论在什么季节，都能把春天的味道喝出来。"其情感之真之深，可谓达到了极致，但又不仅限于自己的家乡。他的胸怀绝不褊狭，而是视野广阔、情泽千里，这在兴舟的散文中同样表现得十分鲜明。凡祖国山川田畴，不论南北西东，步履所至，皆留其踪在；凡中华历史上的杰出人物，也无不竭诚拜谒，思慕先贤盛德，启己躬行。观桂南通灵峡，深悟何谓雄、险、幽、奇、绝、柔、美于一体；瞻闽南李贽故居，则在这所小院里感受四百多年前的一位寂寞而杰出的思想家不泯的光芒。不以院小而鄙陋，不以门低而屈膝，古今同理也。

当然，作为文学作品，尤其是散文，毕竟还是要在语言文字表达上见功夫的。说到此，这牌正打到兴舟同志手上了。真的，许多文友和经手他文稿的编辑几乎都公认他的语言文字是有优势的。他曾经在自己的著作中透露：少时深受杨朔散文的"影响"，"也向往于孙犁先生的恬静，也心喜周作人先生的闲适"，还羡慕张中行等先生的书卷气，但还是形成了他自己在散文创作上的简练与厚美，尤其是耐得咀嚼的语言表达方式。印在纸上的文字是彰显在读者眼前的，而作者大脑中的思维构成是外人看不见的。其实，当年有的语言学著作就认为"语言即思维"，甚至干脆认为思维就是"内部语言"。如果这种观点能够成立的话，那么作家王兴舟外表沉静而"内部语言"却是非常活跃的。他的"纯"文学性思维丰富多情，绚烂多彩："满山的枫树、黄栌、柿树等经霜之后，漫山如火如荼，鲜红的、猩红的、粉红的、铁红的、橘红的……交织在一起，红晕成片，渲染得淋漓尽致，像湖水一般，把小小的山村淹没在红色的海洋中。这时的故乡一点也不内敛，张扬着秋景的奢华；秋空也格外地清新和明朗，像浸洗过一般纯净又湛蓝。天地辉映，五彩缤纷，景色十分醉人！"（《故乡的秋思》）可见，外表沉静寡言，内部的"岩浆"一旦喷发，往往是更有力度、更具感染力。

尽管如此，这位作家的性格在一定时段也会影响他的"文运"。作为一个自幼酷爱文学、有道德有信念的作家，兴舟同志所奉行的是正直地做人、认真地写作，自自然然地发表作品。除此之外，没有更多的"宣传效应"，更不可能去进行什么炒作与包装。这些都是对的，是应当坚守的做人为文的准则。然而，我觉得在正常范围之内，以合适的方式，让更多的读者了解在京广交通大干线的必经之地，著名的甲骨文和红旗渠的故乡，有一位正当盛年、能写一手好散文的作家，是颇应给予更多关注的，使他那篇篇好文字，如片片甲骨，诠释着那片土地上发生的奇迹与惊喜，又如红旗渠水，更多地润泽读者的心田，为中华的文化园林增添几株常青树，以滋益后来者，岂不善乎？

（作者石英　人民日报社高级编审　中国散文学会名誉会长）

目录

古村，仍飘着那些记忆

村 庙

　　我离开故乡四十年了，关于故乡的种种情形已陌生了好多，因此对于故乡的事情也有点淡漠了。但有个地方，我是特别怀念的，那就是村庙，它曾做过学校，承载过我五年的小学时光，还因为模糊的童爱，常常勾起我有趣的想象。

　　村庙原是在村头，庙门前有个大戏台，现在被围在了村子中央，我记事的时候庙已是学校了，用一个破犁铧做课钟，声响有点沉闷，很像深山古寺里的木鱼声。据曾存的碑文记载，这个庙始建于明嘉靖四年，以后分别在明末、清中期和民国初年大修了三次，属典型的北方四合大院，庙堂高大宽敞，做过复合班的教室。族长三爷说："村庙青石台基，方砖墁地，圆木檐柱，飞龙彩绘，古柏森森，是方圆几十里的古刹圣地，香火旺极一时。"我第一次进庙门已是"文革"中期了，庙里光秃秃的，一片狼藉，院里还散堆着"破四旧"留下来的砖雕和神物，庙院里只有一棵溜光的杏树，供学生上下攀缘作乐。南墙边长满野草莓，红红的，吃起来有点苦涩。庙的东南角有一间小殿堂，高高的台阶之上是校长的办公室，门侧的墙上镶块石碑，是同治三年的，记载着村庙的历史。还有几首古诗，当时读不懂，现在也想不起来了。前些日子，嘱少时的同学拓来一份，但已不是儿时看到的那块石碑上的文字了，字里行间也不完整："寒山树影，山雨看村，微风鸣蝉，万事遂宁……"这些文字现在读来还觉得很美，隐隐见其静幽，品而知其朴雅，思而晓之美妙，只是这么多年故乡的少儿以此碑作滑梯，玩游戏，字迹都磨得模糊不清，实在是难以辨认了。

我们在村庙上学时，老师和村干部常常组织我们这些小学生排演一些应时的小戏，有的扮长幼，也有的演夫妻。戏后扮长辈的总是摆谱沾光，俨然有长辈的矜持和威风；演夫妻的往往被高年级的大同学调侃，指定为"婚"，时间长了，做同学也生分起来。我忘记了是什么时候，与我的那位舞台上的"妻"开始陌生起来，从小学到初中，上高中我到县城里去了，这些年来都一直这样羞涩着，四十多年过去了，我在闲读时隐约还能触动那份青涩，偶尔还会浮现少时那两小"有"猜的场景和情节，想来仍有几分的情趣，这些追忆常引起我很多很乱的感慨来。最近几年返乡，偶尔碰到她几次，只是隔路相望，也没搭过腔。她的子女都已婚嫁了，听说她都成祖母辈的人了。时光流逝，童年的一切都已成了村里老宅上斑驳欲落的墙土，陈旧得不像样。但村庙里的童心童真童事童趣，今天想来仍是这般的天真与温馨！

不知什么时候，学校从村庙里搬出，村庙经过翻修，又回归成了村庙，只是新修的村庙，极似普通的民宅，无石雕砖雕缠花、重翘重昂斗拱，无琉璃瓦盖顶、吻兽陶鸟衔云，不像是神圣的殿堂，看上去确是少了许许多多的古朴和威严，但却平添了不少世俗的气息和生活的趣味，各路神仙从神坛走向了民间，与百姓贴得更近了。庙堂上供着佛祖、孔圣人和太上老君，侧堂还供着关帝和几尊神像，也有远祖的塑像，这既体现村人信仰上的兼容，又体现诸神之间的和谐，还表达了村人虔诚的宗教情怀和善良的处世哲学。村人或在节日节气，或有家事国事，都要去燃香祈福。村里的老年人无事时也爱到庙里谈天说地，搞些文艺和健身活动。

在外漂泊多年，虽然创伤和幽怨颇多，说过很多感伤的话，写过很多哀怨的诗，画过很多寂寞的画，哼过很多忧郁的歌，走过很多孤独的路，说实在的对眼前的繁华和名利，我早已感到虚无与厌倦了，在夜读时我也会偶尔参透一些道理，很多是与生俱来的，机遇总是偶然的，命运才是最强的。因为从骨子里，我始终还是一个山里人，与周围的包括物质上和精神上的很多东西还是格格不入的，在那样的环境里，生命俨然只剩下一个空壳，心田如漠，什么有生命力的植物都很难长出来，于是乡愁一来，总是感到没着没落，神魂开始飘荡，生命始终处于流浪状态，即便是朝着大山，朝着故乡，策马飞奔，倾心相扑，反而觉得与大山与故乡离得越来越远了。但在这修葺一新的村庙里拜谒，又忽然觉得自己的根原来就在这里，而且扎了那么久，这么深，于是关于自己过去和将来的一切顺逆和荣辱，我都视之如轻风漫吹，随着庙前山上的那抹正在绚丽着的晚霞，灿烂过后，消逝得无影无踪……

刁公岩记

谷雨天有雨，润酥了万物，但余寒犹厉。春雨冻风，不利远行，欲出不得，便局促窄书隅里，展书闲读，作驰想状。

四月二十二日，周六闲暇多，雨后天晴，空气清新，偕老友四枚，沿翟阳公路南去，出东姚盆地，进入了一片山国石乡，至山巅下拐，便是刁公岩。这是一个因修建盘石头水库移民后的废村，残垣断壁，瓦砾乱石，一派墟景。此处高山陡坡，山路蜿蜒，村缀山麓河畔，依山而峒，临河而弯，自然弯拢成"C"字状，古堡谓也。此时看山，高柳粗桐绿杨拔地而长，地微土厚岸弯俏然成景，石笋石峰石坡恍若图画，山禽山兽山鸟满山撒欢，绿草荒荆山花披坡成锦。山是太行的山，绵延八百里，巍峨见其雄；河是淇河的河，淙淙几千载，鳞浪涟漪，皆是诗篇，浩浩乎烟波渺渺，晶晶然如镜新开，盈盈者潋滟漫岸。山峦为春意所染，烂漫如诗，淇河让东风漾波，涛声若歌，树木绿而始萌芽，山花开而未盛，禾苗生而未长，只有蒲公英和荠菜遍地吐蕊，香椿芽到处飘香。废村绝人迹，葳蕤茂荒山，连过去踏成流光的山阶山路，也长满了草，山兽见人不惊，鸟雀临人不惧，游人自娱，鸟兽自乐，各有各的世界，悠然各有其得，皆呈谐趣之象，亦有共处之妙，陶然如桃源，逍遥若仙境，令人乐而忘返，不思归乡！

　　入山既久，未见人影，欲问村故，满山尽风。自古小村一条道，出必复故道而行，攀至山巅，方遇飘髯长者，问询二三，方知此村已被人买下，植树播草，荒山渐绿。问买者何人？老者指踏云而来之人，谁知竟是少时同学郝君，相见拍肩捶胸亲热一番，然后相约日后在此结庐山居，享受一下山村生活！

　　恍恍然，时光不居，回城早有些时日，飘飘然，久思成梦，忽觉我已久居山里，居草房，履草鞋，踏石路，挦云雾，俨然山人扮相，披蓑戴笠，荷锄牵牛，正踏着斜阳归来呢！

风雪西井山

　　刚进十一月的第二天，秋色正浓呢，西井山就下起今年的第一场雪。西井山山高路陡，秋色迷人，方圆百里都泛滥着彩色的海洋，只要一脚踏进，便被镶进画中。因此，这场早到的雪，给人众多的想象和惊奇！

　　我的朋友随缘和林中漫步是著名的摄影家，山水领略无数，风景赏过万千，荐称西井山是他们开辟的最美摄影地，可谓艳压众芳，雄中见秀。我信其言，随其行，在雪后的早晨便随他们上西井山去了。从林州市区到西井山约五十公里，除了普通山路外，还有九层十八折六十二道弯的折叠公路，恍若天空撒下来绳索，随意折叠在山上。

　　西井山是个小山村，悬在豫晋交界处的太行山巅，属山西省平顺县虹梯关乡，即使在山区平顺，也是最偏

008

远的地方了，海拔在一千四百米以上，十二个自然村分别挂在相隔不远的五座山峰上，危峭而神秘。西井山，是太行山里保留着浓郁山乡风俗风情的原生态古村，由于地处偏僻，交通不便，地势险要，别说游客了，亲友之间也少有来往，在太行大峡谷旅游火红的今天，真是一个养在深闺人未识的世外桃源。村里的民居均为浑石到底的纯石建筑，危立崖边，墙高数丈，类如城堡，形似石雕，石墙石瓦，石门石窗，了无杂色。房前屋后，村左庄右，都是成片的黄栌、杏梨、枫柿、银杏和山楂等，经霜一染，红黄成片与古朴的山居相映，山、村、屋、树、草和谐成图，那种美超过人们的想象，妙不可言，成为别具一格的风景。村里还有几条青石板铺的街巷，古庙、风蚀后的石岩、奇形怪状的古树、众多的石雕木雕……行走其间犹如穿行在古老文化的脉络里，随处都挂着感人的传说和令人叫绝的景观，令人伸手可得，惊艳不已。

跟着随缘和林中漫步上山野游，一点也不枯燥寂寞，他们不但涉险寻趣，选景独到，摄影技术精湛，而且懂气象物候、花卉植物、地质地理，还对沿途各个村寨、岩石、树木、洞穴、山径小道、风土人情、传说故事都了如指掌，娓娓道来，如数家珍，听之神奇美妙，如坠仙境一般。我也用手机边拍照、边赏景，把学知增识与一路清幽华丽、怡静迷人的风景拌在一起，慢慢细品，不但没有疲累之态，还享受到难得的艺术浸染。

在山下起程时还是细雨霏霏，坐着随缘的"战车"，忽上忽下忽明忽暗忽云忽雾忽风忽雨地盘旋跃升攻上太行山巅时，西井山已是大雪纷飞白茫茫一片了。林中漫步在一个山弯处看到只有一户人家的小山村，笑称是自己的"堡垒户"，远远喊了一声过去，就把午饭靠好了，片刻便看到炊烟在雪雾里袅袅升起……

我站在这家山民门前的石径上，脚下就是很深的悬崖，向远处看去纷纷扬扬的雪花从沟底飘扬而上，像万千白蝴蝶，轻轻地、柔柔地在天空翩翩若舞。我独步山径小道，静静地聆听着这来自上苍的天籁之音。雪落的声音给人异样的感受，让我感到身躯内各个器官都灵动起来，产生了通感，仿佛能够听到雪花在空中的窃窃私语和落地时碰撞拥挤的响声，那么清晰和美妙，这些奇特的音韵让我心生激动。晚秋盛装未卸，因而山里还是绚丽繁华的。

随缘和林中漫步拎着相机满山奔跑，想捕捉雪中秋景的神妙，我远远地看着他们红红的衣服像红叶一样，在山坡上飘来飘去，让我想起韩愈的那句诗"白雪却嫌春色晚，故穿庭树作飞花"，他们是否嫌秋色疏落，也去扮作一道景观呢。这时山里的风刮得满山的白雪像沙尘暴一般辄起辄落，旋起冲天的雪柱，听随缘说，这现象在当地叫"白毛风"，风大时方圆十里都被搅在其中，不辨东西南北。风一吹，给山野披上一件银白色的盛装，雪里的果树、红叶、黄叶……凡是繁华灿烂的景象在雪野里似乎还能辨得清，给这苍莽的山野点缀了生命的亮色。

天寒冷，雪纷扬。我坐在农家的小石房里，主人给我端来燃得正旺的炭火。我一个人坐在这雪花吻满的窗下，听着雪落的声音，随便拿起小桌上一本初中旧课本闲翻，忽然想到要是有闲趣闲暇闲书时，我一定要选择在大雪纷飞的日子，到山上蜷缩在这温暖的小石屋，点一盏袅袅的青灯，备一碟小菜，拿一瓶烧酒，啜着热气腾腾的清茶，哼着跑调的小曲看书写诗，在自己的城堡里一个人孤零零地来去，看如蝶乱舞的雪花，赏将落未落的红叶，怜独挂枝头的孤果，让自己一切的苦恼和烦愁都被雪着了色，融汇在那片辽阔苍凉的静默中。

其实，每年的冬天都会有种种的想法，只是今年在这秋色尚浓时节，逢着突如其来的雪，让我萌生了许许多多的感叹。岁月的痕迹，像冻裂的皮肤，早已挂在脸上，只是青春的思绪仍浮在心头，我终于知道自己的心事已不会如雪花般洁白轻盈，现在已沉重得污浊不堪，很多事情除了无可奈何，就是力不从心了，只是谁会知道我此刻如雪的心事呢？

我正在冥想当中，屋门忽被推开，寒风裹着飞扬的雪花扑面而来，落在地上的炭盆里不见了。随缘和林中漫步像被粉饰玉雕了一番，浑身是雪，连眉毛、胡须都满缀了雪，已经很难辨清他们的脸庞了，不知怎么我忽然有"风雪夜归人"的感觉，想到这里我不由得心头涌上一股暖流来。听他们围着炭火讲拍摄的惊喜和收获，我又恍若坠入一个童话的世界，满是新奇和憧憬。是啊，美妙只是一瞬间的感觉，阳光一缕，狂风散吹，华美落幕，一切就只能空留遗憾了。

午饭后，雪越下越大，推开小屋门时地上已是厚厚一层了，主人提醒我们要快些下山，不然大雪封山，是很难下去的。当我们离开时，主人一家老少四五口人把我们送到村头，反复地叮嘱路上要小心，在雪里不停地挥手告别。随缘开着车下山，在车里可着嗓子吼歌，山里的回音一声接一声传入耳，心里的暖意便一点点升起了。

雪花不时从车窗飘进来，我感到惬意又欣慰，能与心仪的人一起品味上天馈赠的今年第一场雪，曾经的那些烦愁和茫然，全部被雪严严实实地覆盖了，只剩下一些回味萦绕在心头，陪着寂寞不肯离开，一声惊喜，一点纷乱，一缕情怀，一段记忆……于是，我追逐着这飘飞的雪花，想着这仍在飘飞的往事，写下这也会飘飞的梦……

佛　堂

　　山村与人一样，有奢华，也有简朴；有热闹，也有寂寞。在山西平顺县境内的太行山上，有条新修不久的公路，蜿蜒在山巅，名曰太行天路。沿着这条山路，过了西井山，到了一个叫庄果上的小村，忽见一条新路绕在崖边，继续前行，路的尽头就是佛堂村。早就听朝方兄说过有浓浓禅意的佛堂的种种绝妙，所以长期以来一直对它心向往之，得巧今天偶遇，也算与它有缘了。

　　佛堂村被挤在一个很深的山坳里，四周峰峦层层围裹，云涛翻滚，这使我想起吴均《与宋元思书》中的那句名言："夹岸高山，皆生寒树，负势竞上，互相轩邈，争高直指，千百成峰。"我以为简直就是为佛堂村而写的。这里天地共色，恬淡自然，山云聚散，恍若仙间。从山下到佛堂村要走一百多里路，路险山峻，危岩深涧，奇花异草，风光独特，极尽雄伟和绮丽，蕴涵着美妙与禅意，是一个充满诗情画意的地方，又是一个被世人遗忘的角落，或许正是这种遗忘，让这里拥有了这份难得的静谧和悠然！

林中漫步在博客上说："佛堂，一如它的名字，周围的一切都富有禅意。"佛堂村不大，十多户人家，在深山怀抱里宛若飘云，静若处子。村里每个院落大小一致，四四方方，十分整齐，石造屋舍很小也很矮，古老又简朴，村庄布局簇拥向心，周围环绕着弯弯的梯田，层层叠叠，很是柔美。在山巅俯瞰佛堂村，酷似福建南靖土楼的轮廓。村里废弃的房舍不少，有的已经颓圮，有的仍在斑驳，没人住的院门都已经朽烂了，门上挂的多为明清时代的铁制老锁，大小不一，门链上大都系着长长的红布条在风中飘舞，很有山乡老村的风貌。石头墙沿着村边蜿蜒而去，或高或低，或弯或曲，高则丈余，矮可跨步，那一抹灰色的意象，看上去很有几分古雅古典的味道，它产生的强烈冲击力，有着特殊的美学效果。村路紧贴墙边，有的就在崖上，用不规则的石头随意铺就，看上去那些清晰的几何图形和自然画图，宛如天然神工，非常美妙。村里人不多，庙不少，在村头、田边和高高的山冈上，都可以看到能够慰藉和寄托村民心灵和灵魂的小庙，但都不大，全是孤零零地耸立在那儿，更为袖珍的就是雕在石岩上的小龛。建在山顶的那座庙算是最大的，但也仅有一间小屋那么大，有前檐立柱，百层石阶，庙后几株柏树，并丛生着一片荆棘，一看便知此神的威严和神圣。村庄整个都被掩映在丛林当中，村里长满各种各样的树，开着多颜多色的花，在春天里争奇斗艳，花色交织，有的斜逸横出屋顶，有的依偎在石窗前，有的开在井口轱辘旁，有的则在石缝里寻生机。正是这迎风摇曳的花雾和终年不散的云，造就了佛堂村独特的山中画境，云里诗意，一时一景，绝不雷同。这个规整秀美的小村子，就这样自我封闭成一个独立完整的审美单元。

这里的村民皆是明清时代避乱的灾民，有的祖籍还是我的邻村，现在外迁城市的人多了，村里剩下的大都是老人，走半个村子很难找到一个人。他们世代依靠这自然遗存下来的贴在沟崖上的土地，精细劳作，辛勤耕耘，竟然也衣食无忧，生活过得悠闲自在。在这清静的环境里，随日升日落作息，饥来即食，困来便眠，自然而然，一切都放下了，心里没有一丝挂碍，完全天然适性，这平平常常恬恬淡淡的大质大朴，才是惬意的人生啊！我独自在村里闲走，走过一条条石巷，看过一座座废弃的院落，时光仿佛回到百年前，展现在眼前的是一幅幅陈年老画。看到夕阳西坠，燕子返巢，牧童晚归，大山投射过来狭长的阴影，昏暗的山村里，稀稀疏疏的几盏小灯，努力点缀着孤静的山村，让我感受石屋石墙石街石庙带来的古意浸染，心里散溢出种种的感慨。这与心灵契合的环境，让我超然物外，境入菩提，颇有几分陶醉和得意！在世尘扰攘，物欲汹汹的时代，一些寂静的记忆在人们的缅怀中渐行渐远，有的固化成符号，有的已消失殆尽。这里的自然景观之所以能够闯进我们的视野，激起对这份孤兰幽馨的兴趣，一是得益于天远地偏，二是因为村民皈依宗教的情怀。因此，我杞忧的是在人们热衷旅游的今天，不知若干年后，它是否会悄无声息地消逝在茫茫的人流大潮中，变成一处景点和名胜，难寻其踪呢？

夜宿佛堂村，享受的是静到极处的雅趣，天上的星星像灯，林中的鸟鸣如歌，地上的虫吟似雨，甚至还可以听石墙另侧飘来的鼾声。可能是因为外来人的到来，扰乱了山村的宁静，狗一直在不知疲倦地吠着，夜里主人几次起来呵斥它，生怕扰了客人的梦。此时，我真的感觉到自身的微小和空间的巨大，空间大到根本就找不到自己的存在，但浩然的气韵与绵长的心思竟然都无处存放。房主是个七十多岁的老太太，精神矍铄，慈颜善目，道风仙骨，非常健谈，她在早晨游山归来，端一壶当地的黄花茶，坐在街头的石凳上边喝边与我们聊，故事不少，有的很惊险，有的很凄美，有的很静虚，有的很有趣。夏初这里多雨，今年还飘了一场不小的雪，片片没有落到别处，佛堂尽得其雅，春景赛冬，苍茫一片，因此在这里游山听雨看雪赏花观景很有诗意，确是一件浪漫的事。但一切都像是坐禅，意念不杂乱，心里有灵犀，这里的一切让人悟到虚无与清净，顿感人间渐远，尘事隐去，野花嫣然，树影缭乱，人生的洒脱意趣便会随心灵漫游开来，看似无比宁静的村庄，却蕴藏着那么多山音袅袅的故事。

在佛堂村，虽没有木鱼磬声，没有碧瓦飞甍，没有佛影梵音，但却感到禅意浓浓。我喜欢在村头的石头上闲坐，无须饮上一杯清茶，仅在晨光和暮色的交替变化里静听松涛、鸟鸣、风声、犬吠和流水声，便感到僧味佛味禅味飘扬起来，忽有揽雾入怀、剪云为衣、拾月入酒的超然。是云非云，是山非山，一念顿悟，众生皆佛，人与自然相融在一起，呈现静水深流，静到极处的境界。村里几处的小庙上偶尔会升起几缕香烟，还有祷告祈福的呢喃声，这与天上的云、飞着的鸟、荡着的风、闲散的人……相互映衬着应和着，透出寻常事物的灵光。这里的人们世世代代在这样的环境里贴近自然，贴近生活，让孤月、枯木、寒泉、凉风的伤感意象，都物化为良辰美景，用一颗平常的心去过自己从容的生活，把太行山深处这个古村的千年寂寞，弥漫成淡淡的诗情和浓浓的画意，真如佛家所言："法如行云。"是啊，无论是云在天，还是水在瓶，无论是得意，还是磨难，来佛堂村走上一走，按佛家为道日损的要求，天天甩掉一些自己身上已经或正在成为不合时宜的东西，心态安详自如，我们就会禅意染心，可助我们超凡脱俗，妙悟人生。

佛堂是寂寞的，佛堂是禅意的，佛堂独存的这份地球上快要消失的宁静，真值得我们好好珍藏！

古村，仍飘着那些记忆

林泉山庄宴游记

　　吾乡在山里。宦游在外近卅载，离山不可谓不久，然每有闲暇便想作深山游。林虑山之黄华神苑，山高、林茂、溪长、神灵……正是属意山水也。于是每与老友施施而行，漫漫而游，上高山，入深林，穷回溪，幽泉怪石，无远不到。黄华山下，有山庄曰"林泉"，凭山水之利，得云雾之趣，有林深之幽，而具山乡独特风貌，故成游人向往之地。

　　唐兴顺兄古意盎然，以太行山为自家园子，常邀文友二三闲游，游则聚林泉山庄，卧石闲谈，倾壶而醉，醉则吟风而歌，卧则披风而梦，山也友也，酒也梦也，忽而同境，忽而梦同，演绎几番山水旧事。

　　今年八月廿四日，《奔流》副主编熊元善先生作太行游，亦宿林泉山庄，兴顺兄邀约同欢。午至山庄，与翠芳、国声、林峰诸友望西山、指流云、缘山溪、说竹林，穷山之高而攀，尽溪之长而返，群友再聚，推杯换盏，妙语连连，以诗劝酒，让酒飞诗，情趣盎然，令人无酒亦醉，皆得一山风流。此时，兴顺兄笑曰："若有风流，非一地所属，风是太行之风，流是《奔流》之流！"众皆称妙，于是呈物我两忘状，悠悠乎与溪共欢，洋洋然与风同得，引觞满酌，醉在林间，不知日之将晚，苍然满天，犹不欲归，心凝形释，放浪山水。此处何地？乃是林泉妙境。欣而志之，时在秋初。

山魅记

　　乐山乐水，啸游山林，是忙累上班族最想要的心灵慰藉。夏至后的一个双休日，为避城市的喧嚣，我们来到太行山下的红旗渠畔，怎奈沿渠新修了观光大道，饭肆棋布，人比闹市还多，只好再寻清幽，与朝龙、海周二友舍大道改从李园春天处朝山里走去。雨刚歇了不久，青山座座，绿水迢迢，雾染天际，一片朦胧，道穷村现，密林遮天，石居民舍聚拢山下，仰观村名——观林沟。

　　观林沟是林州市城郊乡庙荒村的一个自然村，村里废院断垣多为陈迹，居村人家也就二三十户，村里有高堂佛殿，山顶存老祖古庙，周围和山里颓圮的庙观也不少，村名或与此有关？我逢人便问，但人人所言皆不相同，就连村名的"观"字，说法也不一。一言"关"，说是与关羽父子有关；一言"官"。还有更为具体的传说，一位老人对我说:"村名如人名,随兴叫就行了。"

呃,这个村还真让我感到有几分怪异。村头坐着四五位老人,见我有点迷惑的样子,笑着说山里的怪事还多着呢!

雄浑千里、危岩巉巉的太行山在这里内敛藏锋,隐身在满山的密林里,不再张扬其屹崒之貌了。上山的路蜿蜒在崖边,雾锁太行,满目云雾,五步之内已难辨清一切,虚无缥缈之中唯有声音能够首尾相接,所以大家边走边喊,边唱边笑,以此确定彼此的方位。山岚里除了羊群啼叫,鸟啭虫鸣,还有一些轰轰的闷音,钝抑滞涩但有韵律,恰似大山的呼吸,也如山风的盘旋,让人感到深山静到极处的那种恐慌。在这种天气里,观山赏景实在是件奢侈的事情。这里的村民把这段高耸的太行山分为四崭,从山崖下的空旷处算起,绝壁之上几层缠绕的狭长的长有茂密植被的地带就是崭,每崭就是太行山崖壁立千仞的地理落差,一崭有一崭颜色各异的山岩,也有风貌迥异的风物风情,从下往上依次是一崭二崭三崭,最高处是墁崭。由于时间不多,我们的目标就是到达一崭,听说那里绝壁危岩,奇石众多,瀑布飞泻,是一处不错的景致。但行至半道,雾气氤氲里突然鼓乐齐鸣,有曲调熟悉的豫剧唱段响起,大家正在惊异,眼前忽现三位身披雨衣的牧羊人,拎着收音机从山上下来,年龄均在六十岁以上,沧桑的容颜,知其经风历雨的辛劳。没想到在这样的天气,这样的山林间会遇到我们,他们也有点诧异,年龄大些的老汉叫刘祥福,他说:"俺以为遇见鬼呢,所以把收音机的音量开到了最大。"我说:"大白天山里哪来恁多的鬼呀!"大家哈哈大笑,由于乏累,我们和牧羊人坐在崖下小憩，他们从刚才涉鬼的话题聊起，说了很多有趣的山里鬼魅的故事。

李合山是三位牧羊人中年纪较轻者，说起鬼来显得有点理论性："鬼有很多种，现在人知道的有近四十种，食血、食唾、食粪、食肉、食精的都有，住水边、树上、路口、山罅庙口、门后灶台，哪儿都是。鬼与人一样，有善恶雅俗高低男女美丑贵贱尊卑之别。因成鬼的原因有别，故种类也不一样，有多财少财无财之鬼，有冤死顺终夭折之鬼。二十世纪初，在山道深处有个山岩状如狗之肋排的地方，当地人名之狗髁廊，此处就曾有一饿死鬼专食人肉充饥。"他领我们去看当时的鬼之灶台遗迹，因野草丛生，已湮灭不可见。他说，当年村里一小儿因受鬼喜爱，曾食过鬼馈赠的炒人肉，只是此人已死多年。下山时，他们领我们走访其后人，人家也认有其一说。

刘祥福老人一生历鬼的事情不少，很多都是诡异和奇巧相随，恐怖与喜乐同伴。他说，一天下午在山上的阴隅里，看到两块巨石轻盈而起，从老远的地方跳跃而来，眼睁睁看着它们在一起争打碰撞，声如裂谷地崩，周围的小石板也在旁边噼里啪啦乱拍。两石头像繁殖季节的公羊，争斗凶悍而激烈，直到把对方赶至崖下方才罢休。就在他当晚下山时，还在山隅道旁看到一袭素衣洁白如雪的女子在那里哭泣，正欲去劝，谁知其一转过身便现出狰狞面目，掌若簸箕，红红的舌头在腰间缠了好几圈，非常恐怖。他为防夜鬼尾随至家，便冷静地佯装新鬼求教，一副谦虚的诚恳模样："初来乍到，不谙鬼道，您说我们鬼最怕人间什么？"鬼说："最怕人间的唾沫，万一有人对我们吐之，就一点办法没有。"他听之窃喜，当与鬼行至村边时，乘其不备，朝鬼的身上重重地吐了一口唾沫，鬼便瞬间即无，连缕烟都没有看到。他这才敢拖着疲惫的身体回家，袒胸露脐睡得酣畅香甜，宛若竹林遗风的不羁和放达。听了他讲的亲历鬼事，我似曾耳闻，有点熟悉，但最给我震撼的是人类唾沫的威力。三位牧羊人说鬼的故事很多，恐怖有趣，很吸引人，我们相约明日再叙。

次日，天刚微明，六位朋友沿着一条崎岖山道攀行，拨树捋草，行进不易，裤鞋都被露水湿透，愈行道愈不可寻，只好斜逸再探，少顷复又不见路迹。徘徊山林多时，正愁急，忽见有条已被堰塞多年的小渠，众人循渠跃行，也不得路。这时，远处高山上有一老妪正看着我们，她也是牧羊人，顺着她指引的方向，我们才走到山里人常走的山道上。她叫方明花，爱说爱笑爱唱，言谈风趣，慈祥乐观，听说我们不是为了寻景，而是专为听鬼之故事而来，便自告奋勇，陪我们去一崭二崭见昨日那三位牧羊人。一路上，她的话匣如山溪奔流，一刻也没停下来。她说，有懒鬼，也有勤奋的鬼夜间为人耕种收割、舂米的趣事。她幽默的叙述，不时还带出几句本地独有的歇后语，隽永有趣，惹得大家阵阵大笑。

刘祥福老汉牧羊的地方，在一片云崖之上，上去要攀一段贴壁崖路，飞瀑溅玉、陡峭险要，还得通过刘祥福老汉修筑的简易山门，这就是他们所谓的一崭。方老太登高一喊，祥福老汉便从另一山头踏云而来，边走边喊，很是兴奋。他没想到我们会践约而至，还带了那么多人。到达一崭已过午时，祥福老汉说正午时分说鬼论神就是荒废光阴，不如坐在一起吃一锅山菜拌面。我说人多粥少，食不能饱。他说山上野芹菜、小山葱到处都是，山泉长流，面条虽少，可做汤喝。这时，山云飘来，在山里游来游去，有从脚底掠过，也可手触云端，给险要的山崖罩上一层神秘的轻纱。祥福老汉向二崭和三崭的李合山、曹三喊过去，他们便站在崖头给我们打招呼，话未说完，云已把他们遮去，整个山崭或行云流水，或云蒸霞蔚，或雾气氤氲，或混沌一片，或烟云秀色，那份缥缈，那份无常，恰是自然地流露，很有诗意。这次祥福老汉没有说鬼，而是说了很多与自身有关的事情，令随之而来的几位朋友很失望。祥福老汉说："鬼道即人道，说鬼亦是说人。"这或许就是大山深处的鬼事奥妙吧！

　　知堂先生在《五十自寿诗》中有一联云："街头终日听谈鬼，窗下通年学画蛇。"知堂先生谈鬼、论鬼、议鬼的文章颇多，字字珠玑，已不可再得。唐宋明清笔记小说里涉鬼类作品多若繁星，亦存不少名篇。相传苏轼晚年以说鬼为乐，有"坡翁喜谈鬼"一说。古人说鬼，以鬼自晦，实属无奈之举，多借此一抒不平之气，盖是处世的一种智慧。古人曰："凡有人处皆有鬼。"诚信斯言，亦有同感。周作人先生说："我不信鬼，而喜欢知道鬼的事情。"我不怀疑自己的真诚和坚信，也不掩饰对鬼事鬼趣的喜爱之情，因为鬼是人类最浪漫的思想和情怀，有讽喻，有寄托，有理想，有爱憎，也有娱乐，是对生命和人生许多无解问题的化解，是对人生无法复原现实的一种超越，像一株株野草，把荒凉的山冈繁茂，让回荡的山风把人之生死永远抛在现实世界之外，这确是一种奇妙的想象和感受！晚霞染山，我们从山上返回，村头的那几位老人老远就朝我们笑。一位老者站在路边拱手作礼，古意盎然，笑问："今天山上可有鬼事乎？"我摊开双手，一副空空如也的样子。他说："世上有鬼无鬼谁说无用，因为鬼是一种灵，也是一种气，还可能就是一场风。"这时，一位年老的妇人过来拽他："死鬼，别尽拿那些鬼事惑昧外乡人了！"

古村，仍飘着那些记忆

石大沟记

一九七七年初，我乡有大动静，如冬花开，鲜艳了荒野。全乡人云集镇南深山里，参加"愚公洞"通车仪式，中央省地县要员俱到，热闹自然非凡。而愚公洞则是由一个仅有百多人的小山村——石大沟的十二名男女青年，用了八年时间凿通的。事迹可歌可泣，烙在尚在年少的我的心。

岁月不居，时光如流，今已五十过半，但少时记忆仍如影相随，镌之深矣。于是暮春携友同游，攀山行，但山不高；缘林游，林茂却如海，过愚公洞，路落深峡之中，夹岸密林，簇拥成景，林尽村现，勒石而曰"石大沟"。村小如龛，镶在崖间，溪过崖下，人居崖上，四周山高如墙，争高直指，峰峦叠嶂。民房随山势而建，错落有致，层次成景，墙高数丈，屋悬欲倾。满山是石，石皆为景，石砌的路肩、地围、街巷、阶梯、石磨、石碾，就别说石凳、石桌、石房、石楼了，逶迤相连，俨然古堡。

崖底蜿蜒山道，紧贴山溪而行，至村头便见一条大河，河宽水阔，波光粼粼，因风而皱，遇浪而歌，一如古朴村景，河亦曲折多弯，湾藏旖旎风光。问此水名何？村人答曰："淇。"淇即淇河，一条流淌着诗的河流。古村古河，乃见古风古雅，梯田似锦，细细碎碎地披在山间，田无定形，多姿多色，每每如画，油菜花开，极像阳光在河面上闪耀。河畔溪边，苇丛柳影，河鸟匆匆；村巷崖头，鸡犬相闻，老颜如童；见炊烟袅袅在飘，有牛伴夕阳而归，羊似白云散飘。村人亦作亦息亦饮，或歌或诗或画，游者大叹，皆惊为妙！

村头有一石桥，村妇立桥与人闲谈，问之乃惊，知是大名鼎鼎的村支书郭变花，虽也饱经风霜，仍是威风凛凛，也有翩翩风度；她问客从何来，我们一一回答，聊之久，情愈浓，知我乃隔山邻村，也是乡邻故人，便带我们上下攀登，遍游全村，面河指山谈发展，走街串巷说保护。此间人语云："山外商家屡谈开发，我们支书不为所惑，皆笑拒谢绝，恐商业气息浓了，乱了这寂静的小村。"有商家有领导也有村人为此多叹惋，但郭变花不为所动，笑曰："我卖清风明月，也会赚大钱！"我们在村里徜徉许久乃去，她告诉我："明年有个诗歌节，欢迎再来石大沟！"先是观景一天，连连称妙，闻此邀约又在不断地喊奇了！

出村，又穿愚公洞，顺翟阳公路北返，沿途群山夕照，满目霞光，及洹水南，殷墟上，告知文友石大沟的诗歌节，众人皆惊而不语，气息清晰若缕。诗人若虹笑曰："明年组团参加去！"众皆诺诺，不敢高语，满面敬仰之情，一如云山风景。

寺上古事

　　寺上，位于豫晋交界处的山西省壶关县桥上乡，是夹在太行山缝里一个千年古村。寺上，自有一种韵味。两山高耸，危岩如削，把寺上这个小村掩合其间。溪水不大，潺潺细流流出山谷，逶迤地环绕着村庄，村庄小得不能再小了，村上人家三四户，村下崖头左右各有一户，四五户人家散居崖下，错落有致地摆在溪边，那些石墙石阶石屋，远远看去像是挂在崖壁之上的石雕作品，影影绰绰，很像水墨画。村庄小而宁静，有几分古朴，也有几分典雅。

　　来寺上，并非计划中，而是因为一位村民搭车，也顺了我们漫游的心意，便送他到村里，这才偶识古村寺上的。春到太行，不在于去什么景点，找一个山村，找处僻静的地方坐一坐，日出而起，日落而息，日游树林，夜观大象，晨闻田野泥土芬芳，晚赏西山多彩霞光，享受一小段平静如水的时光，也是非常的美妙！寺上村正巧是这样的地方。到寺上村的路紧贴岩下，偎在崖边，路极狭，弯道多，行走不易，非常险要，道穷村现，抬头是崖，这真是一个养在深山人未识的世外桃源。进得村来，在高耸的山崖上，山花漫野怒放，灿若云霞，山溪散流各处，叮咚有声，人进其中，恍若仙境。

　　因对村名的好奇，向一位老者探究，他听了后话匣子打开了，像这奔流不息的溪水，讲这村的风水，两山相夹，水流中间，前有瀑布，背靠高崖，冬有积雪暖隅，夏有茂林凉沟，魏晋时期有位高僧路过，以为奇地，便在此立寺建庙，香火旺盛一时，宋末因火而毁，明初重又修复，后又毁弃，现已不存久矣，连寺名为何已多不为人知了。我问寺址在何处，有何遗迹？老人领我们到村下的一块麦田，麦苗葱绿，一位村妇正在给麦苗浇水，地已不可入，只见地岸墙上垒有镌着精美图案的石头，地中立有几根风蚀严重的石柱，在下面的地里还有巨大的石碑，因时间久远，驮碑的石龟已埋在地下很深了，碑额上有两条蟠龙相会，朝龙兄从事过文物工作，一眼看去就说是明代的石碑。我们拭去尘土，用湿布反复擦洗，字迹渐渐清晰起来，原是一通记载古寺重修情况的石碑，时间是明正德年间，从碑上看，古寺名为"竹岩寺"，想必当时此地也是崖下福地、溪流岸边、修竹丛丛、风景奇美的地方。关于竹岩寺能听到的多为传说，确切的情况已散若飘云了。老人指着那几道山弯说，后面有片和尚墓，因地势险峻，历朝历代都少有人上去，并一再叮嘱我们也不要去，前些年有人去探险，皆未生还，听来有点恐怖。

朝龙和朝方相约，回去寻些关于竹岩寺的资料再来考古。这时，山间那位牧羊的老太，用牧羊鞭指着远处的山崖，说那里有座和尚楼，古时游拜的香客很多，我和朝龙顺着她指引的方向遍寻不得，待回返再去求询时，她和羊群已不知飘向何处了，这时朝方躺在村旁的麦秸堆上正在小眠呢！

在寺上村，还有一处蕴藏深厚典故的地方，村上称崖头。因为地势的原因，崖头位于横出村边好远的高崖之上，崖前视野开阔，一览无余，能够从所在的山头看清蜿蜒到山下的山路，所以每当丈夫从山下上来，还是从山上下去，妻子都要在崖头眺望。我和朝龙到崖头去看，果如拉移的镜头，一条山路清晰地展现在眼前。听一位姓牛的村妇说，在几百年以前，一位征战立功、衣锦还乡的丈夫因马失前蹄，不慎坠崖，在此盼夫荣归的妻子痛哭不过，也殉情而去。朝方听到这个凄美的故事，建议把崖头改为"望夫岩"，说会成为现代人爱情的圣地，在一旁的朝龙也撺掇我："挤些时间，写写这个地方，写写这些故事吧，会感人的。"

我们下山的时候，天色已晚，落日的余晖像此时我的心情，弥漫得哪里都是，既色彩斑斓，又心事重重，这时的寺上古村反而像苏醒了似的，炊烟袅袅升起，男人牵着耕牛归圈，羊群也像朵朵白云飘来，放学的孩子边唱边跳扔着书包朝村里跑来，女人在溪边洗衣捶布的声音，像山曲儿在山间飘荡开来……

太行寻巅记

太行山里，近来许多地方有"太行之巅"的称号，一言郭亮村，一言王莽岭，一言四方垴，一言蚁尖寨，但太行山真正的最高处在哪里呢？随缘兄告诉我，就在山西省平顺县杏城镇的梯垴村，这个悬在太行山尖的小村旁，有一座高高的山峰名曰朝阳，顶矗一碑，上镌"太行之巅"，标明高度为海拔一千六百七十二米。

我决定去梯垴村的朝阳峰看看。

从林州方向看，朝阳峰就在天平山顶，靠体力攀爬，不仅艰险，且体力不支。我乘着随缘兄号称小狮子的那部战车，与朝龙、王生二友在山里盘旋了半日才到达玉峡关村，从这里到梯垴村还有十五公里的山路，且路况愈来愈差，车像舟船一般颠簸不已。当到达山巅时，黄昏已至，太阳把橘黄色的余晖洒得满山都是，奢侈而又气派，山上的一切都被罩在一种诗意的朦胧里。山顶是一块巨大的草甸，平坦广阔，草可没膝，茵茵绿如潮水，柔软恰似绸缎，草甸上缀着各色各样的花儿，尤以红艳艳的山丹丹花为最，梯垴村被淹在这片花草之中。来时友人提醒要找当地的村民当向导，不然盘桓山头多时，要找到太行之巅的标志碑也会十分不易，可现在的梯垴村房院门皆挂锁，人去村空，已找不到什么人了。这时，我们看见在草甸的边缘突耸一峰，有几头奶牛在那里悠闲地啃草，便快步上前向放牛的老汉询问，才知眼前的高山就是我们要找的朝阳峰。峰上有座新修的石碑，高耸入云，石雕栏杆拱卫，标有太行至此的海拔高度。从气势上来看，太行之巅，此地恐怕是当仁不让了。

从这个太行之巅下来，天空已被染得漆黑一片，长途奔波，加上在山上攀爬，人已饥肠辘辘，灯亮的山弯处有个小店可供餐食，三间小房低矮而逼仄，但收拾得干干净净，一家人正围着圆桌看电视，见我们进来，有点忙乱地打着招呼，收拾着场面，显得惊喜而意外。小狗甩着尾巴站在那里一动不动，两眼滴溜乱转，像是遇见了相熟已久的朋友。有农具挂墙，有鸡叫在侧，有鸟鸣在天，但由于山高天凉，没有见到蚊蝇，好地方，典型的山里人家。店老板夫妇领我们去厨房挑菜，各种野菜山珍堆得满地都是，随缘兄点菜，朝龙和王生把挑中的瓜蔬和山菇放到案板上，我则在一旁用山上淌下来的泉水洗脸，水沁肌肤，凉爽异常。不知谁把店门口的灯拉亮了，我们就把餐桌搬到店外的灯下，山风频吹，星星杂亮，鹧鸪乱叫，蛾蝶把我们围在中间，瞬间山里的光便集束到这里，成了茫茫山海里飘忽的灯塔。这么美妙的场景，月光染酒，诗拌豪情，几碟酒菜上桌，岂有不醉之理？邀老板同饮，大家谈笑无拘，欢闹异常。我连询山里的风俗，老板频问山外的事情，颇有桃花源的味道。这里的山民说话用重叠词很多，什么窝窝头，豆擦擦，白馍馍，黄糊糊……调念一声，语有节奏，话多和韵，低沉平缓，音轻调长，如诗如歌，宛若山谣小调，只是尾音后翘，略显突兀，不似山后一带的村民，语调铿锵，话若磐石般硬朗，看来山之阴阳，于人也是两样了。

在这么高的山巅，在这么幽静的山夜，在这么孤独的山店，与这么有趣的山民在一起饮酒聊天，确有飘飘欲仙的感觉，有着男耕女织的恬静悠然，有着独步云中的清雅空灵，有着皈依大山的宗教情怀。我向店老板求询太行山最高处到底在什么地方？他说："这不应成为探索的问题，用当今科学手段一测便知。但要是用肉眼看，那还真会形成这山望着那山低，因为人人心中各有一巅，以乡为美，各标其地，所以各地的好事之人总爱把身边的山标之为最高。我们很少下山，虽村悬山巅，户在崖边，行走起来也如平地坦途，毫无崎岖可言，也未觉什么山高峰险，从未有过最高处的感觉。"其实，太行山到豫晋交界一带山势就开始略有下降，过了漳河就是南太行。回来后我查资料才知晓，太行山最高的地方已超过三千米，所以这里所说的巅，顶多只能说是我们眼前的太行而已。周围峰巅上标出太行最高标志的有多处，当今之所以存在"标高症"，与其他地方争名人故地的陋习一样，看来是旅游惹的事儿啊！

我们寻巅未果，却领略了雄浑太行的无穷魅力，有险峻也有旖旎，有高峰也有深谷。关于太行的许多疑问和不解，在与店老板的一席话中皆了然了。我们此行意外的收获是店老板为我们解释的山里常用地名，如"峪""峧""崭"等，还有长草木的山峰曰"岵"，无草木的山峰曰"屺"，高过大山的小山曰"岠"，形象而又具体，都是我第一次耳闻，着实让人佩服先人在造字上高超的观察和想象能力！告别这家小店，夜更深了，刚才满天的星辰全被夜幕遮去，天上没有丁点星光，雨点不时砸来，落到地上能听到那重重的声音，鹧鸪的叫声也越来越短。店老板在下面的玉峡关村为我们预订了农家客房，我们酒后下山，路上说的话较往时稠密了许多。雨越下越大，到付姓人家住宿时，檐雨成帘，院里已经水流成溪。我独卧在床上，聆听窗外不息的雨声，心情静到了极点。我们为探寻太行之巅而来，没想到知道了很多地理以外的知识，境由心取，恍若菩提，这让我想起赵朴初先生的那首诗："晴佳雨亦佳，好景随缘取。"是啊，云也雾也，山也水也，人人心中有太行，所以山山也会有其巅啊！

小碾村

沟，今好事者雅称之"千瀑沟"。沿水观瀑，须攀山扒岩，进山愈深，山之愈静，瀑之愈多，忽看山有微坪，见一小村，家立三四户，人有八九口，尽掩密林中，树荫比山厚，白云浮树梢，此乃小碾村也。

村之四周尽山，山耸如墙，村镶山隙，云影绕屋，缥缈若仙，天山竟成一色，山水共其绿色。有溪忽自巅来，潺潺而有其声，叮咚成韵，汩汩如歌，遇岩即成瀑，逢坑便是潭，水流四处，任意东西。林虑多贫水，然独此水丰，何也？三十余里水景，几千年的光阴，奇山异水，林虑称之妙，太行为之绝。水皆湍流，若箭飞奔，清澈见底，沉鳞竞跃，直视无碍，捧之少惊。满山皆树，树耸穿云，风搅山云，若碎絮乱飞。山连成峰，峰连是景，如图如画，成山水之魂。

村虽微小，然亦成景，农家乐俨然驿站，游人更熙攘成群。老侯家为原住民，居山已久，不知始自何年？有小店名曰花果山，因侯而猴，便也做起筋斗云梦。此山水此花草此果蔬此风景，倒可巧当背景，洞前水瀑如帘，足可乐哉一番。

　　山鸟欢唱，啁啾成歌，夏蝉嘶鸣不歇，鹧鸪长啼不绝，人坐云影长荫，怡情怡致，望峰赏心；夜宿山店茅庐，水声鸟鸣，一夜无眠；偶听浣衣槌声，敲散满天星辰。一切令人恍惚，不知身在何处仙境？

山里，还藏有哪些故事

柏尖红叶

　　柏尖，柏尖，山之为名，一因山上柏树多，二因山峁如瓶，尖可入云。其实，山上的黄栌比柏树不知多上几千几万倍，但因其簇生如草，人不以树称之。可近几年来，黄栌之名美柏尖，逢霜其叶自然红，山如淹在猩红的色彩中。临巅一望，山山如聚，峰峰似簇，看似波涛狂怒，如龙如蛇攀山路。大山中，黄栌密植，叶红如燃，偶有诗意也踌躇。红叶深处，矗古寺，立山亭，有碑刻，留诗名，皆言红叶之妙，又叹千年繁华成尘。春之繁花如锦，夏之碧波荡漾，秋之硕果累累，冬之青丝尽褪，四季诸色之于柏尖山，皆如衣衫，但秋装之艳，红若火焰，于山是美妙，于人是惊艳！

　　柏尖一山叶始红，满目绿意仍尚浓，寺庙、堂观、仙阁，与巅偏多。虽似红玫初绽，实乃黄栌披红罗。秋末山里婚事多，新郎红绶带，新娘衣衫红，漫山遍野成一景，黄栌众喜若醉翁！男女老少弄笑语，千树万草色相融，一山尽染红。

骤风起，山摇如海，千红百色涌浪来。东也是红，西也是红，柏尖群峰同此容，除了红，还是红！想起古诗云"万株红叶满"，还有"霜叶红于二月花"，人生百年有几，如此美景更稀，命友邀宾同游，浅酌低唱，不如酩酊啸吼："红叶晚萧萧，长亭酒一瓢。"

霜降日，柏尖山，南坡红，西山艳，山上黄栌多赧颜，此番山游亦缱绻，痴思月明不眠夜，秋色绝！闲将往事思量过，红的是它，醉的是我！

苏老夫子曰：宁可无肉，不可无竹。今游柏尖山，我又添絮语：宁可长无秋，不可少此色。如若天愿随人意，长让黄栌披霓霞。岁月不居，往来如梭，念此美景，纵有万千思欲，何苦再去张罗？

柏尖，柏尖，秋之名山。然来也晚，红叶纷落，无限憾意，只待来年。红叶，秋意染；叶落，秋风摧。盛，乃秋也；衰，亦秋也。盛衰便是秋之歌！

蝉鸣太行

一

关于蝉，我有说不完的怜惜。蝉孕育十载，生唯一夏，嘶鸣高歌，不舍昼夜，但饮过秋露，就与人世饯别了。《庄子·逍遥游》云："小知不及大知。"蝉虽知日升日落，却未谙四季之趣，像一碟音乐 CD，生来就是不停地唱歌，也不知是讴歌、倾诉，还是愁怨、缠绵？不过，历代文人墨客均把蝉鸣当做清高绝俗的天籁之音，歌之咏之。蝉在中华文明中是具有文化意义的物虫，在古代象征着清纯与高雅，复活与永生，因而在出土的青铜器上多铭其形。我在《蝉歌》里说："有鸟鸣的季节，总是美妙的。"夏天有蝉鸣，我们就不会寂寞。

二

现代城市的一切，都成了硬化的世界，包括柔软的土地和泥土。蝉赖以生存的空间小了，蝉鸣也稀疏起来。为寻蝉歌来到太行山，这里赤日炎炎，细雨绵绵，细泥软土，森林茂然，山风习习，绿影婆娑，蝉之乐园，新蝉众也。仰卧山石，静然听蝉，其鸣似歌，其盛如涛，这不是那听惯了的卷珠帘吗？我也装模作样，摆开画板写起生来，题曰"蝉歌"，但未有声也，这时唯身边那杯清茗在飘香，伴我耳醉在夏蝉大隐叶丛之中的歌唱。蝉鸣，一天当中时不同，调不同，时抑时扬，时高时低，我亦时喜时乐、时醉时痴！

三

又闻新蝉鸣，便知暑伏近。林虑山下的那片板栗林下，是浓得不见缝隙的阴凉世界，拎把躺椅斜倚其上，约二三好友，备几碟小菜，饮半斤老酒，闲想少年事，又话岁月稠。酒后小眠半刻，醒来已淹进那此起彼伏汹涌澎湃的蝉声里，密林深处，蝉鸣如海，满山皆歌，此处尤盛。我把手机的录音功能打开，直到把电耗尽，这般收藏的情思还没有来得及收拢呢。此后，每当疲累烦愁时，我就放开听听，那些聒噪的声音，把心中郁积的冰块，悄悄地消融，没了踪影。

四

闲住山里小村，到处是云飞花影，溪流淙淙，山上水泉数眼，村中碧波一池，抬头看天一线，旁观森林遮天，村曰"芳踪"，闻名是画，听声似歌，小村静雅，妙不可言。修竹丛丛，花浓莲轻，蝉鸣如琴，夜蛙和声，交响成景，此情温馨。因秋后叶落颇厚，又经溪水沤堆成粪，此处宝地，众蝉纷生。因其故树树有蝉影，叶叶响蝉声，久而成俗，人称"太行蝉村"。山人当蝉是菜，捕而食之，昔尝之充饥，今偶食当鲜，已成芳踪小村的生活经典。房主老申夸耀说，以蝉为品，可做十几道名菜，信其所言，但亦未敢下单！日当午，农人挥汗如雨，踏荫归来，锄把上有一卧蝉在鸣，是以之为伴赏乐，还是蝉鸣阴凉驱暑，要不就是梦笑丰腴，欣欣然细碎如诉心语呢！

五

巍峨太行，山湖偶镶，如月如镜，围林成景。朝阳似火觅浓荫，蝉鸣如歌最多情；常忆挥汗刈草殷殷，又听蝉歌如波轻轻。高峡平湖，虹桥飞雨，倚树观景时又惊蝉飞，尚留残声几缕，蓦然就飞过别枝去了。昔听蝉鸣如一，皆是单调同音，今得静听细辨之趣，亦知蝉鸣音频、音色、音调大有不同。今夏最让我惊奇的是第一次听到那种声若急救音调的蝉鸣，比周围普通的蝉声不知高出多少分贝，尖厉而有节奏，我循音悄寻，走近细瞅是一个比常蝉要小许多的亮蝉，前腹两侧在不停地收缩振动,不知疲倦地歌唱,真是"居高声自远,非是藉秋风"也。

六

夏去也,秋来到,蝉歌已逝,天凉是秋。蝉的宿命,让我悲伤起来,真是几度斜阳,几回残月,转眼西风,更与何人诉说?蝉之一生,日月匆匆,从初生的第一声歌啼,到坠落泥土的哀鸣阵阵,蝉总是在歌唱,不知疲倦,无始无终,没完没了地把嘶哑的鸣声唱成千古不变的音律,让人听之心悦,思之美妙,这是音乐!也是天籁!

林虑山记

　　它像一位威风凛凛，身披战袍的大将军，从北京西山雄赳赳地出发，一路拖袍南下，随势起伏，把黄土高原和华北大平原各抛一边，让战袍飘坠在祖国的北方，化作一脉巍峨峻极的高山，那就是太行山。但当它跨过漳河进入河南境内后，战袍尽脱，裸露出嶙嶙瘦骨，但身上仍穿着俊雅精巧的小兜肚，真是大将军亦有少女情怀，雄浑之中竟藏旖旎风光，这就是南太行了。南太行在漳河南岸的林州市，北过浙河，以东北—西南向深谷为界，又分内外两层，外层那扇就是林虑山。

山　势

　　林虑山西负太行，北阻漳河，东与南俯瞰相接，呈斗拱之姿，势若建瓴。北宋郭熙在《林泉高致》中曰："太行枕华夏，而面目者林虑。"凡识得或走进过林虑山者，皆叹此言不虚。这里的山不算太高，也不会穿云戳天，冒刺得不行，只是峰耸过来，又耸过去，把阶梯状嶂壁切断，危崖骤起，群峰如阵，台壁交错，溪瀑四流，形成了千山万壑的地貌，由于岩石自身存在的裂缝，雨水冲刷和寒冻作用对岩石进行着持续不断的割裂与分解，所以林虑山被驳蚀成众多奇特的石笋和峰林，山峰像无数造型各异的石塔，逶迤而来又延绵过去，俨若队列，但不整齐，邋邋遢遢，十分散漫和无序。夏季远眺还不打紧，满目绿浪翻滚，一浪逐着一浪，碧波荡漾开来，像是海平面，竟然没有高峰和峡谷之分，满眼只是汹涌之景；但要是到了冬季，尽落繁华，方能看到那裸露千亿年形成的山体，峥峥山峰，屹屹危岩，已是骨瘦形销，条条山架如肋骨凸现，清晰得历历可数，又复原成初始的本色了。从下仰望，山是高高的山，直陡直峭；从上俯瞰，沟是深深的沟，纵深纵幽。太阳一出来就被卡在山与山的夹缝里，像夹着一面铜锣，总是一面尽光尽亮，一面半黑半暗，黑白那样的分明，如一堵高墙遮挡。巍峨的山，不舍昼夜地驰骋，没有一丝挂碍地裸奔，那种气势，那种野性，那种霸气，是没有什么词可以用来形容的。因为呼啸着的风，还挟带着那刺耳的声音，把山里一切细碎的动态都吸附过去，凝固起来，严肃得让人有点寒颤。大抵太行山里，像林虑山这样多耸拔、多旖旎、多深峡、多危岩的，还真不多见，崖如画屏，挺拔俊美，峰峦叠嶂，其状多异；沟壑交错，俊秀深邃，处处山溪静流，跌宕而响音符；古树参天，与山厮守，揽雨揣风，千百年地凝望至今；山一逶迤，便是突然而起，戛然而止，抬步深涧，望天峰影，要不履石千步，要不穿林百里，气候阴晴难料，景色飘忽不定。山皆若刀削，峰遍似斧劈，断层崩裂，一嶙与一嶙之间皆壁立如垒，悬之千仞，衔接处却环山匀出一圈窄窄的植被带，酷如富贵竹类的盆景，绿有规律地缠绕，层次特别分明，看上去真是"山如碧玉簪"啊！但更为奇怪的是天然的屏障可做天然的牛羊圈，两头一堵把牲畜散养进去，一年四季均可不管不问，任由其野生野长，渴露饥草，逍遥山间，出栏时数数都数懵了，因为惊喜总在意料之外。

林虑山那些坐落在沟底里的村庄，从峰巅俯瞰下来，宛如小小的佛龛镶嵌此上，精巧而袖珍。听人说这些深山村每天见到阳光的时间超不过四五个小时。山里这样的村庄众多，但却散若星辰，它正好像山的眼睛，东眨西瞅，满是灵光与神气，让冷峻的山体活泛有趣。从此山也不再是孤孤地耸立，无数的小山村，像标点，把山山峰峰连缀成一篇美文，需要凝固的时候有危岩，需要舒缓的时候有溪川，需要惊叹的时候还有瀑布呢！

山　路

山里最奇异的要数那盘来盘去的公路了，因为艰难险阻中往往藏着极致的美景。山里的盘山和悬壁公路，因为险要和惊悚，从每个角度去看，可以说处处是美景，就像一幅画卷，起于峡谷，又终于峡谷，形成一个循环的闭合。公路一侧陡立，一侧临崖，仰观险峻，令人屏气止息，俯瞰渊深，让人不寒而栗，公路随着山形山势褶皱弯曲，嶙峋百态，其神秘诡异不可言状。你若立巅观景，更加不可思议的想象便会突兀而出，因为首先映入眼帘的就是那纵横山坡、山崖、山沟的山路，交错出各种各样的景象来。有的像一条巨大的项链坠挂在山坡，大气而奢华；有的像变幻着的数字和字母，像"8"像"9"，如"B"如"U"，所有的数字和字母的造型，竟然都可以从山里的路形中寻找到。当然这是指修筑的公路，山里人骄称为"太行天路"，因山赋形，因形成画，景象是万千的。这些纵横交错的山间公路，看上去宛若一个巨大的网兜，把这里的一草一木，千山万水，甚至把整个太行都一网兜起，而兜起的一切也满是风景了。

在山里，山民们祖辈历代用脚踏出来的山径小道，却是另一番景象，蜿蜒之状，曲折之势，层叠之象，凌凌乱乱地杂散在山间，像是一大盘绳索随意地撒落，恣意随性得无形无状、无理无由、无姿无色，毫无章法可言；又极像漫游着的大蛇，蠕动爬行，悄然生风，扭动之姿，也摇曳成景。这些山道贴崖而过，循隙而行，可显可隐，亦绕亦挂，恪守曲折之道，也有跌宕之美，只是现在天路畅通，这些偏僻的山径小道也人迹罕至了，但也自有意趣，因僻而幽，因幽而雅，成就了一方风景。也有城里人专为此寻幽而来，净挑这些羊肠小道去走的，人行其上，脚需高抬，身需俯仰，眼得下看，势必前倾，深一脚浅一足的，体形也就弓成了"7"字形，几乎弯成了直角，有的路紧贴崖边涧缘，胆小的还得爬行，一路紧张与舒缓交替，惊险与惊喜相伴。起风了，人衣如帆，顺风则踉跄快进，作飘摇之态；逆风也艰苦难行，呈婀娜之姿；立则风摧欲倾一木难支；行则飘忽不稳若柳拂风，竟会使人很有几分害怕呢！于是坐在一个避风处小歇，见山里人背一袋粮食，手拎一堆东西，在山路上或跃或跳，或唱或吼，轻盈若飞，便又生出许多的羡慕来。

　　山里的路串起来的除了一座座山头，还有那一块块美若图画的梯田。山里的梯田就是那么美丽地弯曲着，像夜天微笑着的弯月，层级分明、叠挤有序，鱼鳞一般长满了山坡，这些梯田原本是山里人家的庄稼地，只是多年已不耕种，现在荒芜成一片片的蓬勃，除了山木森森，还有杂草丛丛，境界幽幽的。梯田与梯田间的田畔，也多是曲曲折折的山间小道，沿着这些山间野径走去，往往路到崖边则断，骤停骤拐，莫名其妙地岔来岔去，岔得让人摸不清头脑，正感叹呢，一眨眼，山路却又倏忽不见，从此不知前路在何处，迷糊半天，才不得不折返回来兜几个圈子再走，梦幻一般，迷惘得有情也有趣！但绕个山弯过去，又都是些新的欢乐和惊喜，因为绝美的风景，总在山路的尽头！

山　居

　　山里到处是石头，大如房屋，小若鸡卵，有绵延数十里整面如墙，也有壁立千仞一块似板，还有层叠有致、薄厚均等的层岩，揭之如饼，撕之成材，这些石料多是作了石板房的石瓦。岩石的色彩也是缤纷，青黑灰白，红蓝紫绿，十分夺目。常说靠山吃山，山里人对环境的适应，就像一场持久的博弈，把困扰他们生存和生活的石头，当作了日常用品，利用到了极致。这里流传着关于石制品的民谣："石街石院石头墙，石碾石磨石板场；

石桌石凳石板炕，石梯石楼石板房。"其实，也远不止这些，连一些生活和文化用品，如枕头、盆碗、笔筒等也有石制的。当然最多的还是石板房，真正的石板房浑石到底，连门窗也是石制的，没有一块杂料，而且门雕、窗雕、檐雕都是栩栩如生，精美绝伦，整座房屋就像一件刻意雕琢的艺术品。山里人家的石院石墙皆是沿壁而建，顺崖垒起，极高的屋墙围拢在一起，形成一种古堡式建筑，这些石头大都是"毛石"，没有人工刻意的雕琢与打磨，像是生来就是为这些院、屋、墙备着的料，其裸露的肌理是最自然的美。石头与石头之间交错着，叠摞着，连缝隙都成了或旋或转，亦弯亦曲的图案，远远看上去，真像是飞速旋转的彩筒，那色彩与光影，使石墙既纯朴自然，又富丽堂皇，美得令人瞠目结舌！这类山居借崖而耸，其阵凌云飞腾，其势扶摇直上，一半筑在崖上，一半悬在空中，看上去风摇即动，手推便倒，岌岌可危。其实它在那里已是坚固了百年，早与山色悄然融为一体，天然而恬静地挂在那里，我们猛看多是大惊失色，时间稍长唯有不绝的惊叹。因为那些仄仄斜斜的山居，各有各的形态，各有各的风格，各美其美，美美相融，都是那么恰到好处地矗立着。这山那山，这沟那沟，这崖那崖，这坡那坡，谁知道还会有多少这样那样的山居和村落，还藏有多少这样那样的故事与风情呢？游人累了，寻食觅水，与山民搭讪起来，他们的山语，竟然都与神奇和有趣的故事缠绕在一起，于是向往和憧憬之情骤生，追慕与企羡之心顿起，也有干脆留下不复攀登的人，住上三五日，享受一下山居生活，看旭日照林，寻通幽曲径，赏万籁俱寂，听溪流虫鸣，观山夜群星，醉草木微香，听石屋响鼾，踏闲云漫步，与花草共眠，在日升日落之中独自消受几天，让朝夕风云渲染些时日，便会顿有"居山四望阻，风云竟朝夕"的感慨，这份山居的美好，大约是有一种让人心静的魔力。其实，若把这里的风景单隔开来，孤立去赏，并无什么神奇之处，但风云山水一合，便有百千万倍的诗情与画意出来，即使小波澜，也是大画面；纵有小情感，也是大激荡，尽是妙不可言的境界，藏于心胸的诗意即刻泛滥开来，把你淹没在群山之中，让眼前的高山环绕、云雨流离的空灵荡涤，把积存久久的愁绪淡淡地漫溢，一切都懒洋洋地在心中潜行了。

　　前段时间，一家电视台邀我为他们的电视专题片写脚本，内容便是"太行石板房"。关于石板房的传说，亦如南方的"女儿红"酒，据说山里凡是头胎的男孩一出生，他的父亲就开始为他造屋了，斩坡劈地，起石锻料，就开始一錾子一錾子地凿个不停，几乎全靠一人的力量，历时二十个春秋，去打造一座新屋，等长子长大成人，寻亲婚配，新媳妇做了新主妇，这座石板房才算完完全全地竣工了，这是一个做父亲的人一生的杰作。山里的风俗，长子是一定要住新屋的，其他儿子才可以继承老宅，所以辈辈都要有自己的新庄宅。这些石垒石砌，石搭石架，石墙石瓦的石板房，酷暑不热，寒冬不冷，而且夏经雨淋，冬受雪压，竟千百年来毫发未损，一如当初，只是在层层石块之上，条条缝隙之间有了厚厚的绿苔，屋顶之上荒草杂生，亦葳蕤如原了。门口、窗台、炕沿、锅台边的石头日子一久，便摩挲得滑如老玉，已是溜溜的光了。岁月的流逝，让石板房更加地坚固与沧桑，恍若山里的人情世故和世代交替的契合，使它回归到本初的石头了。

春天里，坡上坡下，山里山外，就连石头墙缝儿里都开满了花，长满了草，花海绚烂，石板房点缀其中，便也是画眼了。最有诗情画意的还是夏夜听雨，石板房里叮咚一片，音若古筝，声似铜音，那声音如磬脆响，直击心灵，如马嘶长啸，若嘈嘈私语，似叮当铃声，像风声泉音……集天籁、地籁、山籁、人籁于一处，赏万千佳音在此夜，这样的夜晚可以煽情矫情的东西太多，但我无法说服寂寞与我同欢，正在无限苦闷之时，雨止夜朗，满天的星斗竟然从屋顶石板的缝隙泻进来，丁点的光亮，亦如雨点一般稠密，这让我想起丰子恺先生说的"不乱于心，不困于情，不畏将来，不念过往，如此，安好"。心便也舒静下来，不复思东想西地狂乱了。在秋天，不用渲染与装扮，石板房就披上了盛装，艳红的、金黄的树叶落满屋上檐下，多彩得炫人眼目，收获的秋禾缀满前廊，丰收的喜悦张扬各方，各种野果山红的味道，绕着石板房弥漫着经久不散，像是欲言又止，千般的柔肠。冬天里，是石板房最温馨的时节，大雪封山，浑然之中，石板房凹在雪里，几与雪平，看似天齐，炊烟从房屋山墙处袅袅而升，景色比雪还要洁白。屋里的人围着锅台边聊天边饮酒边炖着各种美味佳肴，海天湖地地乱侃，呼一喝二地热闹，亲情与美味相融，景色与乡情互染，真是一幅美妙的山乡风俗图啊！

山炊

在中国的饮食文化中，"山珍"对"海味"体现着一种融合和档次。在林虑山里，"山珍"便是野生的花与草，丛生的菌与菇，伸手可采，举手可得，遍地皆是。常挂在山里人嘴边的一句话："只要随山走，吃喝不会愁。"林虑山物种丰富，温而湿润，植物盛而不衰，对山民来说就是一个自家的蔬菜园子，可食用的野菜野果野菌据说在万种以上，真是取之不尽，食之不竭。不过山里相传当月当季的菜与食皆有潜毒，谓之含扣或隐扣，但下月下季的菜与食自然天生，其性其用恰恰为之解扣，正好形成了相克互补的食物链，构成山里人特有的饮风食俗。因此，山里人至今仍保持着"不时不食"的传统，生活围着天时转，当季顺时，不食反季的菜蔬。春天的香椿，一丛丛暗红色的嫩芽，最早把香味飘满了山山隅隅，人们切碎了炒，焯了后拌，晾了后腌，吃香椿要持续一段时间，此后，荠菜和蒲公英就又会摆上餐桌。进入初夏，野菜便进入了繁盛期，所食之菜竟然多得都叫不上名字了，但年纪稍长的山民会对每一种野菜如数家珍，随手薅来一株，便能连性能带故事地说得头头是道，十分精彩与精妙！这一切的饮食风俗，从古到今一直都是山里人习以为常、活色生香的一种生活。

山里人的一日三餐，最能体现中国古代哲学思想，不仅讲究中和包容，而且注重各取所用。凡菜即田蔬类与山野菜同炒，大素菜与小肉荤混炖，菜有菜味，肉有肉味，再佐以其他食材，然后旧枝新柴，燃而炖，炖而烩，烩而成，山外人形象地称之为"一锅烩"，山里人却照直白了去说是"大锅菜"。大锅菜讲究不仅是烩，更重在熬。在时间上，要熬得不长又不短；在火候上，要烧得不温又不火；在味道上，要调得不浓又不淡；在食材搭配上，要比例匀称又要有色彩视觉。凡饭即米类、豆类、瓜蔬类合而煮之，尤其是在冬季，白菜、萝卜、蔓菁，还有春夏秋三季晒制的各种干菜，再假以荤汤肉末抬味，熬个满晌，长焖藏珍，这样一锅杂米饭就揭盖而成，顿时饭香弥漫，直挑嗅觉，令人眼空肚子饿，馋虫纷纷生。因其混制和杂拌的厨艺，当地人又戏称为"麦秸泥"。山里人耕作通常是地远路长，大都是晨出晚归，往往只带上一罐杂米稠饭，既不用带水，又不用加温，还耐吃当饥，啥时饥渴啥时吃，饭始终是热的。

　　山里人吃饭不爱待在屋里，围在桌旁，总是趷蹴在门口的大石头上边眺望边进餐，似是这顿饭里不把些云雾掺和进来，饭是不能到味的，有时若是恰有人路过，也可搭个话，聊会儿天，解解闲闷。即使下雨飘雪天，也要倚在门楼檐下，沐前后通透之风，赏门前风云之景，酣畅淋漓地吃得满头大汗，一番呼呼噜噜之后，还会吧唧着嘴，继续着津津有味的表情，最后抡袖绕头一圈把额头上的汗水擦个干净，方才归家。山里人家的餐具多用古代磁州古瓷，造型粗糙阔大，碗画稚拙夸张，多是古董老物，因此留下些岁月的残影，也有先辈的手泽旧情，故也不舍得让人收藏了去。每到饭时，要赶饭市，为了省去跑路的麻烦，饭是要一次盛够的，所以山里人碗里的饭都要堆得高高的，像一座小山，人隐在后面吃着吃着就把头埋了进去，不等他吃完你别想看到他的脸面。饭市是山里人一天当中最热闹的地方，新闻满天飞，八卦乱成堆，所以吃罢饭把碗一撂，还要胡喷狗扯上半天也不回家，这时你就会看到穿戴规整又略显臃肿的妇人，怀里奶着孩子，露出大半个胸膛，站在矮墙垛上，扯着嗓子，嘴里带着脏字，骂骂咧咧地朝着自己的男人喝斥。男人们倒也知趣，在一连串的骂声里，把吃得滚圆滚圆的肚囊往上一提，整个肚子像灌满水的塑料袋子，一涌一涌地耸着波线，相互之间偷偷地扮个鬼脸，挤着小眼笑笑，就低着头回家了，紧接着就是他们拎着农具，攀山登崖劳作去了，身影瞬间就消失在一片云雾之中，踏石传音，满山嗡嗡地回响。

这时的窗内，女人才有闲揽镜梳妆呢，长长的黑发披散着，像黑夜里吊着的屋门帘，又像飞泻着的小瀑。把自己收拾停当，然后就又开始把采来的黄精的根、叶、花洗净，用小开水微煮，然后撒上些麻油和花椒粉，有无芥末均可，但蒜末是少不了的，搅拌均匀后，香味儿顿时飞溢，如此精心地侍弄好一盆凉菜，是要专等男人下地回来吃呢，这种菜味润人喉，口感撩人，总能带来不一般的融融的温情。或许隔几天还会再做一顿苴蓿羹，清湿热，利五脏，舒心魄，壮身板，喝起来气要倒吸，吸溜吸溜地发出悠丝一般的细声来，实在是过瘾得很！山里人亲近自然，满身风月，虽不着意，也颇具仙骨道风之趣，所饮之水，纯净甘甜，就地取来的野菜，其实大都是中草药，因为在他们的饭台上常见到蒸茵陈菜、拌蒲公英，熬葛根水，泡芡实酒……充饥与疗病并用，养病与养心同行。对这些，山里人日常用之而不知，其实，他们已经享用了不知祖上几辈，又要世及几代子孙？这些看似无用却美好的事物，与阳光与空气一样，总会潜化成山里人所特有的气质和风致。山里人讲究安身之本，必资于食，食之大要，欲凭于草，这正是山里弥漫不散的清流与仙气，存古雅和古派，也有古风与古意。

山　茶

往昔，林虑山里山民日子过得虽然苦寒，但生活却不苟且粗俗，山有山的妙境，民有民的趣意。衣食住行有其特色，柴米油盐酱醋茶有其文化，特别是茶，还保存下来山里特有的茶俗、茶事和茶趣。山谣云："岁月清淡无一事，石板房前饮黄花。"

山里人的先祖也是尝遍百草，继而从漫山遍野的植物当中，选择连翘作为茶树的。山里人采茶有其旧俗相延，那就是初春满山黄花盛开之时，山呈阳性，上山采茶的人须得女性去忙碌，方能实现阴阳合德，刚柔有体，讲究的人家为防止香气因晒而泄，还要在晨曦初现之时，请未出嫁的山姑去采撷，要赶在太阳出来前把采来的茶叶放到笼里去蒸，用果木柴去烧，当阳光灿烂之时，就要把蒸过的茶叶摊在晾箔上去晒，争得第一缕的阳光，不误春天的约请，这样经过连续六次、八次地蒸而晒，晒而揉，揉而再蒸，蒸而又酵，酵后变柔变软，才能调制出千变万化的茶韵来。在洗云坪村，申老太告诉我，加工前的连翘花与叶没有丝毫的香气，连下几遍功夫，发酵以后扑鼻的香味才渐渐四溢开来。

茶客大多不是寻香而来，而是游山途中偶遇的疲人，因渴而饮，因饮不忘，山里土茶之名才慢慢地扩散开来。到山里喝茶，喝山里土茶，最能感受到山里的风土人情与民风民俗。正如山里人奔放的性格一样，这山茶喝得也大大咧咧，没规少矩，立饮坐喝都行，绝无名茶那没完没了的茶规和茶仪，任你随意随性随缘，凭你兴趣兴致兴味，没有一点讲究与顾忌。泡茶之具粗大笨拙，或壶或盆；喝茶之用也是亦碗亦钵，即便是杯也非茶碟细杯，而是俗称茶缸的饮具。茶，要泡得酽酽的浓，略带丝缕苦味，但饮之柔绵细长，十分的舒坦！这种自制土茶，当地人为它起了个漂亮的名字——黄花茶，一如山姑般的清纯和柔美。虽然饮黄花茶亦有其道，不仅仅是茶来入口那么简单,但今天也难以达到古人的那份雅致，因而也简略得许多。黄花茶是连翘的嫩叶与鲜花炮制的，色泽墨绿，鲜嫩油润，香气清雅，初饮略苦，味尽方甘，冲泡后汤呈暗色，但醇厚若粥，饮之浓香暖口；沏二遍水时，越发鲜醇，齿颊留香；三沏其水，才会感到浑身如沐，五脏若洗的那种通透与洒脱，方志上记载，其茶"性虽冷，但温而主疾"……

　　黄花茶缘何有此异趣？全凭林虑山山水之利。林虑山其势巍峨，群峰罗列，常年云遮雾罩，一派朦胧之景。雾多，则云聚，云聚，则雨生，林虑山的灵气尽在它的云雾中，山愈高，雾愈多，云愈厚，雨愈勤，整个山，树林和古寺都隐在其中，一会儿东边日出，一会儿西边云雨，时而云开雾散，诸峰清朗入怀，时而雾锁山头，三步之内不辨地貌之况，天气变化之大，山景曼妙之俏，让人有神出鬼没之感。漫山遍野的连翘树丛苍翠蔚然，古拙虬劲，高不盈尺，宽不满步，不生不灭，不盛不衰，不蔓不枝，享山水之润，吸云雾之灵，获日月之华，迥异寻常，犹如山中宰相。但其在岩石间经年累月地生长，风雨已是苍苍，茫茫然已不知几载何年，那蒸腾的氤氲，如云如雾，如雨如烟，袅袅左右，相偎相伴，不知不觉间已悠然入禅,其叶其花在草木人之间漫不经心地变幻，由草而药，由药而茶，由茶而神，终成茶品。茶虽温性，久饮也有防癌、杀菌、消炎，祛毒之功效，于人益处多矣，遂有仙茶之名，但它仍未走出深山，一直以卑微的身姿，在山民的石屋柴扉之间互传，直到今天还保留着一丝神秘。近年来为招揽游客，好事者改黄花茶为"林虑云茶"，还有人勒石题诗云："他年我若修花史，定捧黄花为第一"，赋予其更加神秘的故事和传说，缥缈的诗意，更加助其日渐闻名，在市场上大行其道，热销不衰，然于我而言，其终不及"黄花茶"来得贴心暖意，有亲情感。茶虽清雅，但在山里人看也是日常俗物，出世入世，雅俗之间，不就是山外人杯中叶片的几番上下浮动吗？其实，至雅至俗，也就是山民日常生活七事之一。黄花茶不是供人细酌慢品的仙草，而是让人痛饮大喝的俗物，如你懂它，方知其妙，久而久之便会成为生活中挂在远方的思念和诱惑；若你不懂，看它不过是大自然植物界生生灭灭的一次轮回。因山茶的品性，与人本身自有一番契合，意识不意识，它都在发生，所以匆匆时光把生活碾成难以拼接的碎影，然而那一道山茶竟然能够慰藉你在碌碌尘世受伤的心灵，让人复归婴儿，忘掉忧患，快乐如初！

山　雨

　　林虑山与太行山里的其他山峰有明显的不同，它不是一面俯瞰华北平原那没有边缘的大美，一面又惊叹耸立如墙绝崖长岭的极限奇观，而是连绵之势让人这山望得那山高，即使登之再高，横亘眼前的还是那些望之不断的山山岭岭，山山不断，峰峰相连，是山外之山，是峰中之峰，是崖上之崖。人在这样的环境里，时常视线受限，也苦于出行之难，但此般险境倒是成就了云和雾，人曰山是云的故乡，一点不假，云雾在山里那种酣畅恣意的表达和表演，是尽兴尽意的。云也雾也，在山里任它如何地翻滚作乱，总不失其气度；聚也散也，由它随性随意地组合，凡变化亦皆成气候。云雾在山与山、峰与峰之间趣玩缠绕，或飙升为云朵，或缠绕成浓雾。要风，它疾行带风至，要雨，它相拥成雨来，这都是瞬间的所为，惬意的事情。

在山里攀行，常有突如其来的窘迫，正晴朗如炽，骤然便是一阵如泼大雨，在你前面的山崖危岩上哗哗作响；而正要去寻避雨地呢，它又云开雾散，复晴如初。云雾这般地随心所欲，气候这般地变化多端，也让山里人少了几分敬畏，多了几许漫不经心。风也雨也，山里人遇之不惊不惧，反而气定心闲起来，从不因此惊慌而乱了方寸。林虑山山性活泼，常常会逗云雾开心，一会儿举之越峰过巅，酷似巨大蛋糕顶上那抹白色的奶油；一会儿抛之跌峰落涧，徘徊弥漫，又如山腰缠系的白色飘带。风吹云雾，在山峰间窜来跑去，不断地被耸立的高峰巨岩挤压成缕缕湿气，再伤心地交织成滴滴凝泪，坠落在山坡和沟坎，但它疾来疾去，没有缠绵和纠缠，甚至一点痕迹都不肯留下，只是无可奈何地变成野草丛下的一片潮润。

其实，赏雨还是到山里。作为山雨的先导，先是那些大而无当的雨珠，被空气鼓胀起来，笨拙而迟缓地摔在地上，如抛出去豆粒，发出金属声响的乐感，溅腾起小片的尘雾，然后才会形成一帘密不透风的暴雨倾泻而下，令人猝不及防，那架势比决堤的洪水还要迅猛，只是如注如泼也就是一阵子，旋即雨过山地干，所有的雨水都会顺着古老的水道奔腾而去，汇成山溪，再汇成大河，滔滔而欢，汩汩成歌。若是雨季，山里过云即雨，旋雨旋晴，旋晴旋雨，比一串珠链连得都紧，雨则成溪，溪则成涛，刚好又是风声到枕，会扰得你成夜成宿地不眠，谁会拿它有办法呢？只能任其将那颗狂野的心，撒野撒够了，撒欢撒疲了，它才能静下来，这时，我在山外理而有序的思维，遇雨又似是而非，乱如一团了。山屋一片漆黑，点燃那盏不知何代何人用过的旧瓷盏，如豆的火苗在飘忽着，菜油发出陈旧而熟悉的气味。这时临窗听雨，只听微雨滴答吟唱，持续着绵长的诗意和浪漫，既有雨花开在天空，又有湿意碎溅时光，于是，我突然想起一位诗人朋友给我说过，一个家伙枯坐赏雨时，若不能同时想起一幅美画、一首好诗，那他还是个白痴。这时我重梳纷乱的思绪，但想想有致，思思无形，既无法收拾，又无从打理，便也古井无波，不复思想，沉寂在雨中，做白痴状。夜雨的急促与舒缓，宛若一场音乐会，山雨烟波，浅唱流年，铮铮而鸣的风雅，让周围的空气都凝固起来，一切处于静止状态。但细心的人，还可以辨听出风摇山林群梢发出的缕缕细响，以及雨珠敲在植物叶瓣上的声息，古诗词中那种雨打芭蕉的意境，感觉甚是美妙，简直无法言传！

　　与夜雨前后脚奔来的还有瀑布，一场夜雨，万千瀑布，所有的高崖之上都有瀑布景观，或喷或涌，或跌或落，急不可耐地展示着自己，一点也不安分，率性地呼啸着尖厉的声音，在山间回荡。一夜的缤纷心情，就这样被雨水淋湿了，让山溪冲跑了，给水瀑跌碎了。谁知早晨起来，竟然没有了一点雨的迹象，除了微微的凉意和习习的山风，只看到被雨水打落下来的鲜花、绿叶和嫩枝，凄凄怨怨地集聚在檐下，雾霭蒙蒙，草色霏霏，经过这般喧腾，山里竟然比先前还要静默，只是脾性火爆，说话如嚷的水瀑，还在那里口若悬河地嘶吼着，这也是没有办法的事情，因此它也就成了在山里唯一能与自己高调相处的朋友了，张扬就自它张扬吧，且让我们满目青山，赏心悦目地去欣赏这一切！若青山无法阻隔，那万重的念，自然的美，野山的趣，从来也都是端庄的，如同一种渴望，一种秩序，和无法讲得清楚的道理，因为它还原给我们最初剔透无色的纯净梦境，即使半山烟雨，也是斑斓多姿！由此可知，要想心静若水，这竟是一件多么不可思议的事情啊！

喊　山

　　山里的岁月，大部分内容不过是荒生荒长的草，飞来飞去的鸟，聚散不定的云，还有那经久不息的风。山里人也寄情山水，但他们不去傲啸山林，踏山寻情，大多是把山林峰崖当作神灵去敬奉，所以山里的山神庙或大或小到处都是，有的村边地头的石崖上也零零碎碎地凿拓着石龛，到处雕神塑佛，以便于向善之心顿起，随地立时可敬，他们以敬畏之心怜惜着山里的一草一木，一岩一石，把自己连同信仰和灵魂都融入进这静默的山脉，满是悲悯与慈爱的情怀。在山里，山是什么概念呢？反正不全是绵延的象征，而更多的是一个耸立的形象，一座山峰，一个山头，一处山丘，皆可称之为山，所以山里人把山当成了一堆散珠，一尊神灵，一幅画，一首诗，一腔山曲儿，这些都是可以串起来、敬起来、挂起来、吟诵起来的，不单单是冷峻的固体与个体，而是有生命有温度有情感有寄托的陪伴。从这座山到那座山，看似伸手可及，但走起路来恐怕几十上百公里也不一定能够走得到，所以往昔山里人的交流，主要凭借于喊，日复一日，代传一代，喊山也便成了交流的习惯和手段。其实，喊山就是喊人，这山那山立在巅头扯着嗓子一喊，彼此相通，你我两知，这样信息的传递比当下的手机还要来得迅速与方便。过去传递的多是家长里短的事情，现在的年轻人思想解放，胆子也大，不在乎世俗的眼光与评判，竟敢嗲着腔儿谈情说爱，甚至喊着一些更为私密的内容，让听到的人也为之情动脸红。就因为这，山里人练就的嗓门格外的大，即使窃窃私语，亦如大吵大嚷一般响亮。

山里人过去有许许多多的担忧，有说出口的，也有说不出口的。但山里这些年发展好了，父母不用再担心山里来个游贩，也能把刚养大的闺女拐跑了；不用再牵挂眼看就能接棒扛事的大小伙子，凭着山外一些虚无缥缈的传闻，就背井离乡一走几年十几年，甚至几十年，不混出个人样，誓不归家，其实，成事的人要少，潦倒的人反而居多。现在相反了，城里人纷纷在山里购房置屋，建工作室，做艺术梦，搭木成屋，回归自然，过起山里人的生活。山外的姑娘嫁到山里，定居不走的越来越多，邻村还娶了个乌克兰金发女郎做媳妇呢。外来元素的注入，让山里一下子活泛起来，山市如天街，灯光映星月，说不尽的幽雅，说不尽的繁华。现在太行天路畅通如街，从这座山到那座山，也就是几袋烟的工夫，毋庸再说网络的快捷，因而喊山的传统活儿早已弃之不用了。但山里旅游热火起来后，喊山又成为招揽游客的一种方式，重又兴盛起来，此山彼峰一呼百应，此处彼地一喊而通，满山回音袅袅，笑声绵绵不断，从此这山那山就没有再安静过，到处回荡着人们的兴奋和激动的声音，连满山的植被都簌簌如风，狂欢若舞了。于是，我杞忧山里的这些繁华与变化，不仅加速了山里人原有朴性的消失，而且还将自然的天堑天险也消之遁形，一切都变得如此迅疾，令人有点目不暇接，这没有任何险阻的深山，那还会是山吗？

山　色

　　山外的人，当然愿意看到林虑山更多的高峰、危崖、奇石、峡谷和飞瀑，因为那是风景；山里的人则更喜欢清风、白云、山果、野菜和稼禾，因为那是生活。所以山里人总是把风景糅进生活里，尽管也有诸如顶上先生等等的传奇故事和生动人物，也不过是山之万物间的一种穿插，因为他们的生活里本不缺乏什么景色。他们虽然也追忆前人前世，慎终追远，但更注重今生今世，把握现在。他们会用永不停歇的劳作为自己的未来织锦，把那些所思所盼与贫瘠的生活渲染在一起，然后才与苍天常沟通，把人事做成功。我们现在看到的林虑山，其实已经远离了偏僻和荒芜，大多成了充满魅力的观光景点，有时回想起来，因为事隔很久，关于狼，关于豹，关于狍子；关于树，关于草，关于花；关于奇遇，关于传说，关于妙境，只能是一种想象和追忆，给人永远是一种隔帘望月的念想。听老人说不太遥远的过去，山里人烟稀，禽兽众，大动物倘佯树林，傲啸声啼，百里可闻。人居禽兽之间，动作以躲寒，阴居以避暑，闲则猎，忙则耕，吃草木之实，鸟兽之肉，采百草以为菜，弄山珍亦当食，山境虽然闭塞，心思崇尚简单，生活是安定与平静的，因为那是一个恬淡的时代。于是人们开荒种地，拦水筑池，栽竹植绿，造庙敬神，膜拜天地，所以山里有了齐王池、谢公渠这样的古迹，有了墨皂寺、法济寺这样的古刹，有了黄华山、洪谷山这样的名胜，有了赵南长城遗址、千佛洞石窟这样的文化，于是林虑山水从此便不再寂寞，志骄意满，自信得可以投鞭断流，直面一切了，再加上二十世纪六十年代修建的世界奇迹——红旗渠，又成为林虑山上飞扬着的绿飘带，这山便成为人们寻幽觅趣的最佳地。这里山塔、山庙、山道、山桥、山井、山居依地势而建，巧妙地镶嵌于山，其雕刻之美，文化之重，人文之盛，风情之醇，古建之韵，乡愁之浓，说是诗情画意还真没有丁点的夸张和炫耀。从此，纷至沓来的游人，沿着山里新修的无数条公路，或盘旋，或折叠，或旋升云端，或回落山涧，这番惊悚又有惊喜之后，那颗心始终平静不下来，跳若群珠落盘，迸迸然叮咚乱响。好不容易车驻人出，已是山里一天中最为绚丽的黄昏时分了，回望高山峻岭，满是峰峦叠影，夕阳余晖里的景色被浓抹着，浓得都滴色溢彩，缥缈得像一座座仙山楼阁，满被晚霞笼罩着。林虑山就像一个永恒的巨大坐标，把大山的形象定格在人们的心里。看不尽的山山峰峰，道不完的湖光山色，哪怕是每一山隅的花花草草，哪怕是每一座峰巅的风光袅袅，甚至每一级石阶、每一处山居、每一块石头、每一棵草木所表达出的千言万语，早已成为生命历程中的真实细节了。

麦黄杏熟时

　　麦子熟了，金灿灿的，漫山遍野，到处闪着耀眼的光芒。每年，山里的杏儿也是在这个时节开始长黄、走向成熟，那样的嫩黄而又柔美，散发着果香，缀满枝头，山里人称它是麦黄杏儿。

　　黄黄的山杏，像碎金撒在那片葱郁上，它透过厚重的绿意，把自己灿亮在那丛蓬勃当中。它从青涩的小果开始，越长越饱满，越长越成熟，越成熟越黄亮，越黄亮也就越飘香，直到招来那些纷至沓来的欣赏者，让自己在四处飘满果香的日子里，或被人摘去品尝，或被雀儿啄雕成样，或坠落在同样灿黄的土地上……杏儿一旦成熟，就是倾其所有奉献一切的时候。这时你若肯静坐其下，徘徊其间，伫立其前，一边品赏，一边聆听，一边陶醉，一边思考，你就会读懂在麦收季节，杏儿为什么也这般灿若金果的深意了。

其实，杏儿的轮回亦如草木，一生一世不过是春秋一场。从开花、萌蕾、微粒、半圆、将圆到浑圆，演绎了从初绽春意、迎风沐雨、花深如海、硕果累累到烂熟成浆的过程，它有孕育的憧憬，有成长的烦恼，有花开的美丽，有成熟的困惑，也有灿烂和甜蜜的回忆，所以，它不忘怀奋斗的磨难，不留恋花开的繁华，不陶醉成熟的快乐，不计较最终的归宿，不舍弃未来的追求，极其诚恳地听风读雨，极其谨慎地花开花落，极其认真地走日过月，极其快乐地笑迎一切，像一幅花鸟画，又像一坛醇美酒，既美丽生活，又醉染心境。

所以，我每年想到、看到、吃到金灿的山杏时，便会想到成熟的金黄，想到收获的喜悦，想到春花的灿烂，想到奋斗的艰辛，不得不膜拜大自然的神奇与慷慨！

千瀑沟的假日

小雨初歇,林虑山像濯洗过一般,青的更青,绿的更绿,满山水流瀑响,蛙鼓蝉歌很是热闹。千瀑沟隐身于林虑山的深处,那里云雾如烟,忽明忽灭,时聚时散,人进其间如坠仙境一般,登高远眺,沟里的一切都笼罩在这白色的云雾里,缥缥缈缈,朦朦胧胧。

千瀑沟身在高山峡谷之中,千古寂寞,沉静如禅,本没什么假日,但山外人的假日却成就了这里的热闹。在这样的季节,每逢假日,沟里的人家还是照例上山采摘山菜野蔬,下山采办烟酒饮料,并要特意换山里古旧老式的衣裳,在古朴得不能再古朴的山居小院里,用乱石垒起锅灶,让升腾起的缕缕炊烟,召唤着结队而来的游人。游人大都是熟门熟路的常来客,老远就可着嗓子呼喊着店主的名字,一把山柴便能燃起几天不息的欢声笑语,快乐着寂静多日的山崖和水瀑。这千瀑沟里的热闹,凡是假日里光临过的人都是知道的!

从林州城往西走约五公里,便进入林虑山,山里有条长长的沟,沟右面的山坡上卧着一个叫桃园的小山村,往里走便是那叮咚作响、水流如歌、当地人称之为桃园里沟的景致了。桃园里沟叫了千百年,千瀑沟是后来好事者取的新名,虽有诗意,雅趣十足,但确也是写实的,因为这沟里大大小小的水瀑何止千条呢?二十多年前,我第一次去沟里云游,这里连条可供行走的小路都没有,拨树捋草,艰难穿行,但山溪水流湍急,涛声飘满山间。如今不同了,虽然千瀑沟还不是一个规范的景区,路仍蜿蜒,但亦可直通瀑顶,山幽景秀,声名已鹊起如潮。现在游览的人都组团而来,沿沟家家户户几乎都开办了农家乐。每到假日,沟畔车如蚁阵,人欢水唱,灯明星稀,生意格外好,沟里简直成了闹市。

在树林里一些空旷的地方摆有小货摊,兜售的都是产于这里的山货,如核桃、花椒、银翘、何首乌以及各种干野菜和时鲜水果,也有大大小小的灵芝,只是不知道是否生长于这里的山上,还有的摆些树根和山石当艺术品卖。山里的鸡都是散养的,吃草啄虫,饮露吮汁,因而炒鸡蛋的味道格外鲜,所以每个小摊上都有山鸡蛋当主打商品。夏天的蜂蜜多贮藏在山洞里,暑天,摊上摆放的瓶瓶罐罐里都结晶成块,人们像蜜蜂一样簇拥在前,边尝边品,啧啧称佳。游客青睐绿色产品,出手都很大方,山货频频告罄。在这里做生意没有市场上的那种呆板和拘谨,价格虽有,但不泥守,因是自产,山里人家亦不吝惜,游人因这天然绿色的山货,很少讨价还价,生意不大，倒也兴隆，你买我卖，和谐公道，是传统的集市贸易。

天帘拉满，漆黑满山，虽有星月在天，但树影婆娑，山崖影绰，满沟还是暗淡灰黑，但凡有灯光处必有人聚，凡有人聚处皆有酒摊，三五成群，围拢一起，猜拳的行拳，唱歌的飙歌，呐喊的高呼，还有几堆篝火，年轻人围在一起边舞边歌，歌声笑声彻夜不绝，醉得山都趔趄。在那个假日，我与几位小时候的同学夜宿千瀑沟，在月色里拎菜提酒攀爬至山巅，邀月同饮，对山而歌，边饮边舞，俨若重归原始天真时代，谈笑无拘，举止也有点放荡不羁。只是夜返，迷途徘徊，良久而不知归路，只得打电话求助店家老板。店老板奔波了半天才把我们找回，一路嗔怨如亲，数落似星，让我们感到山里人的亲切和温馨。

千瀑沟的繁华与热闹持续的时间不长，以夏季为中心，春秋搭个边，一年没有几天，假日也是三五天的光景，人走山空，复归于平静。山里人忙着把空酒瓶、饮料罐当废品交给来山里收购的人，然后把床单被罩洗净晾在树间的绳上，遇风飘忽，响声亦如流瀑。忙乱了几天，山里人的喉咙都略微有些嘶哑，坐在屋前的树下，泡壶自制的黄花茶悠闲慢饮，边润喉边清火边回味边心喜，也真是的，这假日里的收入很对得起他们的辛劳了。

归返的游人，一边回味着山里的风景，一边收藏着观水赏瀑的心情，拎着成串的山货，边馈赠亲友，边叙说着山里的种种趣事，分享自己的喜悦，或许还会在夜间梦萦美景而不得眠。于是沐月披衣，坐在灯下试着作首诗，或者写篇游记，山里的事情倒是很繁稠，能写的东西不少，很多的感触在白昼里就已经不时降临，不时冲撞自己的灵魂心壁，那些绝妙又精彩的细节常令自己到了战栗的境地。只是这文题不好选，假日进山本为寻幽趋静，想不到这深山里的小水沟竟会这般喧嚣与繁闹！

千瀑沟记

林虑山有沟曰千瀑,盖因瀑多而名。进沟如夹山缝,两山对耸,沟深山幽,林壑尤美。望山水如练,听涛声不绝,渐闻溪流潺潺而泻峰间,瀑如山崖挂帘,到处晶莹景观。峰回路转,仍见溪流在湍,逢崖跌落,或大或小,或宽或窄,一个接一个,一级连一级,顺山势而下形成瀑群,此乃千瀑沟也。其实沟瀑何止于千,只因数不胜数,徒以"千"唤之。

若日出而林霏开,瀑响如音乐起,水映若图画出,浪涌如雪花来,聚散无凭,难觅踪影。朝暮景色异,晦明多变化。野花有幽香,密林存幽境。山兽多奇趣,鸟雀有妙音。云雾追峰升,游人遍山行。四季景不同,山色共一新。地偏且居一隅,游人乐而无穷。

水瀑下皆是潭,潭皆有鱼,临潭而渔,多不可得,盖因水寒而鱼小，鱼小而灵巧，人之机灵，终敌不过鱼之灵敏，往往悬竿日久，获之者空空。渔之不成，徒坐岩上，观鱼跃瀑上下，翔游浅底，终大悟方开，若是有山有水而无鱼，纵有丝竹之鸣，宴酣之乐，味亦尽淡矣，色会皆散去……

已而夕阳在山，人披晚霞归去，一路山溪相送，瀑声欢歌，树影阴翳，鸟唱声乱，踏石而下，如弹琴键，然千瀑之景依旧，叮咚之声犹闻，人进城入流，熙攘再起，纷扰又至，纵有归隐之心，于世亦是不容，岂不令人如瀑碎潭，心思乱溅乎？

山里观瀑记

去青龙峡看什么？

看瀑布。

这没有错。青龙峡位于豫晋交界处的山西省壶关县桥上乡，这里飞瀑成串，山溪从山里跌落下来，一个跟头就是一片景色，而且每景如画，每画如诗。如画的时候，取舍有别，详略得当，该水多的地方，水面如湖，碧波荡漾；该山多的地方，水流飞泻，稍纵即逝，形成一个又一个宛如惊叹号的瀑布。如诗的时候，双声叠韵，水流穿石入罅奔腾而下，如两玉相碰，铿锵有声，水流渐缓，曲曲婉转，但平仄俨然。这情景让我想起父亲，青龙峡的水，就像父亲的性格，该慈祥的时候慈祥，该严厉的时候严厉，刚柔相济，缔造了这片美丽的天地。

夏至过后，太行山多起雨来，断断续续十多日，雨竟然没有隔过天，连绵起来有时倾盆似泼，有时细雨如诉，有时忽雨忽晴，有时时骤时缓，雨后的山溪像酒后的人，显得兴奋而狂欢，断流的淌起水，长流的涌起波，遇坑成池，见崖是瀑，满山都是水的劲吼和欢歌。我和朝龙兄就是在一场雨的间歇里才进入青龙峡的。黄昏时分，雨后的山路上没有行人，沿途不时有坠落的石头和小面积的塌方，所幸并没有妨碍通行。青龙峡口有一个巨大的瀑布，哗哗的声响像是从天际而来，气势如虹，瀑鸣如雷，那浪潮一般的跌落，已经盖过了满世界所有的声响，那份暴烈的醉人的美，一下子就把我们吸引住，被征服了，在这里唯有此片摄人心魄的喧嚣，才能慰藉夏日那寂寞的天地。袁枚在《大龙湫之瀑》里说："五丈以上尚是水，十丈以下全为烟。"真是所言不虚，此景此情，如其亲临。周围还有大小不等难以计数的瀑布溪流，如云似雾，腾空而起，随风飞扬，一片氤氲，形成一种奇特的景观。目睹此景，沉在我心底的一首诗便伴瀑鸣而来。"拔地万里青嶂立，悬空千丈素流分。共看玉女机丝挂，映日还成五色文。"这是王安石关于瀑布的一首诗，诗中描绘的景色正是我眼前所看到的一切。山耸两侧，树盖四野，水穿其间，白练飘然，群瀑成景，十分壮观，我想用相机捕捉这美景，但努力几次均告失败，因瀑布的水色太亮了，这是多大的遗憾啊，但又是如此美妙的景致，令人无法言说！

峡谷里飞瀑成串，但层级不太分明，水拥水，瀑连瀑，云挽云，雾连雾，此番景致被两山夹在中间，掬成一幅高妙入神的山水长卷。青龙峡是一道幽深的山谷，谷里有两个行政村，名之前垴和后垴，前垴在沟沿，后墙在山根，这里三两户便成一村，但众村集聚方成建制，自然村落如星星撒满山野，人却稀疏。这里家家户户都生活在诗情画意的环境里，人皆仙风道骨，处处可成仙境，仅看几个小村的名字，你便能领略这里的幽美和雅致，如滴池坡、漾沟、水泉上、崇山等。沿着村民修砌的观景小道上行，浓荫夹道，溪水吻脚，我们在这天然的氧吧里不断地做着深呼吸。这时，朝龙兄顺手拈了一支柳笛，吹着各种各样的曲儿，伴着山溪的汩汩声和怒吼的瀑鸣，真是太美妙了！在这山水间浸染一番，我感到自己已经泡进那片声浪当中，随着山瀑的飞扬跌落，每个细胞都充满了活力，身体的每个部分从里到外，从肉身到灵魂，都被濯洗和净化，浑身玲珑剔透，飘逸若仙！

继续上行，又有大瀑轰鸣，旁有木架草棚，上题降龙亭，瀑上飞架一桥，桥下就是一潭青绿泉水。潭边静卧一个小村，名曰水泉上。潭边高台上有一农户，绿树丛中红瓦屋顶，十分抢眼，上镶四个大字：张三客栈。哦，这正是我朝思暮想的理想居所，即使住上一宿，也不枉我步入静虚妙境的一番心思。我坐在张三客栈的平台上，聆听如唱的虫鸣，潺潺的溪水，如雷的瀑歌；观潭中倒影，知巍峨高山也会随粼粼波影摇曳如莲；潭边竹林，朦胧雨中，似有万般情愫簌簌若诉；满帘湍流，飞银溅玉，卷起如雪浪花，呼啸而去，真是"静坐参众妙，清淡适我情"啊！这里的事事物物，山山水水，有动有静，有佛有禅，有诗有画，一切都散发出灵性的芬芳！

忽然雨止，我与朝龙兄沿流而上，在满是云雾的山路上漫步，路旁就是清澈见底碧波凝翠的山溪，脚下便是形如圆月的石桥，立于桥上俯瞰，下缀瀑群众多，水拍惊岸浪卷，似白虹饮涧，玉龙下山，晴雪飞滩，景色非常壮观！在桥仰观，若干小瀑微起波澜，水花溅绽，恬静悠然，水速不急不缓，水性不温不火，与下游咆哮暴戾的瀑布相比，这里的山溪宛若一个贤淑文静的女子，千娇百媚，温柔优雅，是另一派的风光了。

在这里那种渐渐渗透的美，因这一片恬静的山水，让我们不知不觉就把它带走了，藏在心之一隅，时间长了，它就会永远占有我们。因为在这种山水风水面前，谁也会忘掉自我，坠入那种美妙当中，每有回味便会眼噙泪水，心灵永远充满向往和憧憬。当行至南湾小村时，已是山溪的上游了，眼望一泓碧流，汩汩奔涌，因地势的缘由，水流平缓，已无瀑布的景观。村头站着一些人赏雨后的山雾，见我们询问，村民郭老汉便讲起这青龙峡满沟的故事，有哺孩山和萧妃梦的传说，有莲花池深不可测的奇险，还有山溪那淌不完的欢歌……当我们邀请郭老汉在月色下同饮几杯时，谁知他说："我们常年守着这山这水，不喝酒，整天也得醉！"是啊，山水醉了他们，也醉过他们的祖祖辈辈，现在正醉着我们，不知未来还要醉倒多少人，看来我们拎着的这瓶酒，是不必再饮了……

太行吃秋

　　寒露过后，露气寒冷，露水也由白露的洁白晶莹凝结为有形的霜了。晚秋有霜自然寒，草木开始凋谢，已然凛秋了。但太行山里此时正天高云淡，层林尽染，蝉噤荷残，秋意浓矣。大自然对深秋的太行山，从不吝惜色彩，倾泻如瀑，那种大手笔、大气派、大写意，使韵味无穷的太行山到处荡漾着浓艳的色彩。

　　"寒露深秋，山果碰头。"这时候你若走进太行山，便是一种美的享受。我曾给一位远方的朋友介绍故乡的深秋时，用了两个字"吃秋"。为什么呢？我曾写过散文《看秋》，但觉得有些朦胧，写过短诗《醉秋》，亦有点抽象。如果说春天的太行是妖艳，美的是视觉，那么秋天的太行是繁华，醉的是味觉。在太行山的秋天里，唯有"吃秋"，与秋天才能融在一起，才有气氛，有感受，也才觉得熨帖！

太行吃秋，不是蓦然惊喜的一瞥，而是目不暇接的缭乱。你看半坡的山楂树，果如红星闪闪亮，缀得满树繁若星河；柿树沧桑老派，颇为世故，但到秋天也会把红红的柿子挂满枝头，像灿亮着的红灯笼，炫耀着丰收的喜悦。深秋，山枣完全成熟了，是一年当中最佳的吃枣季节，枣富含铁，是美容和抗衰老最好的利器。山里梨也不少，见得最多的是那种头小尾大、圆润光滑、肥硕如钟、俗称"半斤酥"的大鸭梨，吃在嘴里酥脆甘洌，生津止渴，当餐当饮，润肺养人。因"梨"和"离"谐音，山里人便也讲究梨不分吃，让这种普通的水果也承载着许许多多情感上的意义。苹果笑秋，山果醉红，熟果浆香……满山飘逸不散的是浓浓的果香。现在，山里人外迁的多了，很多村已空无一人，果树亦没人打理和收拾，都是自生自长，自熟自落，山路上到处都是熟落的山果，俯身可拾，仰手随摘，树上那些熟透的山果，也会不时砸在你的头上，调皮得让你躲不及呢！

这个时节，山里人忙的是收秋，"秋"指的是庄稼，即使晚熟的玉米，收获时也要拣出些嫩幼小棒煮来当饭吃，米饭煮玉米，香味融进山里的空气随风飘去。每年他们都要把收获来的玉米挂在屋墙上，黄灿灿的如金殿一般。红薯在寒露之后才停止生长，山民们要赶在霜降之前刨出来储藏，才能作为冬春的食物。小时候在山后刨红薯，因路远不便多是午不归餐，于是燃堆柴火，在其将熄时把红薯投进去，火星溅得老高，等上半小时再把红薯从火堆里扒出来，在新翻的土地上摔几下，然后剥开皮，绽开白鲜的薯肉，呀，那扑鼻的香味简直抵过人间的百鲜，真香！此外，还有收获花生、山药、柿子、谷子等，那类秋收的趣事更多，今天想来竟是这般休闲和诗意，全然忘记那时劳作的苦累记忆。

太行山的秋蔬，结果比夏天还要繁稠得多，那成串成挂的豆角、丝瓜是极可爱的，在蔬菜里我特别欣赏它们的清丽柔媚，模样俏致，那么静雅，像清纯的山姑，让人怜爱！特别是进入深秋后，它们结果不止，生命旺盛，为秋天的收获倾尽了自己的努力。西红柿也比夏日的好，进入秋天昼夜温差大，山野里生长，栉风沐雨，积淀精髓，番茄红素最丰富，使之有酸度，有甜味，有美感，有精神，成熟度最好。现在我们虽然在超市可以食得四季果蔬，但滋味终究是无法与之相比的。

秋后的美味，便是带点荤了，想吃山珍也有。他们能把野兔肉搓成丝，像线一样纤细，然后再清炒加鲜，又细又嫩，再伴之小酒，邀来明月，陶醉得动人心魄！好事者或许还会捞来山溪里的一些鱼蟹，抑或家养的山猪、雉鸡等，在黄昏摇曳晚霞时，若得闻有几缕肉味飘来，便会知晓那山那户那人在心潮翻滚，这夜又不知要热闹成什么样了……

现在，让我想象吃秋的诸般妙事，我会说出吃山果、煮玉米、烧红薯，都是我的最爱。过去每到深秋的时候，我与几位好友总要向深山里跑几趟，体验山乡风情，回味童年趣事，捡拾美的诗情，但这几年工作忙如陀螺，已很少再有那样的闲暇闲情，吃秋竟成一种奢望了。深山里的山民，尽是明清之际从山下到山里避难逃荒的乡亲，有的祖籍还是同庄或邻村，前些年还在两头跑着种地呢，因而拉起话来显得亲近了许多，他们也是因为吃秋的缘故上了太行山，只不过伴着许多旧社会苦难的无奈和苦涩。我从他们那里不仅融洽了乡情，也收藏了不少趣闻和故事，又在不断地繁茂着自己日益荒芜的心。我每次从山上下来，总要把一些趣事给城里的一些朋友分享，他们总是羡慕地说："吃秋太行，口福不浅啊！"

吃是一种体验，是对大自然风雅的爱恋，从这个角度说，吃秋，便是件香艳的美事。因为秋天缤纷的色彩，飘香的秋果，醉人的收获，美妙的风景，能够让你感受一番在繁华之中出离尘俗的心境，那是自然静好的事情。让我们把那些绵绵软软的想念，吃在嘴上，搁在心里，酿在情感中，其实亦是不错的感受。跟秋天有个约会吧，在岁月的一缕晨光里，一抹晚霞中，一刻心动时，把吃秋酿成的豪情，吐成韵味无穷的诗，美艳鲜亮的画。

其实，我不是个贪吃之人，但面对秋香满山的太行，常常也把持不住自己，变得也有点疯狂和贪婪。寒露一过，山已更灿烂，果会更飘香，景亦更绚丽，但越是美妙的事情，消逝得越悄无声息，等你恍然欲觅，已是落红成泥了。所以，朋友，放慢你匆匆的步履，收拾一下心情，快去太行山吧，秋着盛装，正在红叶溪流处、红果绿林丛、山巅白云下等你呢！

太行花事

春天登太行，让人最容易忽视的是赏花。其实，太行山的春天是四季中最灿烂的时光，春分一过，淡粉色的山桃花最先绽放，橘黄色的连翘花继而盛开，之后粉红的杏花，紫色的桐花，雪白的梨花，细碎如星的山楂花，簇拥成串的洋槐花……整个春天，太行山用花事的变化更替着时间。山谚云："桃花开，杏花败，梨花出来当奶奶。"看来春天就要归去了，落英缤纷，残红满地，但山里仍是灿烂满坡，香飘山川，花花草草没有显出一点疲倦的样子。

太行山属暖温带半湿润性季风气候，春季温和，气温回升快。今年降雨不少，光照又充足，非常适宜各类春花生长。春天是让人着迷的季节，各种各样的树，各色各类的草，五颜六色的花，会撩起你的欢乐和兴奋，一切都是美丽的。古人赏花时要做很多事情，焚香、整装、弹琴、作画、吟诗、唱歌、舞蹈，还要喝酒，现在就简单多了，只需准备一份心情即可。四月十九日，我应邀上山赏花，不料在太行山巅的下石壕村奇遇一场很大的春雪，只好滞留山上，这反而让我欣赏到雪里太行春的另一种妖娆和艳丽。雪中的桃花艳得惊人，遍野的春雪为它作着巨大的铺陈，缀满树冠的梨花，浓密白艳，把小小的山村淹在花海之中，飘飘洒洒的雪，纷纷扬扬的花瓣，把太行山渲染得神奇又美丽。抬眼望，满山洁白一片，真是分不清哪树是雪哪树是花了。

从下石壕村出来，随缘领我到悬挂在太行山巅的那个小山村——西井山，近观气势磅礴，远眺却有点胆颤心惊，担忧那些挂在崖上的房舍会被山风吹倒。这里是他和林中漫步先生发现的赏太行风景的绝佳之地，山野中有他熟悉的花、树和石头，果然不错，雪野上散布着艳艳的桃花，白白的梨花，绿绿的柳影，还有黄黄的连翘花呢！这里因地势、风向、气温各有其妙，早春的花，仲春的花，孟春的花都能够聚集在一起绽放，连花室温棚都难以做到的事，竟然在这里自然地袒露给你，你说是奇迹不？由于路险山峻，尽管太行春艳，但雪里的山上几乎没有行人，面对这庞大而美艳的山景，我顿时感到太奢华了，三个友人在山上慢跑，一会儿桃红灿粉，一会儿柳拂绿丝，一会儿梨艳若雪，随缘把镜头对着的都是灵巧瓣密的花朵，还教我们如何留白，花景怎么取，他真像一只勤劳的蜜蜂，逐花而飞，只是常有暗香浮动，唯少嗡嗡蜂声，好在随缘的歌声不断，聊可补憾。山里人对此美景早已司空见惯，站在村头的树下闲看我们几个少见多怪的兴奋，小孩子跑来跑去，不时告诉我们何处还有更盛的花地。我有点疲累，坐在石屋的檐下向老者探询这里的民俗风情，老者不吝口舌讲了好多花神的传说故事，让我平添了一份意外的收获！

从山巅下来，由于地势和海拔略有不同，气温的高低变化，植被和花色因此呈现不同的特色，我们一路像是在不停地舒展着画卷，见到众多平生未见的奇异之花，有的冰清玉洁，有的黄瓣包蕊，有的粉红意象，有的绿意缠绵，色彩缤纷，只是叫不上名字，这景象让识花万千的随缘都有点困惑。这就是太行山花的品性，迎雪傲骨，默默无闻，不为己悲，不为人喜，有花自芳，平静淡然！或许你正在为他乡名胜的花色倾倒，但我要提醒你，在我们生活的周围，在太行山上，各类的花色正浓艳如画，让我们迈开双腿，走向大自然，尽情享受春天带给我们的惊喜和震撼，不要让身边的美景与你擦肩而过，不然就会失之成憾啊！

不仅在山隅、崖边，就是在山径上，在我们行走的脚下也到处是花，蒲公英、荠菜、点地梅、二月兰、苦菜花……各种各样的草花，怎能数得清，怎能看得够？行走在山路上，宛若走在缀满花卉的地毯上，特别是蒲公英那金黄色的小花，点缀着早春嫩嫩的草地，没有它就没有田野的春色。那星星点点如繁星璀璨，满地雪白，形似梅花的点地梅，颇有景色，为草地美化献上一抹亮色。还有开着小白花的荠菜，十分抢眼，采点回去洗净拌菜，是难得的美味。辛弃疾词云："城中桃李愁风雨，春在溪头荠菜花。"荠菜与春天是连着的，太行的花事与我们也是连着的。

桃花太行

春天里，以天为党的太行巍峨在哪里？有多少人这样好奇地寻觅：壁立万仞的冷峻，逶迤千里的雄浑。

谁敢说满山夭夭、灼灼若燃的桃花，美若画廊的桃花谷，汩汩淌歌的桃花溪，飞泻成帘的桃花瀑，静然若仙的桃花村，藏着陈旧故事的桃花洞，充满幽怨神情的桃花仙子，还有山味桃花面的美妙，桃花嫂子创业的传奇……就是群峰苍岩的太行？

桃花恹恹地问从脚下淌过的淙淙山溪，从头顶掠过的悠悠云影，从腰间飘去的渺渺雾景，太行在哪里？山草在摇曳，山风在歌唱，山鸟在翩飞，高处的泉水喋喋不休地说："太行不知何处去？"

其实，有位作家说过："朝阳是太行山的微缩景观。"朝阳村像一双明亮的眼睛，闪耀在太行之巅，请问村在何处？春风骀荡，桃花似海，满目灿烂，绚丽得像是天上掉落下来的一片云霞，一切都婉约成曼妙的图画。沿着熟悉的山径，叩着熟悉的门环，喊着熟悉的名字，想着熟悉的故事，听着熟悉的鸟鸣，就是遇不见熟悉的人儿，却看到了熟悉的丛丛桃林，依旧在春风里张扬着鲜艳的容色……

把自己沉醉在桃花的映像里，站在窗前远远地瞭望，那耸立着刀削斧劈危岩峻峭的景象，满身披着嫩绿的衣袍之上绣满妖艳桃花的可是太行？英雄硬汉也有柔美心肠，俏丽妩媚，似少女初妆，且让太行妖娆去吧！

不由分说的桃花，让灿烂无边无际地泛滥，结果淹没了无可奈何的太行山……

我的太行

——关于《太行风土小记》

　　关于《太行风土小记》，我不得不说那年的一次亲历。二〇一六年七月十九日，始于下午的那个惊心动魄的记忆是突如其来的，一场不容置疑的暴雨，一下子把干热干燥干旱干涸的日子泡得湿淋淋的。决堤、水淹、浪卷、咆哮……这些最遥远的名词顿时有了现场感，它们从远处呼啸而来，又咆哮而去，我的太行，水流汹涌，浊浪滔天，卷着浪潮，像一头猛兽咆哮着，桥梁被冲毁，村庄被水淹，造成了百年不遇的大洪灾，所有这些都刻骨铭心地镌刻进生活中那潮起潮落的日常，与我相伴留在那永不消失的记忆里。我的太行，现在也许已经明白那天裹挟着山洪愤怒后带给家乡的灾难，此刻冷峻之后的安然、恬静和卧云般的姿态，让我不忍再去责怪它！

前一年的这个时节，也是个多雨的日子，那十多天的时光，我居住的豫北古城——安阳，在经过一段燠热的时光之后，便进入了阴阴雨雨的日子里。我生性喜雨，所以这样的天气最宜放飞我的灵魂。于是我把装订好的《太行风土小记》书稿反反复复地阅改，但让我困惑的是愈修改愈见其拙，这也是没有办法的事情，才情、底蕴、阅历、激情、抒写、记叙等诸般的局限，让我无论做怎样的努力，都无法走出自锢的圈子。有时试图突破一下，也像踩球而行，旋上旋下，过山车似的感觉，忽然发现自己又回到了原点。好在这些写作的文字都是忠实于内心的真情表白、实事记录、原始收藏，展现我生活其中的太行风土人情，让久居闹市的人们，领会了解地球另一隅我的家乡、我的太行，那片高耸云端的僻壤里，所蕴藏着的美观美意美妙美丽和奇羡奇特奇闻奇事，给大家带来一些新鲜、奇妙和美感，我心已足矣！

说太行是"我的"，口气不可谓不大。这个集子最初便也是取了这个名字，以表达我对家乡、对太行的喜爱与赞美，后来觉得太行一山，纵贯数省，绵延千里，我居一隅，喜之再甚，也不能独享其美，于是便由大至微换成现在这个名字了。呼太行是自家的，一是借自李敬泽先生评论唐兴顺兄的散文时，说他"且以太行山为自家园子"的意趣；二是长期赏读林中漫步和随缘两位先生开的博客，中有众多关于太行山的美图与美文，很是吸引人，我受之牵引和指引，也游赏了太行山的不少地方，有同往，也有独行。有他们当向导，我知道了很多关于太行山的风土、风情、风物、风味、风雅、风韵、风致、风趣，丰富了我的内心和创作，我钦佩和感谢他们。

这两年多，我在《安阳日报》"邺风"版面开设了"云影录"专栏，创作基本上以记录太行山的山风、山雨、山人、山事、山色、山趣为主，家乡就在太行山里，太行就是我的家山，而家山是看不够、看不厌的，因而我也最熟悉这一带的风土人情与传说故事，非但熟悉，而且是近乎于痴的喜爱、热爱与钟爱。说实在的，我写这么一些东西，并不是文学修养的产物，而是我行走、思考的记录，而且我也知道自己在使用文字时不加节制，很少有意识地选择，多是信马由缰，行若游僧，自然天然，随心随性，率真写真，铺叙若流水之状、散漫之云，注重的只是记叙与描摹。虽然亦不无苦涩之味，然与山与水与家乡与太行在创作中相遇相亲，却又是那样的醉心与甜美。因为心有故乡，总有叹不完的惊喜，写不完的故事，说不完的情意！

循着野草新割后的清香，我拐进太行山里一条幽幽的深涧，青苔斑驳的沧桑河岸巨石，已被侵蚀得嶙峋满目。高峻的山峰被掩在茂林中，白云深处飘逸着炊烟，我在清澈的山溪里濯足闲思，几乎遗忘了岁月与自己，小鱼在脚趾间悠然嗅啄，我感到异常快乐和惬意，那份闲适让一切都超然物外，思维整体倒流回儿时的场景，那山那水那风那云那景那人，恍惚如在眼前，很现实地把你固定进去，可一旦走进时间的隧道，记忆变作废墟，倒流成了风景，一切总像是被什么东西阻隔和羁绊，我四顾茫然，拍石长叹，逡巡不前了。然而，只要太行在，只要家乡在，我会像飞蛾一样，即使前面是火，也要奋然前往，去探究太行山凝固万亿年的奥秘故事，寻找人生的大理与慰藉。沈从文先生说过"我只想造希腊小庙"，而不肯去做"建造崇楼杰阁的人"。我也是，只想写些关于太行山的小文章、小故事、小记忆，于是我攀岩登峰，跋山涉水，用山水激发出的小灵感，抒抒我对太行的小情感。然而，一次次地失望与惊喜，我遗忘了自己的记忆，那些被岁月摧毁了的一切，让我在困惑中寻觅，寻觅那失却多年的温存、温馨和温润。从这个角度上说，《太行风土小记》只是我初步的浅露的记忆，只是引导我走进太行山更加广阔的风光深处的指示牌。尽管如此，我目力所逮的景致，也不过如竹垞词里"湘帘乍卷，凝斜盼"的窗棂之观，小之又小，微之更微，又弥漫着丝丝缕缕如雾如露般的微妙怅意。

这几天雨意又在缠绵，让酷热的伏天变得温柔凉爽起来。凌晨时光、灯光、晨光交融在一起，我抚着刚刚新版的《太行风土小记》，聆听着窗外的雨响，汗水也伴着雨声滚落下来，此刻心里有说不出的诸多感受。一本小书能够面世，该感谢感恩的人实在太多，此刻我不知该说些什么，才能准确地表达我的情感，千言万语只因心热口拙不能一一道出，我唯有继续努力，不惧嘲讽、误解和奚落，我写故我在，在今后的创作实践中，下深功夫，拿出更好更多的作品，才能回报大家！

八月七日是二十四节气中的立秋。去年的这个日子，我刚刚把《太行风土小记》修改完毕；今年也是这个日子，捧着还散发着墨香的新书，我又在沉思了。季节亦如我奔波的脚步，一切皆行色匆匆，尽管伏天酷热未退，但凉意已浸进我的肌肤，夜里有了惊秋的感觉，记得立春的地气刚刚升腾，初秋的爽风已是浓浓，不由人不想起时光飞逝、世事沧桑来，便令我不敢稍纵玩亵之心。人过五十，一切都是急促的，前面的事情众多，后面的期望殷切，我是不能有丝毫懈怠的。我不会徘徊，只有奋然前行，因为太行永远在那里，我听到了呼唤，也受到了鞭策！

如同没有料想到自己能够走这么多地方一样，我也没有料想到会写这么多关于太行的文字。如果每一篇文章都能是一朵小花的话，我愿它开在太行山上，开在灾后重建的家乡的土地上，在此我祝愿我在太行山里的家乡风和日丽、风调雨顺，不再有狂风暴雨，不再有山洪水灾，永远祥和安乐、富饶美丽！

山里，还藏有哪些故事

故乡的秋果

在南太行山，最繁华的季节要数秋天了。我的故乡，就在南太行山里。我十七岁就离开了故乡，至今有四十多年了。日久天长，渐行渐远，一切景象皆已模糊，唯有与味蕾相关的记忆还鲜活着。

今天逛街，发现街头已有石榴在卖了，便想起山里的故乡。在故乡，石榴是庭院必栽树种，取意"多子多福"，亦有家族团结的意味。我家老院的那棵石榴树，虽突兀嶙峋、霜皮溜雨，但秋来结果累累、甜蜜无比。在山里，每到石榴收获季节，相邻的人家都要互送品尝。这十分的有趣，我们可以看到各种形状、尝到各种滋味的石榴果了。关于石榴，故乡还流传有极其风雅的传说，说石榴修行成仙，果里的籽会像天女散花一样，变成一个个艳若桃花的女子。记得小时候孩子们疯跑着乱唱："大妞二妞你别慌，我娶石榴当新娘。"《群芳谱》里称石榴"若榴，丹若，金罂，天浆"，一看便知石榴美到什么地步了。《花史》载西晋名士石崇在洛阳有个金谷园，园里遍植石榴。石崇以此招摇，名播京兆三地，人称"石崇榴"。《西京杂记》记述修建上林苑时，群臣为讨皇帝喜欢，纷献石榴树，以寓美女如云之意。在故乡，人们多视石榴果为鸡肋，食之不饱，弃之可惜，故保存下来的竟都是些做药用的石榴皮，岂不怪哉？

枣，在山乡是普遍的秋果了。少时，我家有六棵枣树，南院四棵，当院一棵，后园还有一棵。枣树属落叶小乔木，枝长刺多，高十多米，结核果，暗红色，状多样，味美甜。每逢枣熟时节，便是我们的快乐时光。正如杜甫诗曰："庭前八月梨枣熟，一日上树能千回。"真是一点不错，凡是有闲，便爬树而上，兜满方下，然后活跃在小伙伴之间，一可充饥，二可炫耀，三可用枣换几本小人书看。枣，在山乡用处大，大人们很注意枣的收获和晾晒，秋来霜后，房顶之上，皆是红艳一片，渲染成荒凉山乡的一件艳装。枣，一经晒干，不易霉，可保存，荒年权可当食，丰年喜作馍糕点缀，也可充馅其中，添鲜增甜，味留其香。但不知什么原因，日常食用的馍是不用枣点缀的，凡有枣的糕必是上供品，所以小时上坟和从庙里归来，途中就把糕上的枣偷偷掐下来吃了。现在种植结构调整后，枣树连块累片多了起来，早已失去往昔岁月那缕甜蜜的念想了。工业化的枣脯、枣干和枣茶纷涌上市，食之亦寡淡无味。

南太行有道秋景叫"山楂红"。每到山楂红了的时节，一粒粒火苗一样的果实，就把南太行点燃了。每棵山楂树宛若举着火把疯跑的顽童，瞬间便簇拥满了山间，热热闹闹、挤挤抗抗地把太行山挤得像酒后的壮汉，趔趔趄趄、欲癫欲醉的样子，满脸飞扬的醉红，像是燃烧的火焰，红艳泛滥着红艳，鲜丽簇拥鲜丽，如是永不落的绚丽彩霞。据知南太行的山楂树有二十多种，皆以红而名，林红、紫红、豫北红等，怪不得山楂又叫"山里红"呢！山楂树属蔷薇科，叶绒果红，山里人多以其为食。收果后做些山楂糕，备少儿消食之用；晒些片片块块的，佐以枣和枸杞，可当茶饮。前几年，一部名为《山楂树之恋》的电影受到人们的追捧，而山楂也成了纯洁爱情的代名词。其实，南太行山里的婚俗延续了上千年，早就是在收获山楂果的时节办喜事，图个红火与圆满，这便是山里人喜爱山楂树的原因了。

落　叶

　　关于秋天，最撩人情思的莫过于落叶了。古人说过，一叶知秋，况纷纷之景呢，恐怕秋意已是满天了。

　　关于四季的流转，秋总是令我欣喜又悲伤，因为繁华与硕果之后，紧接着的便是萧条与凋零，秋天总是这样乐极生悲地走向两个相反的极端。也难怪呀，一年四季，岁岁相似，人世间、动物界、植物界都在循着永不变更的铁律演进，但我却不愿去想象树叶从春芽、夏绿到秋华，奇迹一般的拼搏，到最终竟是为了这一刻的飘落。进入初冬时节后，我在街上行走时常常会去拣拾一些落叶端详，用漫长的岁月来梳理一片叶子的纹理，叶叶如枚枚光盘，可以倾听那远去的绿色的声音，赏看小鸟留在叶脉里的音像以及叶面那抹抹微黄的微纹里风雨拂过的印记，然后再飞天入地地想象，那漂浮在脑海里的叶叶片片，都是无数的疑问和忧虑！但它们不管大小、美丑、长短，都要在秋风中、寒冷里，无心无肺地唱着歌儿飞落，看上去没有欣喜，没有幽怨，也没有留恋，自然而然亦毅然决然地随着岁月的节奏自我毁灭。谁知道叶子将落之前，还会像慈祥又仔细的老人，把自己该处理的事情全部处理妥当，才会安然地离去。据资料介绍，叶落之前也是要把自己值得留存的营养剩余，什么蛋白质、赖氨酸、维生素等，全部返输给本干，以资自己曾经生长的树干安全过冬。这情景想来还是有几分感动与感慨，有几分缱绻与缠绵的。最是无情秋风恼，绿叶着意纷纷落。本来叶与枝之间是有着非常柔韧又结实的连接，夏天的狂风暴雨都奈何它不得，谁知这缕缕秋风，只是轻柔地拂过，便如技术高超的外科医生，悄然把众多叶片十分麻利地与母体实行了分割。时光凄然与决绝地制造了这场生离死别的大戏，或许也有许许多多的无可奈何的怅惘与迷失，但浮华一生，淡忘一季，不泣离别，不诉终殇，就这样一场华美的轮回就谢幕了。作家贾平凹在《山本》里写道："每片树叶往下落，什么时候落，怎么个落法，落到哪儿，这在树叶还没长出来前上天就定了的。"既然是这样，叶生叶落就变成了一种宿命的旅行与奔波，不管过程多么的不同，其结果都只能是一样的。就这样年复一年很自然地满怀遗憾地看着夏天的葱郁繁茂逐渐进入冬令的衰谢凋枯，又年复一年很规律地等待春季新芽的萌发与茁壮，这种呆板而自然的交替，让我恍有巫术般的交感，认为大自然中的这一切都充满了戏剧性，像是人为的导演和操作，把季节的更迭演绎成年复一年的死亡与复活的宗教仪式。落叶恰恰正当其时地以其绚丽的色彩无可替代地充当了岁月神秘的迷雾。

在南太行的山里，藏着一座古老的黄华神苑，内有寺庙多座，中有一棵须髯若神的银杏树，飘然有出世之姿。前些日子，有位山之长老名曰"烟雨峰林"（当然也是网上的昵称）的，他几乎每天都在微信上传播该树秋黄如何，叶落多少，撩拨着人的游山之兴。据此拽引，我也悄然去观，眼前这棵高大古老的银杏树已是黄袍加身，金辉群山。风摇云移，落叶纷纷，像是瓢泼而下的金币雨，尽是梦幻景致，一片迷蒙之色，那枚枚小小的扇形金叶如同刻意雕琢，规整又透亮，耀眼亦辉煌，美得精妙还惊心。我不是矫情，真的是喜欢它的这派"做作"与"张扬"，仰面承迎落叶，竟然有受宠若惊的感觉。这金色的雨帘，把我彩染得也金粉豪华，锦心之喜近如奢靡了。没有办法，逢秋情醉，每年在此时节，我都会沦为"好色之徒"，禁不住缤纷叶色的诱惑，自甘"堕落"也是挡不住的事情。其实，在上海市衢、旅顺街区、西子湖畔……我多次目睹过银杏那灿黄的叶落，微风一起，叶叶漫飞，像极了万千只金色小鸟，匐然间群飞离开树冠，然后如云一般旋转，不闹腾出些景色来是不甘心的，仿佛一场盛大豪华的集体舞会，用翩翩的身影，竭尽所能地摆弄着妖娆的美姿，将一场悲凉的葬礼，渲染成不可复制的惊艳场面。是啊，一片落叶装饰了秋色，一季落叶却沧桑了流年。落叶走向了冥冥世界，归于沉寂，这时才清楚我们是没有什么能够挽留得住它绿色的尘梦。叶落如眠，那风中簌簌作响的枯叶，多像一群沉睡的人微微不绝的鼾声。说实在的，经历秋天落叶的时候越多，人的心便会越发脆弱，不是敏感那个"老"字，而是感叹时光太瘦、指缝太宽。我们掬起一捧岁月的泪水，还流不过沙漏滴时的速度，随着渐进老境，虽有英雄的嗟叹，也得隐忍着永恒的眷恋，怀揣着永恒的惊异，守望着这天地间永恒的变化，观察光热增减导致植物永恒的兴衰与代谢，有时由物及人，有时以物触情，便会联想到那段曾经的绿意婆娑的故事，风霜雨雪里啁啾的鸣唱以及落叶声中那阅沧桑斑驳的传奇。尽管时有"落叶他乡树，寒灯独夜人"的感觉，但不再涌动人在异乡的那种孤独了，也会像落叶一样不那么慌张地登场，也不那么匆忙地收工，透出几分闲适与恬静、几分坚毅与豁达，那也就不是什么悲情了。

小雪节气后，我又回到南太行山里的家乡。落叶仍在继续，山里角角隅隅都魔术般地变化着各种形状的叶堆。这让我想起山里一个古老的习俗，那便是把入秋后落下的第一批落叶集起来葬在树根处，然后人围而歌、歌而舞，把那块土地踩得瓷瓷实实，好把大自然里一切行将衰落的征兆都消除掉。真不是出于什么好奇，我生平第一次仿而葬叶，十分的认真和虔诚，友笑我是"黛玉葬花"的自怜，哪知我那如云般的皈依心理呢！真是无独有偶啊，前几天，我在看英国人詹·乔·弗雷泽的《金枝》时，被书中的一则古埃及的巫术故事所吸引，说是古埃及人因恐惧在一片晚霞中沉没的、火红的太阳从此就要死去，便会在每天的深夜里施行巫术，以唤醒太阳在第二天的早晨重新从东方升起。这则流传几千年的故事为我灌输了许许多多一厢情愿的幻想，但若落叶可以复生复绿的话，我也会去做认真的尝试。

心香，又蕴有几瓣相思

潮炎先生

二十世纪八十年代初，我从师范学校毕业到邻近的汤阴县参加工作，被分配到县第十中学教书。

汤阴十中是所农村中学，就建在姜里城的遗址上，是周文王被画地为牢后，演绎周易的地方，被后人誉为易经圣地。时已中秋，学校周围的秋田里收割正忙，我背着行李，拎着杂物，攀着那高高的石阶走进了校门。一位身体微胖，满头白发，梳着很雅正的背头，白髯长飘的老者在门口接过我的介绍信，把我引进了校园。校园全是清一色的古柏，老干横枝，婆娑弄碧，不时摇曳出轻微微的细响，把地上的光影都晃如碎银了。这是一个周日的下午，师生尚未返校，校园很是寂静，唯有一树树的群鸦在聒噪。学校的教导主任来校后，他引我拜见了这位校领导，然后向我点了几下头，有点蹒跚地离开了。

这位老人叫王潮炎，当时已有六十多岁了，是学校的门卫。校长见面对我说的第一句话，便是叮嘱我不要与潮炎先生多接触，说他有几样小爱好，挺能腐蚀无知的年轻人，还说他政治上有诸多的问题。说实在的，我刚入社会不谙世事，也觉得这个事挺复杂，怪敏感，也很严重，再说我初来乍到，也不想给领导以"无知"的印象，于是与他保持着明显的距离，有意识地提起很高的警惕性。

潮炎先生喜欢书画，可能是身居羑里城的缘故，也精通周易，还经常吟诗撰联，偶尔也弄一壶酒在炉上温一温，饮上几杯，他曾邀请了几次，我都借故躲开了。此后，我随学校里的老同事也去过几次他居住的门房，室内床、桌、椅和炊具及米面油零乱地挤在一起，有点简陋，有点逼仄，潮味很浓，墙上斜挂他的几幅书画作品，笔墨纸砚摆放得很是随意，桌上的报刊陈旧又破烂，堆放得层叠纷乱，毫无秩序。于是我便觉得他是一个随性随意，不甚讲究的人，生活杂乱而无章，给我的印象是有点落拓不羁。

学校的老师除我和潮炎先生外，都是当地人，每逢周六下午如凤还巢消逝了踪影，偌大的学校就只剩下我俩。学校原来是文王庙，古柏森森，殿堂沧桑，景象斑驳，再加上周围田野里的小动物，不时跃过低矮残破的土墙，在校园里嬉闹尖叫一番，一到晚上，夜风掠树，怒号凄厉，常常给人寂寞和恐怖的感觉。这时我总是不自觉地走进潮炎先生那间小小的门房里，在摇曳的灯光下，与他共话书画、易经、诗歌和楹联。我曾拿他的名字开卦，

心香，又蕴有几瓣相思

正暗合否卦，阴在内卦成长，将阳逐到外卦，乃是小人得势，君子受困的局面。他笑而不答，然后又连连说易在变，不变无易。此外，话题也很多，古今中外、天南地北，乱聊一气，行云流水，漫无边际，聊起来没完没了，但他聊着聊着就激愤起来，总会扯到学校的变迁和臧否起人物来。他经常提醒我应该注意哪位领导好贪小便宜，不是走时顺手牵羊拿学校的公物，就是借下属的钱和粮票不还。他说着还拿起一本小日历本让我看，上面密密麻麻记满了每星期六回家时，哪位领导拿学校的几棵白菜、几块煤球、小木箱，甚至拉炉渣时，里面偷掺了多少煤块都记得十分详尽，初看让我有点不寒而栗，感觉上像是本变天账，让我有点惴惴不安。好在当时也没人找我谈话，也无要求汇报这些情况，不然凭当时我那种淳朴幼稚的政治意识，不知能否经受住组织上的考验？

潮炎先生比我大四十多岁，巨大的年龄差距让我与他自然形成较大的隔膜。我初入社会那种美好的想象，总是被他对现实的冷静分析所击碎，时间长了，人也熟了，我们为一些问题经常进行辩论，当时血气方刚的我，总是在饱经风霜的他面前败下阵来。这使我更加觉得他世事洞明，犹如先知，是可以预知未来的。我跟着他练书法、学绘画、读易经，也跟着他学古典、写诗歌、撰楹联，他不但教方法和套路，还提供摹本和纸墨，这让我如沐春风，又感佩交并，渐渐地在这位慈祥的老人面前，我把警惕放松，把戒备丢掉，原来构筑起来的壁垒也消逝了，就像一块旱裂的土地，遇着了涓涓细流。后来，我唤他美髯公，他喊我小王老师，时间长了，我俩不但成了忘年交，我对他渐有一种长辈的敬仰和尊崇，他对我有时竟亲昵地称是小老弟。不久，学校领导就找我谈话，要我站稳立场，不要被他那几下小玩意所迷惑，初入社会，人生之路刚开始，千万不要走错啊！当时虽然阶级斗争还余味尚存，但我却觉得自己已然长大了，有了足够辨别真假对错的能力。我认为潮炎先生不但通古晓今，学识广博，艺术修养高，而且为人和善，慈祥可亲，嫉恶如仇，爱憎分明，是一位应该尊敬也值得尊敬的长者。从此之后，我敢于在同事和领导面前，公开和潮炎先生保持着一种亲密无间的关系，为此学校还曾在我的鉴定上写过政治上不成熟的评语，让我为此背负十几年，然而庆幸的是并没给我未来的发展造成丝毫的影响，想来这也是我们的社会逐渐开明的一个标志吧！

潮炎先生那间小小的门房，经常是很热闹的。学校周围的村民都爱上他那儿聊天，有送小杂粮的，有送时鲜果蔬的，有索字画的，有问询事宜的，也有测字算卦的，还有请他调解邻里和家庭纠纷的……一到节假日不少毕业多年的学生也要来看他，有向他汇报学业和事业的事情，也有向他倾诉爱恋方面的苦恼，还有来还在校时借他的钱物……我很纳闷，潮炎先生没教过课，政治上还有那么多的是是非非，只是一个普普通通的学校门卫，为何能有这么繁盛的人脉呢？我与他共事两年，一直试图去探究这个奥秘，但得到的都是些表面和肤浅的认识，未及其里，难溯其源，这么多年来，他对我来讲仍然是一个谜，但这却让我经常去思索，时间长了，我也在这个过程中不断地汲取营养，有了新的提高，也是受益颇多，所有这些已影响和正在影响我一生为人处事的作派与风格。

潮炎先生一生坎坷磨难颇多，但并没有从他口中听到一星半点的抱怨和不平，他一天到晚总是乐呵呵的样子，好像艰难的岁月没有给他留下丁点的忧愁和创伤。我的同事告诉我，他青年时在学校参加过什么什么党，因此一辈子的倒霉便与他结缘，先是受审关押，后又被批判改造，再后来就发配到这偏远的学校做门卫兼值课时钟，每月只有可怜的几个钱勉强维持生活，他每天只吃两顿饭，生活看上去很简朴，也很规律。听说亲友因他的事也遇到很多的麻烦，因此也都纷纷疏远了他。我在学校工作的两年时间里，很少看到他的亲友来看过他。当时他的家就住在安阳市的高楼庄，那么大岁数了，为省几个钱，回家时都是骑一个破旧的自行车往返奔波。

后来，我调离了这所学校。两年之后，我正在郑州大学中文系学习，忽然接到他的电报，说他要来郑州，让打听去省委统战部的路线，我知道他是来上访要求落实政策的，所以也乐意去操办这一切。我从车站接他来到学校，就安排他住在我的寝室，晚上他如雷的鼾声，把同室的学友都"呼噜"到别的寝室去了，早上醒来后，他很是不安，一个劲地向我的室友道着歉，让我和大家都很不好意思。他回到汤阴后，来了一封信，叮嘱我一定要念给室友们听，室友们听着他幽默风趣的语言，哈哈大笑，直夸潮炎先生可亲可敬呢！潮炎先生的晚年，一直在为他的政策落实而奔波，当时自己势单力薄未能为他分担一点忧愁，但我确信他的问题是能够也是应该得到解决的。此后，汤阴十中搬离了羑里城。此后，我调离了汤阴县。此后，潮炎先生也退职回了家。此后，不知他的问题是否得到了解决？他是否无憾地告别了这给予他一生磨难的世界？

今年春天，一个霏霏细雨的日子，我陪客人到羑里城寻易。现在的羑里城建筑成群，主次分明，高低错落，左右对称，结构规整，气势恢宏，已是真正意义上的"城"了，比起当年我工作时那破落残败的大院，已是不可同日而语。站在这豪华气派的殿堂前，过去熟悉的一切，俯仰之间，或为陈迹，或已消失。潮炎先生蜗居过的那间小门房，早已无了影踪。我在原址呆了好久好久，顿觉潮炎先生音容犹在，逝去的岁月仿佛就在眼前，思念的泪水打湿了我的记忆……

心香，又蕴有几瓣相思

等待冬季

把四季的心情收藏，然后把五彩缤纷的记忆漂白，才趔趔趄趄地走进冬季，静下心来，坐在高高的楼窗前，静静地等待，等待今年的第一场雪……

茶壶开了，拉着尖厉的响鼻，然后热气鼓胀着壶盖，一升一落，哔哩哔哩有节奏地响，热气把一年的日子沸腾得迷迷离离。水泡轻盈地欢跃着，而水却在哭泣，茶叶在水里漂浮几下也沉入杯底。于是，茶水绿的更绿，红的更红，热气袅袅地飘逸，看上去白的更白，淡的更淡，远的也更远了……

闲适和诗情都没用，雪至今还没等得来。但我们却等来了二十四节气串里几颗尾珠，用手摩挲着，口里默默地祷念着，立冬的时候等小雪，小雪的时候等大雪，大雪的时候呢？等诗歌！

见证落叶秋冬没了过渡，严寒悄然而至。岁月一切照旧，唯一给我们发送消息的是树木的落叶。正像机不离手的微信，晨起，满城落叶铺路，突然发现那便是朋友圈里纷纷扬扬着那么多的"分享"，都是冬的消息。

　　昨天，我收到马庆祥先生的一条微信，其中有几句这样的诗句："因为看不清／才有了疑惑／因为看不够／才有了遗憾／因为看不远／才有了诱惑……"其实，这几天我比他的疑惑还要多呢，尽是关于落叶。

　　我们居住的小区里银杏树众多，我疑惑那浓密满头的绿意，怎么一转眼就憔悴成密密叠叠的金发？我遗憾只是微风轻吹，树梢轻抖，怎么就簌簌如雨，翩翩成碎如无数的金影了呢？那些铺满树下的金黄叶片，阳光尽情地透过稀疏的枝丫宣泄下来，肆意地让灿烂与绚丽对染，美景让人不忍脚落，这份告别的决绝的惊艳，对我来说又是多么大的诱惑？银杏的轮回，正是岁月的眷恋，该生长的时候生长，该落叶的时候落叶，顺应自然，一切不恋。其实，落叶归根才是英雄，也是温馨的憧憬，更是寒冬的功勋，把每一个循环过得精彩，割舍不下的只能是耻辱和悲鸣！

　　知道了吗？树叶正在落，雪花也会飘，冬天还要到。岁月就是这样，像开花一样欣喜，如落叶一般寂然，每一次轮回，不置自己于绝处，便不能重生！于是，我心情大涨，放下满身的负累，把快乐充盈在秋叶落尽的枝头：呼儿买烧酒，留客吃苦茶。凭窗看落叶，负暄扯闲话。不亦快哉！

冬日暖阳

早早起床，我在安泰苑里漫步。此时，晨光未满，但太阳已露出了笑脸。

苑区西北方向的高楼沐在浓浓的阳光里，阳光在晨光的陪伴下开始扩散，光影越来越大，慢慢地，阳光像漫流的水，漾漾的，融融的，已是满地皆亮，灿烂成海洋了。

冬天的日子，能有这般温暖而灿烂的时光，是诗意的。寒冷已使树叶落尽，但保持翠绿的植物还有。满地的落叶，也在阳光里染着红红的、黄黄的色彩，随风而歌，跑得到处都是。阳光撩拨着它们，在化为泥土之前，尽情地欢乐！

诚然，也有阴暗的角落，没有绿色，没有阳光，灰暗而肮脏，有点残破和寂寞。但太阳出来，只有自己垒起的高墙，才能封闭自我，形成角隅，遮住阳光，人为地逃避光亮。我想问：在这寒冷的季节，暖阳是稀缺的，为什么还要耗尽心智财力，让自己处于没有阳光的寒冷里呢？

寒冷的冬季，享受阳光是普世福利，是一种惬意，更是一种奢侈。让我们摒弃烦恼惆怅，抛弃不切实际的奢想，用可能可以可意可心的处世态度，追求可以达到的目标，收获自己耕耘的成果，向往切合自己的生活。不奢想、不贪求、不羡不妒、不怨不艾，守住慰藉心灵的立身立命之树，有小果，有微荫，有依靠，也有方向。让名和利在不舍的追逐中，渐渐地散淡；让鼓胀的风帆，在进入港湾后慢慢地坠落；让五彩缤纷的心梦，在清晨的阳光里驭云飞去；让平常的日子、平凡的工作、平淡的心态把沧桑的脸庞舒展，用笑声去呼唤太阳，拥抱阳光，享受这冬日温暖的时光！

只要冬天有太阳，我们便不会寒凉。

风

风，是空气流动的形态，但它来无形去无踪，唯留其声其音其势其魂，以作天气变化的象征，或浅斟低唱，情意绵绵，或怒吼咆哮，惊世骇人！

风，虽无影，却是天然的艺术家，高山任其雕刻，大漠由其堆塑，江海尽其作画，山林独其吼唱，山鸣谷应，风起水涌；小草听音而伏，拜而受教，从化无违。风，携情而神，揽月而美，逢雅即诗，动即而众，众则成涛，孔安国传曰："立其善风，扬其善声"，风骚如此，足可风靡一世！

人在异乡，不复胡思乱想，乘风而去，不如伴风而歌，写大风歌，吟风雅颂，虽风流云散，一别如雨，但风花雪月，也是四时景色，顿有"初秋凉夕，风月甚美"之感。但"风月自清夜，江山非故园"，也只能存简朴古心，奋发相赴，不再轻言放弃！

　　我要寻觅风之踪迹，不管和风携细雨，还是暴风掀巨浪，我都要仰风而行，不漫逞风姿，唯风中聆听，聆听那来自上苍与大地融合了的声音，我方能思古人语，行今天事，不做未来妄想，即使惊风乱飐，亦能立风不倒，凭风翱翔。

孤 寂

人原本是孤寂的。但生来就会有一段与他人相伴相处的共享岁月，或长或短，或苦或甜，或曲或直，可以是群行共渡，可以是风险共担，可以是有福共享……

但群体的记忆，迟早要遗落，像一串长长的珠链，绳是岁月，总有磨断裂然的时候，然后把零碎迸散得哪里都是。或在岁月无聊的细隙，或在人生熙攘的码头，或在色彩斑斓的时光，或在灯火阑珊的闲愁，或在咆哮瀑布的岸上，或在诗意黄昏的楼后……

那时，不用憧憬邂逅与偶遇，不用等待惊喜与意外，也许无心，也许疏忽，也许无奈，也许执拗，也许落花有意，也许流水无情……

这时，顾影自怜的回忆，都无济于事，不再留恋，不再惜别，不再亲疏，不再远近，不再浓淡，不再满目云雾，不再花影月下，一切风云际会来，一切又风吹云散去。这时，静坐檐下看落日，调一盘杂乱纷呈的孤独下酒，寂寞地咀嚼着百味闲愁，让失望挂在山头，随着落日去漂流，我一弯腰拾取静谧醉在心头，然后再孤舟独桨江湖泛游，细细想来，那些曾经的无限风光的荣华，竟然把自己驳蚀得满目疮痍，消融得一无所有……

其实，人最终还是要归之于孤寂。知是孤寂，毕竟孤寂，便是孤寂，也是孤寂。虽然晚霞在燃烧，脉气在缭绕，街市的繁华就在身边，追逐的步伐永不停留，西天的景致被晕染得灿烂是灿烂，但总给人时光不再的感觉，热闹是他们的，我什么也没有，吊形吊影，孤寂满心，满头青丝，都要变成一坟蓑草，春青夏茂秋枯，冬则要潜化为一撮细土了。其实历史的演绎还在继续，生命的历程正在终结，只是你不知，我不知，风不知，草也不知，唯有以捡食草籽为生的鸟儿知道……

关于花椒

前些日子，一个闲散的午后，我躺在一方庭院的摇椅上，观赏山顶的白云，瀑布似的疾驰而来，景色惊骇，令人无语。谁知回眸时忽然又望见远处的石台上，晾晒着一片红艳艳的小精灵，远远就嗅到了它特有的气息，那样的咄咄逼人，气冲而势强，沁人心脾又夺人嗅觉。于是，我重又静下心来，在摇椅上自我地摇荡着，企图遁回自己的世界里，但即使闭目再久，纷扰了的心神却怎么也安静不下来。当我睁开眼睛再看时，四周已是黄昏的颜色了，在夕阳的余晖里，那片红滴滴的微小颗粒，更加红得耀眼，红得喜人，也红得奇幻了，颗颗粒粒都饱含一种特有的神情。

其实，我知道那是再熟悉不过的花椒。花椒在林虑山里算是最普通的经济林木，四月开细花，五月结嫩籽，六月始收获，生青熟红，味麻气辣。是的，花椒树没有杨树挺拔、柳树飘逸、桃杏妖冶……但它随地就土，不择地而生，不争阳而处，不争艳而骄，也不萎卧而隐，毋庸专门去置地造园，行畦成圃，委身一块空地，便能苗壮而成丛林，茂然而见葱茏，所以它随心所欲地泛滥得到处都是。要说这物件不怕干旱，不嫌土瘠，也真是给点阳光就灿烂的主儿，泼皮得像群顽劣的猴，俏皮得如一丛疯长的草、乱开的花。诚然，它长得是有点不体面，低矮顿挫，体黑枝乱，满身是刺，蓬荒一团，看上去确实有些丑陋。但它遇风要风，遇雨要雨，耐苦寒，安淡泊，旱不愁，涝不惧，孤不悲，群不喜，风里成长，雨里繁茂，也不用讲究开花绽蕊为悦己者容了；朝沐晨雾，夕染晚霞，饥渴自理，寒暑自知，也能清风闲云地逍遥得自由自在，没心没肺地欢乐得怡情怡然，我行我素地奔放得为所欲为，该吐绿时吐绿，该结籽时结籽，该果红时果红，不去迎合，不看眼色，不争时节，无论什么地方，不管什么季节，碰到什么人物，总是汪洋恣肆成一副无所顾忌的无赖样儿。

其实，过去我对花椒没有一点好印象，不仅因为其花碎无踪，四时八辰氤氲着麻辣的气味，更重要的是它不像其他经济作物一样，春天里开花，秋天里结果，而是把成熟的季节偏偏选在烈日炎炎的盛暑酷夏，那份艰难和不适至今令我恼怒和厌倦。每年农历的六月，红彤彤的小果实看上去宛若满树缀挂的小红星，成簇成簇地闪耀在树间。此时节，林虑山里像赶集一样，人来人往，村里村外，山上山下，熙熙攘攘的全是摘椒之人，非常热闹。这也是山里人一年当中最辛苦的时节，除去炎热不说，摘椒一季，人们的双手几个月都褪不尽被椒汁染黑的皮肤。花椒树的刺长得又尖又粗又硬，不小心碰到了，那该死的锋利的椒针会把手掌扎得鳞伤遍布，让你肿胀痛痒，几个月都好不了，摘椒季结束，一双手伤痕累累，就像残破泛皱的旧抹布。还有椒丛中，有很多像长了牙的毒蚊，会叮得你满身疙瘩起，浑身皮屑落，山里人俗称是"蛤蟆皮"。我少时火急火燎的脾气导致摘椒手忙脚乱，常被刺激得恼羞成怒，也就从未享受过收椒的快乐。正因为此，以后不管在何时何地，大凡一遇花椒，我心里立马就充斥着苦涩的记忆，萦绕久久不去，心情长时难以平复。

最近，研读了贾平凹先生的几部长篇小说，文中凡涉及其陕南家乡的环境，总少不了有食椒叶的描述，且薅来即食，凉拌、做菜、煲汤、烙饼、蒸馍等均可食用，描写细腻逼真，品之有味，读之有情，阅之生津，直叹此等俗物，竟也能乘先生鸿篇巨制上了大雅之堂，寄托着文学大师浓浓的乡思，上映了那么多活色生香的文学影像。也因为此，我才对从小讨厌的花椒树稍稍多了一份关注，重新审视它的前世与今生，也试着采来椒叶变着法去吃，果然风味独特，口齿留香。是啊，古籍云："椒禀五行之精，叶青皮红，花黄膜白，籽黑气香。"花椒是性灵之物，因简而繁，因俗而雅，既有实用之功，又有出尘之妙，它在树木王国里也是桂林一枝啊！

关于花椒，尽管它可看可知可感可想的地方很多，但今天我也只能说这么多了。虽然世事和人情两不凑全，但思忆是不绝的，有时抱愧之情也在萌生，因为心意不时回转，一切尚可弥补，便也心安起来。不过看着花椒树恒久地永不间断地在自然里轮回，花开花落，盛盛衰衰，才知道过去的一切永远不会再回来了，眼前那些貌似熟悉的粒粒花椒，谁知又会是它轮回中的哪年哪月，哪风哪雨，哪叶哪枝，哪颗哪粒呢？

洹河之鱼

　　洹河,在远古常被人"梦涉",《左传》上存记载,《诗经》里有传诵,可见洹河当势之盛也。从古到今,洹河说风景吧,确无过人之处;说历史的承载,便有几分说处,殷商的繁华世人皆知,邺下的风流传递着魏晋消息,历史上曾有壮阔的波澜,但那也是过眼云烟,已不可追矣。对于洹河来说,永恒不断的是流动,千古可见的是鱼游。

　　鱼对于洹河,正如日子对于历史。但现在的洹河已很难见到古书上说的"步临清波"了。河面时窄时宽,水流时急时缓,但千百年来却是没有断流过。正因为如此,它便有众多种类的鱼,鱼的适应性超过了环境变化的速度。有鱼的地方,便有钓客,这是一个铁律。你看河边散坐着不甚整齐的钓客,他们煞有介事地凝视着河面。奇怪的是,这些钓客的鱼桶和鱼兜多是空的,有时钓竿忽然一扬，鳞片便在阳光下闪着银光，像一道稍纵即逝的天文奇观，忽来忽去，全是转瞬之间的事，让伫立在河堤上的闲游者，看着钓客们娴熟的技艺和惊喜的场面，常啧啧称奇，河面留下几圈涟漪之后便又重归于宁静。河面微波不起，展如绿绸舒放，柔美出旖旎可人的风情小景。鱼不知有否记性，但瞬间被钩住的痛苦，命悬一线的危情，早已忘情在那片宁静的水面，舒展小尾摇起迎风的波纹。这些钓客不是把鱼送进市场或放进家里的锅里，而是放生入河，我觉得好奇，感到善良与残忍杂拌了。我是一个与钓竿无缘，对钓鱼之理、之趣、之识、之道一无所知的人，但爱在河边漫步，与钓客接触多了，便偶尔探讨一下自己的不解和困惑。钓客说，鱼经一钓，重归水界，便会有一种逃脱的幸福，微小的痛感反而会刺激它们眠态中的细胞紧急动员起来，修补伤口，增强体质，其泳速和机警程度也会空前提高。我不知钓客的说法是否有科学道理，但关于鱼的悬念反而越来越多了。

过去读《庄子·外篇》，尤喜《秋水》。这让我想起那段传诵千古的"庄子与惠子游于濠梁之上"关于鱼快乐与否的答问。我虽佩服庄子顽强探求真理的过程，但钓客话语的玄妙，比庄子还要深奥难懂。庄子与惠子的这场争论，历经千古未歇，那是因为双方都保持着独立的主体，论由自出，述说的都是自己的感觉，正如没有两片相同的叶片一样，人们的观点也都是各执一词罢了。人是通过语言沟通的，但效果往往不理想，那么人与植物、动物、微生物之间是否也可以沟通呢？庄子看来是容易的，所以语言便显得有点多余，有时还会因语害意，造成误会。在我看来，庄子与惠子关于鱼是否快乐的争论，要由两人都变成鱼的时候才能彻底解决。后来，我笑自己天真，因为同类之间的沟通是最难的，相同的地方越多，争论的观点越异，经历越是相同，认识越不一致。正如愈熟悉的人反而距离愈远一样，越是感同身受，越是不可接受，这便是人的劣根性。

　　现在在洹河之上修建了硕大的于曹闸，将洹河拦腰一断，虽然水会越来越多，但在上下游畅游的通道堵了，鱼的生存有了危机。但从另一方面说，虽然天地小了，但鱼生活的深度有了。鱼翔浅底，可羡繁华，但却要承受污染之苦。隐居静水，孤独寂寞，却可享受禅思之乐。我没有庄子玉树临风般潇洒的风度和姿态，但我认为，鱼也好，人也罢，快乐源于自身，只与自己心情有关，与他物无涉。生活简单是快乐之源，深究多思就会烦愁多。作为洹河之鱼，不管是来自上游源头，还是盘旋在闹市桥头，是在河边，还是在深渊，自由自在地畅游是一种生活，明知危险重重，也勇敢地去叼食钓客们精心调制的诱饵，虽然惊喜只是那么一瞬，也要乐不可支地体验一下冒险带来的刺激，尽管有时会伤痕累累，但也为自己的人生留下值得骄傲的回味！

　　关于洹河，我曾写过它的柳影、清明与秋色。我坐在洹河岸边，用手撩着这寒冬里有些冰凉的河水，向着深水处驱赶着不时聚到这里的鱼群。鱼有些慌乱，四处逃逸，可不久又惊慌失措地游了回来。其实，我的担心是多余的，我的怜悯反而纷扰了它们惯常的平静生活，因为我听人说，凡是有水的地方皆有鱼，鱼籽在干燥的土壤里可以存活成万上亿年，雨水冲地入河便会不断丰富鱼的种类和数量。人类可能会灭绝，但鱼生生不息永远不会绝迹。我用手机拍下这带给我思考和快乐的鱼群，心存感激又忧虑重重。最近，我看到一则资料，资料显示，鱼有情感表达，对未来有自主选择，如果水质污染加重，鱼会自杀。在这里，我要祝愿这条千年流淌的母亲河万古长"清"，既为人类，也为向鱼类提供宜居舒适环保清洁的生活环境。

从这个角度说，鱼快乐与否，已不用庄子与惠子几千年的长辩了，鱼知道，人亦知道。我们知道，你们知道，他们亦应该知道。

黄　昏

落日，染红了西山，装饰了窗户，也灿烂和忧郁了我沉寂的心野。

远望一片浓浓的艳红，在那里漫洇着，像是一人面壁自言自语，把大堆情思诉给能够静聆千年的墙，这份孤独像是一瓶橘红色的颜料不慎倾泻在宣纸上，无边无际地扩散，四周都是毛边。

黄昏了，山里遍野的浓绿渐变渐黑，牧牛驮着落日向山村走来，衬托着晚霞来了个大特写，炊烟袅袅升起，越升越高，直到没了踪迹，鸟声衔来了巨幅的黑暗，犬吠声把一个遥远与朦胧的梦衣盖在山村之上，大山真的静谧孤寂极了。可此时的城里，车辆东奔西跑，人群熙熙攘攘，欲望在黄昏开始膨胀，宛如扁瘪的气球，越吹越大，只是没人去担忧它何时会爆裂，看不见慢镜头，客流、物流和车流都在奔泻着，一切都如瀑布一般。西边的晚霞愈来愈淡，这里的灯却越来越亮了，城市不缺少的是喧嚣与闹腾！飞倦了的鸟儿陆续归栖路边树上，人却从家里纷纷外出奔波，一个人、一条街、一片景、一个城，都被黄昏与黑夜镶在了远处，趁着人们的躁动和狂妄，粘住了所有人的灵魂。

在古意盎然的记忆里，黄昏是最辉煌、最美丽的时刻，它给人以悠闲的诗意和宁静的温馨，让人的情感顿时缠绵起来。"纱窗日落渐黄昏，金屋无人见泪痕"，"楼上黄昏欲望休，玉梯横绝月如钩"，"已是黄昏独自愁，更著风和雨"，这样的情景，虽无缘亲身体验，但想想也足以使人十分地怜爱与陶醉了。怪不得有人感叹"把酒送春春不语，黄昏却下潇潇雨"，是啊，黄昏时分再伴场小雨，那情那景会让人愁更愁，使景美更美了。其实，黄昏最适合享受来自心灵深处的休闲了，轻轻的，静静的，心无一丝挂碍，搬把凳子坐在阳台上，泡上一壶淡淡的茶，静看西天弥漫的霞光，想一段刻骨铭心的旧事，哼一曲熟悉暖心的老歌，听几声暮鸦欢快的杂鸣，赏几朵纷飞的云影，此刻最适合把自己忧郁的心事掏出来梳理梳理，所有正要发酵的情思都会蒸馏出美酒来，我们枯燥、平凡、简单的生活便会因此温馨起来，晚霞那样的柔美，即使再孤独，也是诗意和美妙的……

人到中年，情知天命，悠然独步黄昏，也能为心灵找到诗意栖居的地方，因为晚霞里的光线、色彩、树林、飞鸟、村舍、小路、门窗、脚印，还有眼睛，早已约我黄昏里对饮了，我会抛去一切期盼、幻想与奢望，放弃一切烦忧、无奈与追逐，停下脚步，寻找残阳余风里的那疏疏落落、斑驳陆离的小景致，那在画意渲染中的点点忧郁和哀愁，那用灿烂的毁灭来阐述人生真谛的洒脱与自由，捡拾属于我们这个年龄段的人失落的情致和心情，伫立凝视之后，饮上几盅小酒，便也揣着晚霞坠入梦乡。浮生若梦，人生几何，黄昏虽美也是短暂的，漫漫人生何尝不如此呢？"青山依旧在，几度夕阳红"，让我们在岁月的流逝中珍惜光阴，摒弃流俗，不染莲心，继续追求，把快要熄灭的火苗撩旺，即使独步孤行也要在人生的画面上留点意气意态意味和意趣，为黄昏下的啜著存些值得回味的谈资，从此我们就不用再去吟诵那些凄美的古诗古词了……

麻雀小记

　　麻雀不是一种讨人喜爱的鸟，与小燕子相比，不仅形象不姣好，就连雀鸣与燕喃也有噪闹与静雅之分，但少时为我们带来欢乐和趣味最多的还是麻雀。

　　晚饭后无事，总爱到街上去走走，梧桐树上唧唧喳喳的尽是些麻雀。于是我走到梧桐树下，靠近这美妙的声音，仔细聆听一番才离开，时间久了就养成了习惯，虽然声音还是有点嘈杂，但现在赏听起来旋律和节奏竟是那样的分明，有强有弱，有起有伏，还有和声伴鸣呢！这让我想起巴金先生写的那篇著名散文《鸟的世界》来。在闹市的黄昏，麻雀啁啾成歌，演绎成了街头的音乐会，想来确有几分梦幻般的感觉。

　　我国幅员辽阔，种植谷物历史悠久，是麻雀的王国。我自幼生长在乡野，对麻雀再熟悉不过了，特别是在秋禾将熟之时，我们早饭午饭都得轮流着吃，替换着在谷子地里吼着嗓子驱雀，不但嗓子累哑了，而且还耽误我们不少趣玩的时间。因此，对麻雀就心生怨恨，缺乏怜悯之心了，且以捕雀为乐，玩出纷繁的花样来。我的四舅与大哥同龄，他们年少时捕捉麻雀的技艺确比同龄人要高出几筹，或粘或捕或诱或网或打或串等娴熟的捕技，常常让成群的麻雀成为他们手中的玩物。那时我家是个大四合院，每座房上都有两个大大的方格窗，四舅和大哥一天之内，竟把几个大窗都能挂满唧喳乱闹的麻雀，簇簇拥拥几乎遮严了窗面，雀鸣如雨，老远都能听得到，赢来全村人的观摩和称赞。后来我能力渐长，学得四舅和大哥一些捕雀的技能，最得意、最拿手的游戏也是捕雀，尤其是大雪纷飞的时节，雪盖大地，雀儿们找不到可供觅食的裸露田野，这为我们诱捕提供了良机。于是，我们找来大箩筛，用一根棍儿做支柱，把从门内延伸出来的长绳系在小棍儿的底部，在筛下铺上深色的布块，以雪做衬，吸引雀之眼球，再在上面撒上谷粒和麸皮，抵不住食物诱惑的麻雀就会蜂拥而进，我们趴在门槛后面细细地瞅着，只需轻轻地一拉绳儿，它们瞬间就被全部扣在其中了。然后，在大孩的唆使下，我们用盐水和一堆稀泥，麻雀连毛都不褪，用泥一糊，就扔进灶火里去烤，少顷掰开，就会喷出一缕白气，肉香的美味立刻弥漫了全屋，并招来一场乱哄哄的抢食闹剧。那时年幼无知，不懂什么人与自然的和谐之理，再加上大人们反复灌输麻雀的那么多坏处，连当时的饥饿也要迁怒到麻雀身上，愚蠢的人类对麻雀上演了许许多多的恶作剧，还延伸成一场遍及全国的歼灭麻雀的人民战争。当时人们不明就里，以捕雀为荣，我们这些顽童更是由于无知也稀里糊涂地以虐杀麻雀为能事了，结果以残忍当英勇，以孟浪当乖巧，做了不少的荒唐事。如今，特别是关于麻雀的种种记忆，早没了儿时的那种欣喜和自豪。相反，每当我进山下乡看到成群的麻雀，像散落的黑色棋子一样成片地纷飞，旋上旋下，像一朵灰色的云彩，便会染上淡淡的哀愁……

我手边藏有一本上初中时买来的《歇后语大全》，书中大都把麻雀当成讥讽的对象，如"麻雀飞到糖堆上——空欢喜""麻雀饮河水——干不了"等。最近我看了高尔基的童话《小麻雀》，结尾那句"麻雀妈妈的尾巴没有了……"让我每每想起就会因此感动，不知道在麻雀的生活里，还会有如此纯真的情趣在温馨着人类的心灵，这是我第一次看到麻雀作为完美的形象出现在读者面前。

这么多年离乡漂泊，山里的物，儿时的事，已忘得差不多了。当夜读至深，心有烦愁时，忆起过去的事事物物，才会感到分外的亲切。现在我居住的小区，树木葱茏，群鸟汇聚，更多的还是麻雀了。每个清晨我都会在雀鸣中写下日记的第一笔，每天都要聆听唧喳成歌的雀唱，像欣赏晨曲一样。现在不管走到哪里，我都会在众多的鸟鸣声中，清晰地辨听到雀鸣的妙音。偶尔看见几只麻雀飞到窗台来，我还会特意撒上些米粒和面包碎末去招待它们，一来补赎少时的鲁莽和过失；二来实在是因为它们的啁啾，让我想起远在山里的家乡。

明月对酒说相思

　　谷雨时节，周末闲夜，月窗微明，还需伴盏青灯。在这样的氛围中，坐在夏天的门槛，望着天上那钩新月，沉醉于夜读之时，便觉此刻少些什么，忽想友约写酒之事，就不能再沉静地坐在那里了。幽幽的月光里，眼前老是浮现着那杯来盏去的惬意和爽气，酒的种种乐趣，扰得我情乱纷纷，心潮频涌，扯起关于酒的漫天想象和回味，终按捺不住对酒的渴望，在凌晨时刻拎老酒一瓶，就着月光，品着星星，边读边饮，满屋酒香，犹入仙界，暗想古人夜读时企羡的红袖添香故事，在我看来无论如何也抵不过这啜酒夜读的时光，尽管此乐非汝所欢，却令我陶醉其间，对酒欲语，缠绵难歇啊！

　　在我的阅读经历中，所涉与酒有关的诗文，不知其数，《诗经》唱酒，快乐伴游；李白诗酒，傲世洒脱；辛弃

128

疾词酒剑相融，豪气闪烁；《水浒传》中的酒店如行道之树，路有多长，酒店便有多多；《三国演义》以酒论史；《红楼梦》饮酒说情……中华五千年文明史，页页飘逸着浓郁的酒香。

我想酒之滥觞,到底始于何代何处何人,这已不重要。明代冯时化撰《酒史》，认为"酒自仪狄杜康始作"，其实酒实非一二人物能够完成这个发现的，这是个漫长的过程，长过任何人的生命。我认为酒是原始人类在贮藏食物时遇雨成浆，久酵自酿，偶尔成酒的。它不是人类的发明，实为自然的造化。晋代江统所撰《酒诰》持酒乃自然发酵成酒之说,亦是此意。后来的酿酒是人工行为，需要盛器，故必在陶器产生之后，方能以天然酒曲酿之，所以酿酒只是对天然之工的模仿，是发现而非发明。

酒文化是依托酒的酿制、饮用和传播衍生出来一种特殊文化现象。数千年来，这个概念像滚动着的雪球，附加了很多东西，渗透到政治、经济、军事、文化等社会的各个领域，确也给人类带来诸多益处和魅力，令人回味无穷，妙趣横生，然而也附着了不少消极和丑陋的一面。从历史上看，不善饮酒之人必定缺少潇洒倜傥的浪漫气质，如竹林七贤以酒为乐自不必说；陶潜、李白且酒且文，屡出名篇；东坡居士"把酒问青天"，独霸词坛千年；当代杨宪益先生酒名文名各臻其妙，誉称双盛。所以，酒和文化艺术关联之深之广由此可见一斑，倘无美酒相助，许多名人名篇或许就不会诞生，许多动人动情的故事也不会发生。但对酒来说,池林不在，殷鉴也远，但沉湎必致败迹，所以如何执其两端，拿衡中间，巧妙把握，使之恰到好处，还真是一个值得继续探究的课题。

酒以解忧，源出曹操一句"何以解忧，唯有杜康"，此后李白"呼儿将出换美酒，与尔同销万古愁"，成为千百年来人们饮酒解忧的经典语句。在仕途屡遭坎坷之后"惟忧月落酒杯空"的苏轼，也有"山城薄酒不堪欢，劝君且吸杯中月"的感叹，把自己金刚般的心境也柔成菩萨心肠了。宋代辛弃疾"醉里挑灯看剑"，仍不忘"问人间，谁管别离愁，杯中物"。特别是"凄凄惨惨戚戚"的李清照以酒解愁的名句更为牵人魂魄，一句"三杯两盏淡酒，怎敌他晚来风急"之问，道尽千年妇怨女叹！其实，以酒解愁愁上愁，倒是以酒生乐乐无穷啊！

我饮酒亦颇久矣，对酒的乐趣不亚于读书赏乐，因为酒之魔力就在于它能把理智这倔犟呆板的大王赶跑，把清规戒律封闭了的殿堂打开，解放小鬼，活跃八方，给人以宽敞清亮的感觉,像超市一般,可供别人自由出入，可以用挑剔的眼光，选择任何时间、任何地点、任何人物与之对饮，相晤成欢。所以，我非常欣赏黄苗子先生那句话："人越理智，做人就越乏味。"邸永君《品物记》曰酒"可使懦夫雄，使淑女媚，使文士狂，使立者舞，使庄者谐，使寒者暖，使愁者忘。骚客盈盈一樽，而才思泉涌；美人浅浅一盏，而桃腮粉面"。从此我们就可看出饮酒之妙，闻之陶醉，啜之甘美，思之深邃！

很多朋友笑曰能征服人的利器就是酒，此言不虚，无论达官贵人，还是一介草民，不管是庙堂之上，还是乡陌之野，古今中外，概莫能与之恒战者，再坚强再勇猛之人,在酒面前也会自动败下阵来。酒可使人成为英雄，走向神圣，也可让人丑态百出，流于粗鄙，但酒依然是酒，本身并没有什么战斗力，一如天上的月亮，地上的光明

130

与黑暗都与它无关。酒，这么多年来对我最大的功用是提升，无论思索、读书、演讲和写作。在此月夜品酒说酒思酒喜酒，实在是一件乐事，更深夜静半瓶酒，满腔相思诉笔端，又是另一番的情致和心思。这时晨光亮窗，我掩卷闲思，便觉自己的意识消融于一片梦幻当中，像是打开贮云的罐子，顿时眼前云雾缭绕，一片朦胧，氤氲之中，呈现出空灵和清朗的意境。此刻，酒也从瓶中到杯中，从杯中到心中，一切的一切都已重叠消融在一起，原有的藩篱与隔阂，都在一杯一盏脉脉的酒水里漾得无影无踪了。这时院里传来小贩收购废品的吆喝声，清脆响亮而有韵律，我便乐癫乐癫地拎着空酒瓶，学着明人徐渭的语气朝着小贩说："酒无破肚脏，罄当归瓮。"

情浓见乎辞深

前些日子，靳建明先生把他一本新书的清样送我先睹为快，让我兴奋好长时间，一则乐之他的岁月系列又添新丁，二则版前的阅读总有一种不一样的感受，让人着迷。靳建明先生近年以母爱和孝道为主线，创作了大量诗文佳作，把文字泡进那份浓浓的情感里，感动了不少人。

有母爱的人是幸福的，他可以因此永远停留在孩童时代，哪怕是七老八十。隐隐的思念、幽幽的情怀、浓浓的牵挂，母爱永远是淡远缥缈的思绪，是永不化解的乡愁。在母亲面前，似乎每个人都会随着年龄增长渐渐就有了一种心理态势，由原来对母爱的依赖、逃离、思念，进而又有皈依的虔诚，从行动上、心理上、生活上、精神上产生一种须臾不可离的牵挂，正因为如此，古今中外才产生众多的歌颂母爱的精美诗篇。

靳建明先生出版了"岁月系列"作品，集集篇篇多是以母爱为主线统贯一体的。通过精神上的彻底还乡，永远陶醉在母爱中，从这个角度说，靳建明先生是幸福的。在他营造的意境里，没有刻意追求特殊的诗意，只要写到母爱，真有了，善有了，美也有了。母爱是真善美的综合体。难怪他人进中年还始终拥有那颗灿烂天真的童心，这便是母爱的滋润。正因为童心，他的诗文才情真意切、感人至深。建明先生以情感为墨，抒写母爱，恪尽孝道，写得深沉而厚重，读多了还有一种沉重感压在心头，让人久久不能释怀。看来是建明先生情感里有一种刻骨铭心的记忆，在激发创作的灵感。这种记忆是淳朴的、纯粹的、纯真的，也是纯美的。他独思独语，有时也是自言自语，不为关注和倾诉而创作，所以不存在煽情与讨好他人的问题，在简简单单、随意随和中流露出对母爱的那份真来。

在此之外，靳建明先生写到了国家，在祖国的脉搏跳跃中，体会奋斗的快乐；写到故乡，在生命发端的地方，把记忆拉得长长；写到友情，让寂寞的人生旅途变得那么热闹温馨；写到风景，在异地风光中，让差异变成一种美丽；写到爱情，不见软玉温香，但觉缠绵旖旎。所有这些，看起来朴实平淡，却时见真趣，虽是纸上私语，亦觉境界高远。读靳建明先生诗作，总会不由自主地心生感动，那缕缕亲情、乡情、爱情、友情、温情、真情……每每让我感受温馨，体会友爱，领悟真谛，读着读着也恍惚以为，人人如此皆爱，岁月这般静好，便都因了这千古钟爱的"情"字了。

心香，又蕴有几瓣相思

　　人在天地之间，孤独而渺小，我们靠什么去生存下去？拿什么来温暖别人？如何感恩过去的给予与馈赠？也许我们无法做到，也许我们无意疏忽，但靳建明先生却抓住了，抓住生活与生命中的每一个瞬间、每一份友情、每一片风景、每一缕感悟……钩沉行迹，烛照心灵，这才有了这本《岁月情怀》的诞生！

　　今年的清明来得晚些，窗外已是郁郁葱葱、繁花似锦了，还有那似有似无的细雨、若即若离的白云、飘来飘去的花影，各种春的气息都缠绵在我身边，这种时候最适合的便是读书了。我集中这段时间把这本《岁月情怀》读了两遍，受益匪浅，收获很多，仔细想想，这么可读的书，自己是万万不可独享的，还是要推荐给更多的朋友去阅读。于是，我就迫不及待地写了这篇小文，告诉大家：让我们在阅读《岁月情怀》中，随靳建明先生去感悟岁月给予的一切吧！

秋 雨

　　秋风把夏天的心思揉碎，雨便像花红坠落一样纷纷扬扬，满天扯起云雾，地上绽遍了水花。秋雨不像夏雨一样张狂，骤来骤去，是细细疏疏的那种，恰似垂挂的玉帘，朦朦胧胧，可视可触。寂寞雨溪，几缕清风，一地碎叶，伴着尘世的纷扰与忙碌，不知流到城市的哪个角落？

　　还是那副情怀，喜欢雨天。柔柔的雨，是一种特别的景致。我爱在雨中漫步，这样人也葱茏，心也兴奋，尽享安静，独乐风景。欣赏雨在莲叶上如珍珠般迸跃，细看汩汩雨流遁入地下各处，这时走在城市的街巷里，静到极处的心，便会摇曳起戴望舒《雨巷》里的那抹鲜艳来。一天朦胧，两耳雨声，三省吾身，四知不欺，雨声雨景雨韵，独思正当此时。赏雨，伞上有琴音，寻趣，足下尽水曲。雨中撑把旧纸伞，临水步桥，踏虹伴云，一潭静水，万点涟漪，微风斜吹，心漾传奇，任雨点纷敲，让湿意聚集，然后轻转伞柄，把雨珠旋成一圈飞檐，如梦如幻的雨景，最易让人想起温庭筠的"咸阳桥上雨如悬，万点空蒙隔钓船"的诗意来。但有时雨中独行，若是两手空空，没有丁点挂碍，便觉快乐洒脱；有了伞，手不得闲，受到了拘束，又觉伞成了多余，显得有点累赘，于是，诗情一来，收伞作杖，踯躅雨中，把一个疲累于尘世中的自己，交给满天的雨意，让那些雨点落在脸上、身上，丝丝的凉意沁人肌肤，那种惬意让人或唱风歌雨，或卧水作榻，或捧雨当酒，或揽雨是友，心神俱醉，满心欢喜。缕缕细雨，汇流一街小溪；几声喷嚏，尽吐平日愁怨之气。这样人若水中游来，一身淋漓，雨意浓郁，便有了醍醐灌顶的畅意，恍悟一切，剔透了灵魂，让你沉浸其中，又神游物外，直叹这雨参于天，集于地，人每见之，便能将平常散乱的心念集定于一处，如沐月禅心，清静寂定。因为在这雨中，满目迷蒙，空城无人，你不必正襟危坐，不用装腔作势；不必颐指气使，不用化装面具，像魏晋奇人一样，放浪形骸，狂放不羁，着一身宽可横穿的衣裳，任雨水身上横流，似扁舟一叶随水漂走，让自己也纵情一把，不是张扬，不是疯狂，只是展露自己的真性情，这便是最美的诗了。

潇潇雨歇，凭栏而视，仍是诗意雨趣，春花夏绿空妒。秋雨如诉，缠绵无处，半有留恋，半听鹧鸪，亦是禅暑，亦是超度。夏去也，秋来到，天地大理，自然机趣，全赖秋雨濯漱。最是动情处，雨打芭蕉，风如天籁，半帘雨雾，山果初熟。秋雨把春思扯来的灿烂憧憬润湿成落花流水，把春花与夏绿的诗情画意浓缩进这沉甸甸的湿意里，雨溪潺潺，带走的是流年韶光，还是花影粉蝶？堪恨时光流逝，春风带来了秋雨，秋雨又会带给我们什么样的记忆呢？

如是三十年，情总两相牵

《安阳日报》前些日子刊出征文启事，为的是纪念和庆祝《安阳日报》复刊三十周年。这对我来说是件盛事，宋代的禅诗里有句"倒指三十年，道义同一日"，我的职业生涯恰好与复刊后的《安阳日报》同时起步。三十年来，《安阳日报》是唯一一张与我日月同行、风雨相伴的报纸，像少时的老师一样，不间断地给我知识和教诲。

我与《安阳日报》的交集实在太多了，每每思之心如潮涌，久久不能平静下来，以至于我动笔之后的十多天里竟然不能完成这篇小小的征文。这几天，我总是想与《安阳日报》相伴三十年来的点点滴滴，有时夜半醒来眼前仍恍惚着已经变得陈旧了的故事和人物，让人欷歔岁月更替和世事变迁的沧桑。

一九八四年初，我到汤阴县委宣传部工作时还不到二十岁，领导指派我从事新闻报道工作，此时市里正酝酿复刊《安阳日报》，我与县轻工局的一名通讯员被市委新闻科抽调过来从事过一段短暂的复刊筹备工作，从此我与《安阳日报》便紧紧联系在一起，再也没有分开过。"三十年来世上行，也曾狂走趁浮名。"在尘世里忙碌，在宦海里漂浮，经事无数，艰辛难言，大都如云烟般消散了，但我却清晰地记得参加过的《安阳日报》简朴热闹的复刊仪式，第一次通讯员座谈会和培训班，第一次征文颁奖仪式，第一次报社组织的赴山东考察与采风活动，从事过报社的自办发行工作，并在县长途汽车站亲手接过报社自办发行的第一摞报纸，分享着报社一次又一次创新改版的喜悦，并收藏着发刊后的第一份《安阳日报》、第一张《安阳日报·社会新（特）刊》、第一张《安阳晚报》，至今保留着报社发给我的第一张稿费通知单。三十年来，我在报社的各个版面和栏目发表过众多稿件，具体有多少我也无法确切统计了，但总量要在千篇以上。现在，我出版的《月舟集》《贮云集》《那时花开》三个集子里面的诗文大多是在《安阳日报》这个园地里生长起来的，将要出版的散文集《太行风土小记》，便是我去年在《安阳日报》邺风副刊上开的"云影录"专栏文章的合集。我和《安阳日报》众多通讯员一样，都是在《安阳日报》的栽培和扶植下破土而出，长成小树，吐出嫩芽的，现在报社的一些老师仍在关注着我的前进和发展，经常收到他们的叮咛与祝福。

我曾在《安阳日报》的一次座谈会上说："《安阳日报》像座殿堂，前厅是新闻，在这里吹响着冲锋的号角；中厅是论坛，在这里褒扬先进，针砭时事，直抵人心；

文学副刊则是后花园，百花齐放，绿树成荫。"范仲淹诗曰："三十余年交旧心。"说的是一种念旧的情愫，在这方面我是幸福的，有幸为这座殿堂的建设搬砖添瓦，贡献过微薄之力。在这片园地里，我也得到培育，经受锻炼，获得知识，促进成长。我三十年前进的足印，都留在报纸的字里行间，并成为我永不消失的记忆。正是这些记忆，一直在鼓励着我不迎俗不谄媚、不趋炎不附势、不骄矜不自卑，按照自己的性情生活和工作，在孤寂中保持自己那份宁静与淡泊，那份勤奋与执着，那份思考与探索，不跟风，不惧谤，不懈怠，不失望，把自己人生的步伐走得稳缓而踏实。知识不多，但注重学习；本领不高，但勤于工作；交际不广，但真诚交往；成就不大，但不懈努力；进步不快，但永不停留。不繁华也不荒芜，不通达也不坎坷，两端守衡，不闯边锋，既不沉湎其中，又不游离其外，出世入世相宜，亦圣亦凡互通，坚守自我，不坠青云。《安阳日报》给予的这些让我受益匪浅，尽享快乐。经过三十年的奋斗，《安阳日报》这座殿堂现在已变得更加高大雄伟、美轮美奂，三十年前的小小编辑部，现在已经发展成为雄踞中原的报业集团。我回顾报社的过去，更仰望报社的未来，因为多元发展已为《安阳日报》的明天插上腾飞的翅膀。我期待《安阳日报》的翱翔，会给古都安阳这个正在建设中的中原经济区区域性中心强市带来更多的惊喜和奇迹。

夜深人静，因读写久了，神情有些倦怠，我习惯性地揉揉双眼推门出去，在小区花丛中的曲径回廊闲走。这时，对面楼上溢出阎维文唱的那首《小白杨》，其中那句："小白杨，小白杨，它长我也长……"飘荡的歌声不断勾起我对《安阳日报》的缕缕情丝。三十年来怀旧思，至今想来人仍痴，我听着听着心里又温润起来。是啊，三十年来，《安阳日报》年年月月日日伴随我一起栉风沐雨，一起拼搏奋起，一起迎接胜利，见证着我的惊喜，熨帖着我的委屈，鼓舞着我的斗志，镌刻着我的足迹，真如歌词里的那棵小白杨一样，它长我也长啊！宋代邵雍在《代书寄祖龙图》诗中有句"三十年交旧,相逢各白头",我已从懵懂少年走到了知天命的岁月，正在渐长渐衰，但《安阳日报》才三十而立，青春活力四射，风光美好无限，已从幼苗长成大树，正从独木变成森林……白头的是我，《安阳日报》正在青春，让时光祝福《安阳日报》吧，我们亦会从中得到幸福，因为今后我们不但可以在《安阳日报》这个美妙的花园里徜徉，老了还可倚在这棵树下品味过去，咀嚼幸福，乐享阴凉！

深秋的月色

　　高远深邃的秋夜，装饰了蔚蓝的背景，月亮呼之欲出，既缥缥缈缈，又娇娇羞羞，月影在迷离，云影在飘逸，飘去的是朦胧，飘来的是月晕。

　　孤独也是一种静修，犹如老僧入定，没有沧桑的经历和顿悟的佛慧，也非轻易可达的境界，而深秋的月亮就像一位禅师，孤独是它永远的形象。它不会太过宣泄地把光亮泛滥，只释放内心的淡泊和寂寞，没有太阳那么耀眼，也不像群星那样纷繁，倒如缓缓的漫水，有点慵懒和散淡了。因为它深谙禅意，不为形束，不受物拘，常常把簇拥在身边的云团当玩物，随心无意地把它们撕成细细碎碎的絮片，修心以观境，然后轻轻地吹给秋风，又时隐时现，如诗如幻，让我等月的心情如雪花一般在夜空飞扬。其实，在深秋，在深秋的夜空，等我的月亮也来了，你看似兰似蝶，似云似雾，似烟雨似柳影，似古巷深深似陌上绿尘，明月把我的情思挂在空中，我真切地感触到月影在漫过头顶，此时隐约已三更，我把遥远、空灵、寂寥、淡雅、暗香……泡在酒中，一任趔趔趄趄的酩酊，让月色愈加朦胧，寂寞似歌，独舞如醉，忘我亦忘她，忘情亦忘形，让孤独成为一种可能，让可能雕饰一种心情，踟蹰在无人问津的天庭，惹谁同情呢？我亦沉沦在这方的宁静，清白的月光溶溶若水，我感受到一种刻骨铭心的静穆，似是从魏晋古韵而来，和古典的心灵不期而遇，心生平静，杂念止息，然而怎堪月光溶溶觅诗句，唯有顾影自怜，独步低吟……既无可奈何，又异常兴奋。

　　窗外的桂花开了。夜静月圆，花香满院，桂花藏在月光里，其沉敛的诗人气质，极具风雅和美感，把我多日的失眠之苦也变得美妙如花，于是我拎着半瓶老酒，坐在花月之下，边饮边赏，馨香扑鼻，艳溢香泻，物我交融，确有几分诱人的魅力。四周阒静无声，风摇月光，月染万物，在枝枝桠桠间漂来染去，迷幻曼舞，像一张清苦哀怨脸上的笑，沉默成亘古不变的落寞。此刻我眼前老是浮现月光浸染着的古人古境古派古雅的咏桂诗画，那真是一种说不出的凄楚之美，让人爱得哀哀怨怨，又楚楚怜怜！然而此刻的我也很想表达一种意象，心里蠢蠢欲动，似是欲罢不能，但想用的词汇却始终停留在潜意识里，不论如何努力也逮不住那些冲动的诗兴，于是我就看桂花开在月光里的倩影，果然像元代诗人倪瓒所曰："桂花留晚色，帘影淡秋光"，它摇曳多姿，如大唐女子款款生风的微步，立刻绝尘远溢，暗香涌来。这时，树上栖鸦微有窃语，风中竹影瑟瑟有声，明显地感受到夜露在变重，秋裳已潮润，夜是有点寒了，月中桂花竟然湿而欲滴，看上去晶莹在滚动，真是无声亦留芳了。我已陶醉其中，竟也悄然入眠，醒来时身影隐约有致，月光染了一身，还有二三花瓣贴面，宛如一幅古画，沧桑的不只是古风古韵的斑驳，不只是古色古香的韵味，还有眼前月光花影中这痴痴颠颠的人。

　　我回到家里已过凌晨，躺在床上望着月窗，还是翻来覆去睡不着，失眠的痛苦竟也是这般的牵情，便不想再去寻觅那份丢失的睡意了，于是重又披衣下床，悄悄地出去，干脆把自己再融进那淡淡的月光里。最迷人的莫过于深秋的月了，天蓝如海，衬托着那份无法言说的静，不像唐诗里的清雅，不似宋词里的婉约，不是元曲里的清歌，倒像是一曲月楼上传来的缥缈箫声，在这片空阔澄明的月光里，我获得一种润心润肺的清雅和温婉。夜风带着清澈的凉意，随着月光浸染，自然形成诗一般的梦幻。安泰苑里树密如林，虫鸣似雨，弯弯曲曲的小道，在花木间蜿蜒延伸，月光从树隙间倾斜下来，<u>丝丝缕缕</u>，像蛛网一样密密地交错着，回望过来，那个明明幽幽的夜色，让我感觉便是步入了仙境。我的心凝固了似的，一点波纹都没有，宛若置身在南极海边的一座冰山之上，大有"无思无为，世缘都尽"之感，仿佛在读周作人先生的那些书信短札一般，静到了极处，也雅到了极处。月光里我什么都可以不做，什么都可以不想，什么都可以不睬，俨然散淡之人，独步在深山老林。月光漾波如秋水，盈盈一汪是柔情，温柔明净似母亲的眼睛，到处洋溢着一种流动的温情。这时，眼前突然一亮，月光如条条细脉从林隙石间奔窜而来，漾着粼粼的波光，在树间空地聚拢起来，形成一片小小水面模样的月华景致，月影婆娑，美目流眄，周围各种杂树斜逸旁出，月光一镀，虚虚幻幻可像美人的睫毛了，令人衔指憨醉，咽津忘语，这般的素绢和娇媚，给大地披上了一层清丽的薄纱，透出难得一见的温馨、宁静、飘然的美。我沐浴其中，任月光在我的身心放荡地抚摸，不知不觉滋润着我心田的每一处荒芜，被人一向目为古板呆滞的我，一下子变得异常生动浪漫起来。我轻轻地哼着未名的小曲小调，望着前方闪烁着小小的灯亭，像是泛舟西湖，寻到三潭映月的惊奇了。

　　我从外面回来，月色尚浓，但天近晨景，终是要飘散去的。书桌上的台灯还亮着绿莹莹的光线，荷叶一般地把我罩了进去，趁着诗情画意还在，我奋笔疾书，写下"深秋的月色"五个字，把自己书写的背影与灯光与月光与墨影融合，漫过来洇过去，氤氲成混合动荡的景象，文章写得乱七八糟，歪歪斜斜的什么都不是，但看上去却是那样的有趣，我抬头看窗，已是棂格灿亮，然后莞尔一笑，掷笔于桌，上班去了。

碎梦杂记

一

想有一次远行，远避繁华，最好在原始森林的深处，藤蔓缠绕的树下，阳光像线，密密麻麻，*丝丝缕缕地搅*在一起。让自己迷失，然后在洪荒的世界里，来一次怦然心动的偶遇，令人惊喜的邂逅，或是无可逃避的狭路相逢，或是血脉偾张的遇惊历险，尽管是无可选择，也可能是陌不相识，还可能就是故交旧雨，要么陌生的成了美女，要么熟知的变为猛兽，似曾相识的凝固成石头。追逐激情，可能成为俘虏，选择搏斗，选择的是毁灭，这两难的拷问成了人生难逃的诱惑！

二

　　篝火正旺，新柴噼里啪啦地发着脆响，松油冒着小泡，嗞嗞地蹿着白烟，一个披着彩色花纹兽皮的女人的背影，与云雾烟缥缈在一起，蹲在那里拨弄着火苗，像梳理着经纬之线，火成了有图案的布面，烤肉散着诱人的香味，还未及前，把蹑手蹑脚听成了大踏步脚音，她未回首，闷着喉咙吼道："过来吧！"声音有点威严，有点恐惧，有点妩媚，还有点迷惑。我困惑的是不知她的眼睛长在何处？怎么反射到背后的情景？她从左肩向后用新柴戳过来一块沥血的半熟的肉，我忙趋前双手接过来，于是觉得眼前这个有着原始风韵的女人，更加神秘，有了战栗，也有了渴望，那种滋味，不知是诱惑和冲动，还是无奈与绝望？趋之相向而坐，这位半裸的女人，奶子垂得像悬挂的葫芦，浑身似被桐油反复浸染过，有斑驳陈旧的光，宛若包浆后的紫檀古董，头发如瀑布垂泻，发细若老树藤须，几乎是根植地下，比衣袍遮盖还严，整个身体藏在头发中间，面部看不到，双手无用时与树横长在一起，形成无法靠近的门槛，唯有那苍凉的声音在森林里像风一样地回荡，忙去四处奔波，捡回来的零零星星，不是山珍，而是远古的脚音。

三

　　骑着猛兽归来，人们像树一样冷漠，若路旁行道的树，唰唰地向后倾斜，梳理成一个巨大的背头，然后消逝得无影无踪。把猛兽拴在树上，宛若随意地把一辆破

心香，又蕴有几瓣相思

自行车靠在树旁。回到院子，进入屋里，一切皆是陌生，从床上、窗台、客厅、厨房、卫生间等，凡是过去生活的空间，连外面的小路和广场都长满了密密的树和绿绿的草，人行其中就像进入了阔大的苗圃，到处弥漫着原始洪荒的气息。阳光碎影，在树草间闪耀，然后遁入其中，成了更加微小的动物，但不是草虫，茫茫漫漫之中，谁也辨不清，找不到，包括自己。

四

把传奇的经历固定下来，刻在牛胛骨，或是龟甲片上，顺着古老的纹理，把短暂的兴奋永恒起来，哪怕寥寥数语，抑或模糊不清，然后湮没于土地深处，或者长满森林，或者荡起池水，也许是宫殿，也许是污浊不堪的地方。千万不要希望有人去发现，还是靠偶然相识与萍水相逢，然后被发掘见光，让别人去解读，有时也曲解，甚至会歪曲，才会成为行之于世的真理，也会成就为稻粱谋的学术，走向万人瞩目的讲坛，或是接受众人的顶礼膜拜，或是作为一种支柱千秋彪炳，不管是时间长短，也不管荣辱与毁誉……

五

阳光聚拢在一起，白炽的光芒，像洁白的天花板，横隔在思维的上空，睁眼又看见那位已成木乃伊的女人的奶子又悬在空中，像顺藤的瓜，一枝藤蔓细须垂了下来，连着动脉在流淌，乳汁浑浊，有林露的味道，点滴下去，才上心头,挽救着一个病入膏肓的人,探视的人像电线杆,森然立在两旁一动不动,但相互间传递着窃窃的私语,风在树梢呐喊,声音不小,但不是咆哮,树枝垂拢下来,无心无肺地围观,然而谁也听不明白梦呓出来的声音是什么意思,有什么暗示,表达哪种情绪……

　　那类用诊断窥视心灵密码的人,不管什么仪器,再高级也不如切脉触及心跳,然而自信摧毁了一切,再用摧毁的一切去重建自信,自信更加顽固和不可理喻,最后导致了残暴狂妄和目空一切。因为疾病在流行,超过科技和人认知的程度,别再无谓地去争论魔也道也,彼消此长,维持平衡,永不消停。其实,一切皆无用,无用才成大用,倒不如把自身藏匿,让思想去远行,不管是迎击还是躲避;不管是陷入无法辩解的迷惑,无所想象的迷失,还是走不出的迷茫,索然仰面奔波去,或许偶入繁花深处!

六

　　寻找自我的感觉,常常令人自得其乐,忘乎一切,如皇帝的新衣;然而,要找回真实的自己,却是很难。因为活在虚幻世界里,真实永远是缥缈的东西,导致自己常常不认识自己,像阅读没有主语的文章,尽管滥用不少的介词,还频频偷换主语,费尽蛮多的心机,也全是佶屈聱牙的病句啊!

七

　　这是一次没有携带自我的远游，是荒径独呓的情致，是雪野闲步的寂寞，与文章与语法无关。可是它又与什么相关呢？

隧　道

　　你有一段岁月，一缕光阴，一截记忆，一种情怀，未知在一个幽深的隧道。

　　隧道，或许坎坷不平，或许平坦直通，或许一片漆黑，或许灯火通明。

　　过来者，尽是不堪，谓之艰辛；欲入者，藐视一切，满是憧憬。因为隧道在那里，所以一切的犹豫和徘徊都是必须。进进出出的人蜂拥成景，未来者跟随者众。如果是必经之途，你能选择吗？如果能选择，你会改变吗？进与不进，对隧道来说无所谓，可对人生而言，却是两难的抉择，但这一切并非人人都会有此奇遇，因为崎岖，只能俯仰山间，蜿蜒而过。

　　那时，隧道弥漫着悠长的故事，丝缕绵长，满是传奇；有几许光亮，在远处燃烧，艳红如霞。

一心香，又蕴有几瓣相思；

那时，有一团云雾在隧道口处吞吐，有节奏地起伏变化着，那份迷离，那份缥缈，那份朦胧，那份神奇，看上去很美，其实，真的也很美！

这时，群鸟在枝头歌唱，啁啾如谜，时而雀鸣如潮，时而沉寂如水。老人闻之不语，闷抽着老烟，呛人落泪的咳嗽在山里回荡，烟星一跃一闪，有时跃在额头，有时闪在心中。云和山，水和雾，人和树的影子都是那样的清晰，但很黑很浓很重，很有轮廓，很灵动鲜活地变化着，宛如皮影。但风萧萧，马嘶嘶，众鸟匆飞，万木颔首，百花纷繁，江河激流，总有一点慷慨的意味，显得悲壮而耐人寻味！

啊，一帧硕大的照片陈旧在隧道出处，斑驳着沧桑的时光，一切皆已老去，渐渐地融入尚有微霾的氛围里。大家都在等你归来，等你诉说隧道里的奇闻奇遇奇迹，但你在这帧照片的何处？遍寻不到，难道两鬓雪白的发影可是你的记忆？

等你。

等你。等你身披岁月风尘，心携人生宝典，跏趺莲上，木鱼声声，梵音袅袅，树下说法呢！

听桂堂记

在古都安阳的红旗路与灯塔路交会处，有一所简朴静然的楼院，二十世纪五十年代至今先后是安阳地委行署、市政府、市人大办公的地方，进入二十一世纪九年后，又成为北关区党政机关的办公楼。它的周围有市民广场、紫薇苑、休闲绿地，也有百货大楼、中太万象城、烟草大厦、联通大楼等地标性建筑，是处闹中取静、动静谐然的绝佳之地，现在远望不见其踪，俯瞰状若宝盆，宛如深山藏村，聚气涵华氤氲。

古之陶令，诗书田园，悠然之适，快乐之境，醉了千年书翁。古人读书，常常把良田草舍、背山临流、修竹茂林、山径田陌、野趣荒村……作为理想的造境，踌躇畦苑、傲啸山林、歌乐酒畅、快意豪情，视为不羡入帝王之门的不二选择加以推崇，由静而雅衍生出许许多多的文坛佳话。现在这个楼院亦有桃源之趣，我常叹"梦入武陵知非梦，皆是忙碌捕鱼人"。是啊，静至闹时，已是境界，始信天地之大，无物不静了。它在安阳城市现代化进程中，远离尘嚣，静览风云，正日益成为沸腾城市生活的静园，虽被人遗忘，也受人关注，或令人怀念。

我在此工作也有七年多了。去年春，我因工作变动，从三楼搬至一楼来办公，就在楼的西头。窗外正是一处植物微苑，假山若盆景，修竹摇微风，杂花生树，溪水有声，高低格致，参差成景，几棵大叶女贞的蓬勃之势已摩楼顶，蓊郁如画了。树下花木枝丫横逸，寻隙而生，各得其妙地得意着自己的生活，微苑里的草坪忽是长发飘然，忽又剪成短寸平头，绿意盎然，幽趣一片。其尤胜者是窗外那两棵桂树茂密地簇在一起，严严实实地遮挡了窗面，室内很暗，我装了一架长臂之灯，灯光穹窿而照桌面，与窗外的绿荫相映生辉，十分有趣。我将寓形其间而与之俯仰上下，不知我之在桂，还是桂之在我，于是我沉醉在一种无法用语言描绘的静意中。听同事说，每当深秋，桂花纷开，只要把窗和门打开，真是"秋来香闻十里"，满室满廊满楼满院都弥漫着桂花浓香。我甚为得意，寻觅半生，无意间得此精妙之处，恰暗合我久慕悠然静谧之古意妙境的心思，欣喜与寂寞，失落与绚烂，坎坷与梦想与我也都是有缘了。因此，我也附庸风雅，把此室命名为"听桂堂"。嘉时吉日，以书载之，字画饰之，诗意画境，静雅俱妙，俨然成观，陶然以乐，我颇为踌躇自得了一些日子，恍有陶令风苑，偶得其妙，喜得其乐，古之文人向往之境，与我也算是沾上点边了。

这两棵桂花树，树形舒展，荫染满窗，高有四米，宽则半堂，它们犹如月夜的云朵，飘来的是荫影，飘去的是光明。听桂堂因荫影而阴影，又因阴影的晃动而光明。站在窗内而观，桂树正枝叶婆娑，散漫着绿意，快到金秋时节，又心慌意乱地想那满枝挤挤抗抗簇绽的花，泛滥着缕缕袅袅绵而不绝的清香，人沁其中不仅如痴如醉，亦是如诗如画，便觉这两棵桂树真是天造地设，神谋化力，非人力所能为，疑似幻境，颇有仙韵，满是空灵和传奇！它们始植已不知何年，树形也随意得有点荒杂不羁，放荡地乱长，但其清可绝尘，浓能远溢，披花而不耀眼，贞静而不呆板，确是契合着我的心思。《吕氏春秋》有语："物之美者，招摇之桂。"其可谓道出桂之绝妙。但事有不期之忧，忽然有一天，它们却惨遭大难，原来是工作人员嫌其遮阴办公室的光亮，把其近窗一侧的枝丫锯去了。虽然陋室明亮了许多，但却让我惊喜了几日的心情长久黯然下来。此后半年多，我几乎天天与它们默默相对，几成契约，谁也落不下谁，宛若相对而卧的雕像，历风经雨，可风化模糊记忆，而不可沉静冷落了彼此。每每看到那津着胶汁的白茬伤口，心如揪挠，总会引来阵阵伤心。我也请园艺师傅来诊疗，给它包扎过透气的薄膜，就连小鸟群蝶飞落其上，我也开窗驱赶，视桂如伤，漫天惆怅，自赎情重，让人常生出"树犹如此，人何以堪"的无奈来。此后我陷入深深的自责中，自怨要非我偶居此室，苑不嫌其陋，人不怨其暗，室不弃其荫，花不厌其芜，桂树也不会遭此厄运，仍能自由自在、淡定淡然、闲情闲趣地生长着，春天吐芽播绿，夏天绿意婆娑，秋天灿然皆花。

　　心畏花树便知世。半年过后就是深秋了，桂树在与命运抗争后，终于艰难地恢复了生机，虽然伤口处枯死了一小截，但其周围也长出了稀疏的新枝，新叶竟然是几片红红的新瓣，艳艳地嫩，疏疏的影，依然从容淡定，依然安道乐生，依然恪守本分，依然花开枝头，但满枝簇缀的花朵香味却疏淡了许多，人每语之即欷歔再三，无不痛惜与怜悯。但它们在熬过此险彼难之后，又有浓荫花影了，人夺不去，也带不走。它们是坚强的，每一朵花，每一片叶，每一枝新芽，都是坚强的，它们活出了信念，活出了顽强，活出了缤纷，活出了一个气象万千来，不怨不艾地在所有的伤口处都簇满了花朵，让自己从这份磨难中培养出一份宁静和淡然，"欲笑还颦，最断人肠"，这让我领会了磨难与自强，拼搏和奋起，于是心里又多了几分敬畏，几分念想，几分崇拜。我窗外这两棵桂树的境遇，恰似一位古人的神情，这让我想起一生忠君爱国、屡遭贬谪，常常处于逆境中的大文豪苏轼来。他总是以诗意去欣赏那些经历过的磨难，"问汝平生功业，黄州、惠州、儋州"。这些蛮荒的流放之地，都成了他快乐的记忆。他在《记游定惠院》中写道："黄州定惠院东小山上，有海棠一株，特繁茂。每岁盛开，必携客置酒，已五醉其下矣。"这里面哪有一点愁苦的影子呢？静对凶险，超凡脱俗，这般生存之道不是正如窗前的桂树一样，在自己的伤口处开满了花朵吗？每每读之，苏轼的情怀总令我动心、动容、动情、动魄，并自惭、自恨、自怨、自省起自己的那些微愁来！

　　听桂堂是寂寞的，但我在这里已闲忙了两年多，每日每月都会掬出心情去听桂、赏桂，并与它们默然相晤，诉之未尽之意，心情自然是无比惬意的，所以工作和生活中，不管是苦是累，是烦是愁，便不想再去计较了。

林语堂说："捧着一把茶壶，把人生煎熬到最本质的精髓。"是啊，磨难成就一切，一切也都成了日常，而日常的东西不仅琐碎而且温馨。时间久了，窗外的风景，无论春夏秋冬，还是雨晨霜昏，对我而言，似乎只与心情相关，而与风物无涉。我忙则奔波拼搏，闲则小思呆坐；乐则雨中赏花，悲则雪里微喟；抑或小饮微醉，正好花亦半开，桂花也可唇齿间绽放留香。于是，将自己那份怜惜桂花的心情，超越岁月，酿造窖藏，浓浓烈烈地饮进心头，如何而使我忘之也！

我思我不在

谁能把过程，当成结果？谁能把瞬间，当成永恒？谁能把伊始，当成终程？

作为一种追求、向往和憧憬，似乎都在寻觅最终的东西，然也多不得。虽然有侥幸的成分在，类如上天的馅饼，也并非全是天方夜谭般的缥缈和空灵，因为有人侥幸得之,而且不止一次,还有可能一以贯之,屡试屡成。作为一种辩解，我不能将之纳入幸运和命运的范畴中，因为那不适合我们。

然而，人生经常给我们开一种痛楚的玩笑，我们正要启程，目标便会若隐若现，伸手可及的憧憬，像诱套一样，把我们圈在其中。还以为是向前不停地奔波呢，其实已在辛勤地蒙眼兜圈，无论怎样的反复循环，也找不到要走的门径，但满壁挂着的都是纷繁多样的借口。

借口的妙处，不在于直接表达，可以避免尴尬，有时还可以堂而皇之地捧为圣典。令人悲哀的是你已裸奔好久了，还以为自己华衣在身，披风而行！

谁都可能在不可思议面前止步，那虚无中的一场演讲、一次大奖、一束鲜花、满堂掌声、悦己笑容……像一钵飘香的美酒，愈是诱人，耽之愈久，愈不清醒，还会在美妙中空白你一切晨钟暮鼓里的修行。人生的累积需要一个漫长的过程，然而清零却只是匆匆的一瞬，然后像乞丐一样，在贫民窟的垃圾堆里寻觅生活的场景，企图描绘财富的宏图，可用什么做背景、把什么当风景呢？因为一切的一切，都没有捡漏儿的可能。

我亦如此孤零。走过茫茫大漠，来到一座古城，然而巍峨城墙之中，镶嵌的那扇大门紧闭着。我不停地叩打着，一声接一声，像鸡鸭啄食，声碎如星。或许它能在呼唤声中恍然而开，或许它会永远沉默紧闭，或许大门本来就闭而未关，或许孜孜之中，我已经找错了门槛。谁会用模棱两可的思维，去耗费那少得可怜的智慧？菩萨也有金刚之怒，天使也有魔鬼模样，不断烦恼而得菩提，不离生死而证涅槃，毕竟是一种虚妄的念想，因为万法归一，一归何处呢？到头来一切结果竟成了空白——其实，人透彻了，便会认为空白也是一种色彩呀！

谁鄙视谁，谁征服谁，谁赞美谁，都会在岁月里过渡、演变和消散，或变为雾霭，或幻为虹霓，或炽热灿烂，或潮湿阴暗。何必苦恼呢？只因幻想、梦想、妄想太多，只因娇气、俗气、戾气太重，只因想得直接、迫切、真切，只因看见孤叶在飘，不见森林松涛，只因我们用罪恶的刀，去雕刻了一尊善良的神灵！

　　年华渐瘦，岁月已老，伴着那些被时空拉疏扯远了的光阴漫步，往事与当下交替，梦想与现实相悖，我在想，自己要最终完成的可是最初的心愿？我又能把自己的一切当成什么呢？

夜游古镇记

云南有个美丽的城市叫楚雄，楚雄有个迷人的古镇叫彝人。彝人古镇是坐落在茶马古道旁的古风古雅的小镇，旧时代的风貌，远古的习俗，像是刻意保留了下来，沧桑之中有点斑驳，但古镇时尚休闲的生活气息却扑面而来，让我一进其中便有了一种梦幻般的感觉……

我到达那里已是秋后一个很浓的黄昏了，霞光暗淡之后，在一种恍惚、一种朦胧之中，这里竟然变成诡锦秀秀的梦中家园。这里就是彝人古镇，它距离缥缈若仙的丽江、大理、香格里拉并不遥远，是一个生活在仙境里的世界。古镇有旧巷、河流、戏台、古楼、石桥、老酒、客栈、牌坊、酒吧、茶商、古物、纺娘、杂耍、砚堂等，这些都是古镇的旧影，既是彝人谋生的场所，也是他们日常生活的天堂。在古镇几乎所有河边和街头的景致都是这样簇拥着，古老琐碎的生活与这些场景浑然一体，形成这里特有的风情风物、风月风土。我乘着一辆像古老小火车的游览车，在夜色里游览古色古香的街道，每一栋古雅别致的小楼，每一座古风悠悠的庭院，每一处古朴素雅的商铺，每一场古典古韵的演出，每一条千古流淌着美丽故事的小溪……这是一座精心装点的小镇，这里的每一个角落都被精心呵护着，没有一丝一毫被怠慢过的痕迹。这里的一切氛围与格调、流水与行云、树影与花语……无一不是为行色匆匆的旅人所预留，在浪迹天涯之后，来到这里不用寻找任何理由，也必有留下来不走的冲动。这个白天古井无波的小镇，一到夜晚就会熙攘成市，满街蜂拥着南来北往的人流，像个巨大的鸟巢，吸引着万千倦鸟在此栖息，难怪人们要把这里当做旅游的"夜归地"呢！

桃花溪和茶花溪两岸是古镇最繁华的地段，不知是否是初建者的匠心，一切都体现着中国古代的哲学思想，以动静相谐、负阴抱阳的格局，彰显了古镇独特的魅力。桃花溪旁是小吃街，食摊和饭铺像古装上的服饰扣，一个挨着一个；招牌和布幌古风古雅，宛若旧典古籍的书页，在风中"哗哗"作响，诉说着每一种小吃的历史。红灯笼挂在河边，璀璨灯光倒映河面，远远看去交相辉映，拖着长长的亮光逶迤而去，晕染上一层绚丽的色彩。摊桌旁男男女女、老老少少，边吃边叽叽喳喳，像群麻雀落到了打谷场上，由于只顾尽情欢快，全然顾不上一点食相了；但也有讲究身份的旅人，原本只是想来看看热闹，谁知目睹盛景口水暗咽，实在忍不住，也混入进来，挤在人群中，扯开嗓子高声喊着要上一份一见钟情的小吃，然后在一旁埋头大吃，弄得满头大汗，一嘴油光，狠狠地饕餮一番，还不忘啧啧称赞原汁原味的彝族风味，想来幸福也是满满的。这里的小吃种类众多，据同行的当地人介绍，最少也有千余种呢，但名字都是土得掉渣的俗称，非常幽默风趣、直白朴素，虽然没有什么文化含量，但名皆有典，想来也是不凡。遗憾的是我只记住了一个叫"土里开花"的小店和一个名为"伤心豆腐"的小吃。

茶花溪旁是酒吧一条街，酒吧的小亭子像龙一样游了出来，没头没尾地沿着茶花溪在灯光里蜿蜒着。酒吧里小桌小凳已摩擦得露出了本色，让人亲切得心里发热，月光透过树木将斑驳的影像投射成水墨画印在桌面上，这种微意这种诗情这种美妙便是最好的时光了。灯光下的小桌一直排进街巷的深处，茶客隐没在迷离的夜色里，桌上的茶盏茶碟晶亮着明光，像是河面上盛开着朵朵的白莲花。在这条木板铺就的小街上没有丁点喧闹，一切皆是静静的，只有来往者的脚步如琴音一样悦耳动听，夜晚的酒吧街更加迷人。一个人厌倦了一个城市一种生活，便很想在此找一处临水傍溪的亭子坐下来，放下所有的烦恼，与自己静静独处，仿佛这小小的空间只属于你一个人了。喝茶也好，发呆也好，静聆溪流浅唱也好，在这个适合慵懒的地方，在这个天边的古镇，别奢望有个邂逅来让你惊碎月光地偶遇知音，那就借着隐隐闪耀的灯光和汩汩流淌的小溪，来一次彻底迷失吧，管什么大自然的风风雨雨，人世间的是是非非，际遇上的跌跌撞撞，就在这里忘记拼搏与挣扎，随心随意地做一回真实的自己，待在一隅慢慢地消磨时光，把粗粗的铁杵磨成一枚细微的小针。桌上虽然只是几碟小小的干果、几盏浅浅的茶水，但人已微醺，世界已朦胧得十分美妙和惬意，在这简单又简约、随意又尽意的情景中，偶尔把自己放空，这份大落差的简简单单便是一种非常难寻的美了。旁人小声地与酒吧女老板闲聊着她的生意和收入，帮她算着日进月得的账，我听她笑着说："不用算，小生意，一月七八万元，不多也不少，挣挣钱，玩玩牌，紧日子，慢时光，也很称心！"女老板爽朗的笑声，让灯光和夜色顿时妩媚起来，对她毫不介意地谈论生活和生意以及对自己收入诠解的得意和潇洒的生活，让我感慨万分。在这游人如织的闹市里，她能够静禅入定，按照自己的方式和节奏去生活，更觉得这古镇确是闲情悠悠，古韵深存了。已过凌晨的古镇，夜未央，灯依亮，暗香浮动，光芒溢得古镇的角角落落都是。我踏着铺在街上灯光里那灿若金砖的石板，像是要被熔化了似的，归路所见，满目繁华，感觉如醉的心情又绚烂得不像样了。蓦然回首，夜色斑斓，明月亲水，身后的街巷灯更亮，人更多，满镇的繁闹才刚刚开始，夜愈深，闹得愈盛；闹得愈盛，这夜愈静。

其实，彝人古镇最有特色的要数各式各样的院落式建筑了，这类建筑全是清一色的客栈，集中在一起，形成了一庭一品、一府一色、一院一格的客栈区。客栈区就紧临闹市繁华地段，却是一个静极了的去处，绝俗世而远尘嚣，闹中取静，颇有大隐气派。这些院落飞檐翘角，庄重古朴，错彩镂金，雕绘满眼，每个单元都是精妙图画的一部分，涵华聚气，恰到好处地成为古镇不可替代的构成，从而自我循环成一个中和祥乐的小系统。这些院落"墙"很重要，它映射着过去和现在的边界，穿越它只需要一扇开启的门，一扇门一个境界，一扇门一个世界，同时又表达出一种素雅和飘逸，创造出丰富细腻而灵动有神的建筑使用空间。这些建筑的气势处处尽显细节，它们通过每一个细节，精致而达巧妙，古朴而致华雅，繁华而见简静，在多彩的夜色里已是如诗如画、十分美艳了。这些院落多为楼阁，作房闱者，回环窈窕，作楼廊者，轩敞宏丽，既中规中矩，又生动活泼。

这些院落小巧俊妙，或厅或堂，亦树亦竹，花间池畔，曲径回廊，得影随形，虚阁荫竹，清水涵月，纳须弥于芥子，创造了无限的豁然之境，让我们一惊一喜，亦赞亦思，似多幽趣，更多深情！沿路的墙上都标明了客栈的方向，走过去可看到许多建筑已经铅华洗尽，露出了材料的本色，一些砖石也被风雨剥蚀得坑坑洼洼。老人们坐在檐下悠闲地品着冒着热气的老茶，所有这些都使古镇具有了一种可以信赖的荒老与沧桑。徘徊其间久了，也会浸淫上一种浓浓的怀旧情绪，脉脉的温情立刻会温暖着你，为古镇带来一抹醇香的回味。

进入古镇全是古色古香的街巷，一看便是古代集镇的格局，这让我回到了悠远的古代彝人居住区，但两边风格独特的店铺，又把我拉回了现实。这种古今交错的恍惚，让我很快融入了这个古镇，仿佛岁月的流转是借助这些店铺的变迁来实现的。每家小店小铺总是能让你唤起消逝在历史长河的楚雄记忆。这里的街道功能不再是交通，人们不用慌慌张张地赶时间，不用惊恐不安地躲汽车，游人可以驻足街中浏览观赏，拍照留念，漫谈闲语，稍息片刻，慢慢悠悠地随人来去，一条十几分钟走完的小街，走过去竟然用了一两个小时。在我看来，街巷里那些游人如织的情景，颇显热闹与繁华，摩肩接踵的盛况有了一种祥和的气氛，让人少了那种局促不安的慌张。街上的小摊随地而摆，随处可见，像开满田野的花儿，杂乱而美丽，不但不有损市容，反而体现出一种古老的世俗氛围，给古镇平添了不少的魅力。这里最美丽的要数那众多的编彩辫的小摊，她们立在街旁，花花绿绿很是惹眼，彩绳的颜色众多，几乎包罗了色谱的所有色彩，把彩绳与爱美女孩的头发缠绕在一起，绑成众多绚丽夺目的小彩辫，然后姑娘们甩着一头鲜丽的小彩辫，笑着唱着跃着满镇去跑。请不要以为市容总是要像一个刮得干干净净的男人下巴，因为生活不总是凡事都要登堂入室、正襟危坐的，也可以像彝人古镇一样，在路灯下，月色里，街巷口，寻商问货，买东卖西，这才是极具人间魅力的风俗妙境。

夜餐安排在古镇的毕摩府。毕摩是彝族专门替人礼赞、祈祷、祭祀的祭师，掌管神权和文化权，沟通鬼神，指导人事，是个近乎神化了的人物。毕摩府虽名之为府，实际上也是彝人普通的民居，还是老模样，土墙旧屋，也有点破旧了，墙上挂满了稼禾和农具。不知为什么，在餐桌和餐间的地上都铺了一层野草，草味芳香浓郁，看上去有点原始简陋，但却让人感到新鲜和奇趣。月光从窗口挤进来，满屋便笼罩在如银如玉的光亮中，景色在不停地漾动着，营造出佳妙的异乡氛围。土菜古膳端上来，古老的厨艺，古老的色香，古老的传说，让满桌菜品都泛成青铜色的历史碎片，令人不忍下箸。菜有古名，坠着一串典故；礼有古制，自然繁文缛节。初入陌生地，一切都是拘束，加上语言不通，常常让我不知所措，但却真真切切地经受了一次彝族民俗文化的洗礼！

　　古镇里到处流淌着清清的溪流，小溪之上有无数的小桥，但最惹我诗情的还是这座风雨桥。桥有双拱如虹，上有廊楼高耸，下有绿水漫流，华灯里风雨桥那缥缥缈缈的感觉，像极了传说中的琼楼玉宇。风雨桥那双孔石券，在灯光的辉映下状若圆月，形如车轮地镶嵌在廊楼之下，仿佛推着就能够在古镇里漫游一番，十分的美妙与神奇。此时此桥此溪此月，我步桥而上，临楼而观，这个宛若披在云贵高原上一块小巧锦绣的古镇，精致精妙精奇得满是辉煌灿烂。我倚在桥头，听远处飘来彝人吹奏的音乐和像鼾声一样川流不息的小溪声，沐浴在浓得化不开的月色里，肆无忌惮地享受着这最美的夜色，恍若步入一种难以言谈的境界里，尽是仙气神韵的妙趣了。

羑里城

在羑里城工作过两年的时间。

三十多年前，我刚从师范学校毕业，就被分配到远离家乡的汤阴县第十中学工作。报到那天，我在汤阴汽车站租了辆三轮车，把自己和铺盖卷及杂物置之其上，咕咕噔噔便到了旷野之中凸现出来的一个土台前。土台子四周没有围墙，约有两米高，皆是漫斜的土坡，上面长满了野荆和杂草，有一个新的青石台阶耸在破旧的大门前，回首一望，有一座古老的牌坊，上镌三个大字"演易坊"，就矗在我经过的路上。这就是羑里城，当地人唤作文王庙，大门横额上写着"汤阴十中"四个字，红漆剥落得已是很模糊了。

羑里城虽是周易的诞生地，却没有现在这么盛名。它就在汤阴县城北四公里处，是一个荒荒凉凉的古地方，土台上长满了沧桑斑驳的森森古柏，枝枝桠桠几乎遮满了天，阳光从树隙中泻下来，像是照耀在水面上，跃着星星点点的亮影，泛着潋滟的微光。三轮车夫把我卸在校园里就走了，我一个人在校园里瞪着一双陌生的眼睛随意地乱转，柏树上群鸦鸣叫，乱噪得很，教室都建在土台的周边，低低矮矮皆是简陋的房子，配上教工宿舍，自然廓成为墙，中间空余出一个不小的坑坑洼洼的操场，树叶枯草纸屑在上面呼呼乱跑；麻雀像围棋子，訇然落满了一地，转眼一瞬，又訇然踪迹全无；松鼠不时跃过，一棵树一棵树挨着去攀缘蹦跳，玩得很是开心，还不时回过头来瞅瞅你，那样的可爱与俏皮。这是一个周日的下午，师生还未返校，校园一片寂静，看门的老头午睡醒来，热情地把我邀到他那杂乱不堪，异味浓浓的小屋里，问着我的种种情况。教导主任到校后，门卫老王领我向他报了到，教导主任是个胖乎乎的中年人，简单的寒暄之后，他就坐到破藤椅上，把腿一蹁撩在了扶手上，像件悬挂着的乐器不停地晃悠，发出极有节奏的"吱呀"声，嘴里不时向外吐着袅袅的烟圈，烟圈在他的头顶之上慢慢地散开，俨若一团云雾，他一边用手揉着眼，一边快言快语地说："学文科的，好，抓紧备课，就教高二的史地课，晚上开周例会，给大家见个面认识认识。"说罢塞给我一大堆历史、地理的教科书和教学参考资料，领着我进了旧庙堂改作的会议室，在与各位同事一一点头之后，我就成了这个学校高中史地课的教师，每月领三十多元的工钱，成天笑呵呵的，快乐得要死！

这个地方是相当荒野的。这是一所农村中学，住校生很少，教师和学生每到周六下课后，便都没了踪影，我一个人待在校园里，没事儿就拿把大扫帚沿着墙根拼命地扫树叶，哗哗啦啦的响声，足以打消我许许多多的寂寞和忧愁。一到晚上猫头鹰"咕喵咕喵"地叫个不停，声音凄厉，闻之惊心掉胆，浑身起满鸡皮疙瘩；具有"悬壶济世"情怀的啄木鸟，成夜成宿都在不停地"笃笃笃"用铁嘴为古柏做着保健，像秒针的响声，把时间叨得细细碎碎，那点点滴滴的声音敲在心上，令我彻夜不眠；还有各种各样的鸟鸣、兽吼，特别是飞舞着的秋虫，简直令人不能开灯，不然就会在灯下滚成虫团，如雾一般驱之不散。天亮的时候，操场上还经常可以看到动物搏斗后留下的残骸与皮毛。而这里的野兔却像回家一般悠然自在，在教室、操场和菜地里随意乱跑，遇人而不惧，人也不扰之，任其舒适而欢快地来往和嬉戏。兔子在这一带是圣物。门卫老王告诉我，西伯侯姬昌就是后来的周文王，他被殷纣王从西岐召来，囚于羑里，在这里拘而演周易的时候，殷纣王把其长子伯邑考杀死，做成肉羹让其餐食，以验其预知能力，为了不使纣王起疑，周文王悲愤至极，但也痛而食之，然后又在夜深人静之时把所食之羹全都吐了出来，并拱土为堆，久而成冢，现在也成了一个著名的景点——"吐儿冢"，因"吐儿"与"兔儿"相谐，当地人把满地跑着的兔儿皆当成了圣人的儿子敬着，寄托一种情思，听来让人泪洒情怀。

学校的生活苦中有乐，至今仍是我甜蜜的源泉。昼仰蓝天白云而观，夜踏星月光辉而行，乐数晨夕，喜说中外，无忧无虑，乐天乐地，一副无心无肺的样子，简直不知身在何世了。那时像我一样的年轻教师有六位，每个人都取一个动物名称当绰号，互相称呼着玩，夜晚没事时，常爱聚在一室叽叽喳喳地闹上很长时间，有时也走很长的路到村里的代销点买些花生和廉价小酒，就着晚饭剩下来的咸萝卜美美地喝，竟然也能彻夜欢闹，至明方散。我就是那时学会喝酒与猜拳的，为此没少受校领导的批评和指责。那时年轻，精力体力旺盛，除了在学校打打篮球、乒乓球之外，我还坚持了两年的晨跑，几乎是风雨无阻，无论寒暑，即使冰天寒冬，也只是穿个裤头背心，从学校跑到宝莲寺，再从宝莲寺跑回学校，来回十五六公里，跑得汗水如流，回来再冷的天也要擦个冷水澡，像凉水浇在热铁上，满身都腾着热气。那时也身轻如燕，常常在课余间隙蹦台阶，大门外面的台阶有十九级，我双脚并拢，抱膝而跃，能够不间断地连续蹦十五个来回，气喘平缓而不急。当时学校没有什么娱乐节目，就有一台收音机，教物理的伦振文老师常常把它拆了装，装了拆，来回地做着各种各样的试验。吴佩有和付培晶老师闲了好吼上几嗓子，其实真正着调的有歌唱范儿的还是李永政老师，而张顺力老师总是在一旁眯缝小眼笑，像是漾在水面的一朵莲花，平静而灿烂。在姜里城，还藏着我一直未向人说及的梦，那便是自己的田园情怀。当时校园的西部，约占校园三分之一面积的是一片菜园，闲时我总爱戴顶草帽，荷锄持锹，把裤管挽得高高的，一边耕作，一边擦汗，与同事和学生们一起说说笑笑，开开心心地把臭得熏人的粪肥撒在地里，然后再翻耕、拢畦、播种、浇园、锄草、间苗，扎扎实实做足了一把田园梦，每当看着小小的种子破土成芽，幼芽又慢慢地变成一片碧绿时，心中便有说不出的闲适与悠然，现在想起来宛有陶令风范，悠然之境，恍如桃源，微妙情愫，忽有遁世的感觉，美得让自己至今还羡慕不已，心向往之！

　　羑里城是我人生旅途的第一个码头，在那里我第一次融入了大社会，开始了自己独立的工作与生活，年龄也就十八九岁。我在那里每天快快乐乐地工作，开开心心地生活，认认真真地思考，如饥似渴地学习，把历史地理知识的底子打得比较扎实，直到现在我还在受用着这些东西。那段时间我开始艰难地啃着花半年工资从书店买来的二十四史，读得苦涩又艰辛；《中国通史》《世界通史》和《蒙元秘史》等等也是在那段时间里阅完的，还做了大量的读书笔记；就连可怜的一点易经知识也是从门卫老王那里一爻一卦学来的，为此还进行过较深的阅读；把与周文王有关的西周、东周两朝凡二十四王，搜罗资料，单列成条，供学生们参阅，以开阔视野；按照历史发展的顺序，与几个爱好历史的学生制作了"中国朝代树"；在这里我还开始了真正意义上的文学创作，第一篇散文《小草赋》就是在这里反反复复写了一年多，虽然字数也就是那一千五百字，但写得很苦累很投入，很快乐也很神圣。在羑里城这短短的两年时间里，很多人物，很多事情，很多情怀，随着时光的流逝，不但没有渐行渐远，而且仍在不断清晰着我日益斑驳的记忆，时间愈长印象愈是深刻。我正是从这个小小的码头启航，沿着弯弯曲曲、水急浪高的河流，不知深浅冒冒失失地奔向了前途未卜的大海……

　　现在想来，在羑里城的那段短暂的生活，如圣境一般的清纯，虽然清简苦朴，但教书、看书、欢闹、痴想……一切都是那么的快乐，富有诗意。春天在开满油菜花的田埂上闲游漫步，夏夜坐在门口的台阶上数星赏月，秋雨看溪水从台上流下，淌成层瀑，吟唱着流去，冬雪赏一院古柏的雾凇，如满头的白发飘然成景。我时常在念想当年校领导引着我们串村饮酒的欢闹，与门卫老王吟诗唱联的雅致，与学生整天玩在一起的乐趣，与同事们将欢乐进行到底的豪气，与朝阳、晚霞、闲云、群鸟、田禾、古柏朝夕相伴的画意……环境那么艰苦，生活那么清贫，时光却给予我那么多美好的记忆。在我步入社会的初始，我十分庆幸遇着这样一条清澈的溪流，它一直陪伴着我，不断地清洁和滋润着我的灵魂。

　　我接到调令要离开羑里城的时候，正是一个炎炎的夏季，四野青禾茂盛，绿意盎然成趣，汽车载着我在田间小道上愈走愈远，当我回首望尘，羑里城已经淹没在那片浓绿当中了，行进的路上我默默无语，心胸像是被掏空似的，空落落的寂寞得要命！

　　三十多年过去了，昔我往矣，青春青涩，今我来思，年已半百，但羑里城仍像老友一样在我梦乡徜徉，其实，我在异乡想它念它也快四十年了。

雨

　　雨，是天地间的连接线。有时也奇怪，连接线太密了，天地竟然却无语。其实，淅淅沥沥，或哗哗啦啦，那不是雨意，雨意是绵长的静穆和无尽的肃立……

　　雨之头是天，雨之脚是地，天地之间洒着一串串的"水"字，其实，雨在云中则为云，永远在空中飘着，不能落入田里，展飘逸之姿，做闲散之事，一副安闲无忧的样子。但当天地相连，云气相击，冷热互融，云在雨里亦是雨，它就会吼叫得惊世骇人，霹雳震天，恨不得把一切劈得粉碎，世界也就随之纷飞如碎雪，瓢泼成激流了。

　　正是因为雨，才造就了一物——伞，全世界都希望它来保护自己，可到头来谁不是浑身雨湿？其实你若懂雨，就干脆享受淋雨的惬意，说清醒有清醒，想朦胧就

174

朦胧！全世界的雨，像是都集中落到自己身上，此刻你会觉得自己像草，像花，也像树，该生长的时候生长，该开放的时候开放，满是湿润，满是生机。

雨中有一石碑，碑上尽是古字，雨意浸染了古意，我们也无法回去，无法回到那遥远的过去。于是碑上的雨流着的是过去的历史，碑前人沉思的是人生的往昔，既然往前看的是历史，那就不如转过身来，看到的就会是现实。而你，无论怎样站在石碑前的雨里，你还是现实中的你，而石碑，即使永远矗立在现实里，但它承载的还是过去，只是雨后的表达会更加清晰。

在滑师的日子

我离开滑师已有很长很长的时间，弹指一挥，马上就快四十年了。

滑师的全称是滑县师范学校，在滑县远离县城的古镇上，当时它的四周有三面都是田野，后面有大面积的黄河遗留下来的沙丘，沙丘上长满了刺槐，蓊郁绵延，蔚然成林。一条公路从旁边通过，直通濮阳，上世纪八十年代初，中原油田刚刚兴建，路上奔驰着的多是载重的大卡车，也有拉载麦秸如山的小马车。一条淌着微水的小河在校门前蜿蜒，浅水静流，几乎听不到水流的声音，河道被水缠绕成无数的微甸，甸上簇拥着绿绿的青草和无数的小花，还有那飘若白云的羊，散如群星的鸟。甸与甸之间跨步可过，就像是一块块的路垫，踏上去那酥酥软软的感觉，若踏云追霞般的绚丽。印象最深还是那破烂不堪的校园，到处是杂草、乱树和瓦砾，每周的劳动课，不是铲草，就是清运，但也奇怪，两年的学习时光结束时，校园里杂草仍在疯长，瓦砾仍然遍地都是。

二十世纪八十年代初，那还不是太遥远的回忆。想起我的滑师生活，虽然青春灿烂，但苦寒的记忆，让我回想起来不免还有点局促，随着时光不可置信地逝去，当年自己身上心上发生的肉体与渴望、生存与生活、现实与理想的冲突，时间久了，竟成为敏感的命题，总在纠缠着你的情丝，但日子常常狼狈，炫耀成功无期，每每思之，也是夜不能寐。那时候恢复高考才几年，一些新生并非直接从中学而来，而是来自社会的各个行业，所以同学之间年龄差距很大，最大与最小能差十多岁。忽然有了读书深造的机会，大家都很珍惜，也很欣喜。

学校的教室是两排砖混结构的老瓦房，不比我在中学时的条件好，灯管悬在空中，开门关窗凡有点风，它都会晃悠半天。还真有一次正上课呢，灯管突然掉下来，摔在地上粉碎粉碎的，但除了引起一阵小骚乱外，所幸并未伤及到人，后被几位大同学趁课余时间全部给固定好了。我们的男生寝室是在学校操场旁新建的红砖简易平房，一个寝室挤进去二十多人，分上下铺，每天晚上在部队就当过班长的雷云峰，不知要吆喝上多少回才能静下来，睡在这样的寝室里，简直就是夏天雨后的池塘，蛙鸣十里，鼾声都能把寝室给抬起来，但时间长了，一切都成了催眠曲。当时每个寝室，学校都配了一个大塑料桶备夜用，每天的值日生负责清理与倾倒，有时由它产生些琐碎小事，也会在同学间产生矛盾和不愉快。那时夜静人睡之后，大家你来我往，撒尿声也是通宵不断，有些人惊夜而醒多是因为撒尿声扰，脾气不好的同学会嘟囔、斥责甚至是谩骂，由此也产生拌嘴、吵闹甚至打架。夏夜还好，同学多外出去解手，但冬夜寒冷，尿桶满了，有的同学还照撒不管，结果搞得尿流满地，臊气盈室，值日生闹起情绪来，尿桶竟能放在寝室一天都不去动，同学们就在这满天尿臊的时间里，在寝室里议论来议论去，又是立制度，又是发警告的，闹腾个不停，不仅是动口舌，还有拳脚行。

我们的学生食堂可是个大场面呢，前面有个偌大的广场，每到饭时同学们如鱼洄流，汇集于此，排起很长很长的队，熙熙攘攘，就像个热热闹闹的农村大集。每个人买了菜买饭，买了饭买馍，馍还分着黑白，都不在同一个窗口卖，因此吃顿饭要费好多的周折才能弄齐，后来我与三个同学抱团搭班，各拿菜票、饭票、黑白馍票，每人只用排一次队，饭菜馍四份便可全部搞定，真是节省了不少时间，再说四个人每天蹲成一圈共餐，边吃边说，边笑边乐，每顿饭都有聚餐的味道，很是温馨！也有一次，因我班一位同学买饭时受到炊事员嘲弄，于是同学们气愤不过，群起而闹，与炊事员打了一次规模不小的群架，谁知那位炊事员竟然是老师的儿子，老师在课堂上一而再地致歉，闹得大家都十分的尴尬，结果此事在全校先是当壮举传为佳话，后来又视孟浪成了笑谈！

学校是新建的，我们到校时还没有一个像样的图书馆，几乎没有什么古籍老版的图书，文史类的书籍都是新购的当时流行的作品，记得传阅最多的书，就是戴厚英的《人啊，人！》，但学校是原县委党校的底子，所以党史和马列原著多，喜欢政治的同学，啃原著的不在少数。我那时也就是十七八岁，也幻想着知识可以化一切陈腐为神奇，便硬是想开辟一条路，哪怕只是到达自己的梦境边缘也罢，于是发疯发狠地学习，总觉得自己的推理，比一切概念定律都伟大，不但敢于对自己施虐，也敢于向不可能挑战。就这样蚂蚁啃骨头，硬是把《资本论》囫囵吞枣地啃完了，还煞有介事地写了一些关于剩余价值方面的文章。那时，啃那样大部头的经典原著，显然是小牛拉大车很是吃力啊，但兴趣乐趣情趣皆浓，也就不知天高地厚地读了，还在一本本练习簿上，写满了读书笔记，由于这部著作的引导，又进一步阅读了与之相关的理论著作，这使我比较早地接触到了比原著更实际更复杂的农村改革实践，我企图以自己行动参与社会问题的解决，似是有模有样，但所学的知识与实际情况结合起来，却是那样的困难，这突出反映在当时我写的一篇考察报告——《不能走那条路》上。现在忆来，那是一篇用孩子的眼光，用成人的语言，向社会表达的一种意愿，青涩、幼稚和懵懂。那时尚未成年的自己，就这样在时代的浪潮涌动中，无所顾及地过早成熟了。

回想中师两年的学习生活，那确是一段神秘莫测的时光，那时的情感真挚而冲动，像从山崖奔泻下来的山溪，欢快而执著，对一切都充满了好奇，心气很高，什么都想知道，什么都想尝试，全然不顾家庭与自身的条件限制，莽莽撞撞地把心胸彻底打开，迎接着变革时代初期的激荡与阵痛，自认为在学习和比较中增长了鉴别力，于是，谁先闯进心里来，就先拥抱谁，结果到后来竟然都成了虚无缥缈的云烟。好在当时教政治的刘老师，他先鼓励，后提醒，费尽心思，好不容易才把我们从好高骛远的虚

心香，又蕴有几瓣相思

幻中拉了回来，但那不羁的心野，不甘现状、急于突破的心思还有，虽然也没有因此成就了什么，不过那份孜孜好学的因子却留了下来。

"文革"之后人才匮乏，新组建的学校师资力量更是薄弱。我们的老师，有的是从乡下归来的老先生，"右派"帽子刚摘，教课的谨慎和小心还在，一副畏惧戒慎的形象；有的工农兵学员出身的教师，虽然气宇轩昂，但露怯处常有，常常把一些平时惯用的成语，都读"白"了字。有一次老师把姓"单（shàn）"的同学读成"dān"，那位同学当堂而起，连忙纠正；有的老师是从中学调过来的，虽然教课扎实，但脸横如板，仍像带小孩似的管教，年龄大一些的同学常常为之不屑，不服管教，不时也让他们下不了台，出现些僵持与尴尬，最后都不了了之；倒是从高校新毕业的老师入校，带来了一股新风，特别是我们的班主任邢老师，课堂内外与同学们交流多，身段低，相处乐，吃喝玩也常和学生在一起，有时节假日回家了，他还把自己宿舍的钥匙留下来，让一些好学的同学有个僻静的去处，师生关系相处得洽如春水。这让我想起孙犁先生在回忆他在安国县上高小时写过的一段话："学校的教学质量，我不好评议，只记得那些老师，却是循规蹈矩，借以糊口，并没有什么先进突出之处。"我印象比较深刻的是雷班长率人到校教导处请愿，撤换过同学们不满意的俩老师。正是这样的情况，两年的学习生活，让我记住又崇拜的老师并不多。几个调皮的同学晚自习后，在讲台上模仿一些老师上课，拖着老师特有腔调，挥着老师招牌式的动作，惟妙惟肖的表演常常引起同学们一片嬉笑和叫喊。当然有出老师洋相，开老师玩笑的恶作剧，当场被老师逮住的也有，但训斥一番回来，脸上还是一堆坏笑，满是炫耀的神采。贾姓同学在日记上写了老师的"风流韵事"，忘记合上本，老师恰坐其位上闲看，被气得恼羞成怒，好几天都没到班上来。不管怎么样，由于荒废的时光多，总算有了以读书为荣的时代，所以同学们刻苦学习的氛围浓，当时一个王姓同学与贾璐同学比赛熬夜，结果终没抵过贾璐那苦学的恒心，败下阵来。那时这个小小的师范学校的班级里，做学术梦的人还不在少数呢，尽管我们当时的目标从来就不是做专家、当学者，只是面对交织复杂的时代，在"八十年代新一辈"的激励下，深感自己的知识储备如此不足的清醒与忧患。那时候我们有思想，但想法太多，所以杂乱如荒草；我们有奋斗，但标准太高了，所以半途而废的多；我们有追求，但目标太多又不切实际，所以纵情一歌，又常常找不准调门，觅不到韵脚。但是"时人莫小池中水，浅处无妨有卧龙"，我们班后来还真有了全国著名的学者和剧作家，尽管凤毛麟角，也是熠熠生辉啊！

那时改革开放刚刚启动，我们的祖国百废待兴，新旧的观念此消彼长，都在慢慢地转化着，再加上我们这些来自农村的学生，家乡正在进行家庭联产承包责任制的推广工作，土地分包到户，父辈们一时从"大集体"的体制走不出来，他们的情绪和思想，不免会影响到学校来。当时在思想概念里阶级斗争的意识尚浓，因此根据家境、思想与爱好，同学中形成了许许多多的小组小派，还邀一些校外的人过来谈诗、谈政治、谈表演和戏剧……思想异常活跃，清谈气氛浓厚，行为也多有点率直任诞，又喜欢雅集，常喝酒纵歌，喝得你不是你，我不是我的，那微醺小醉的样儿，现在想来还是那样的美妙，确有陶潜"我醉欲眠，卿可去"的洒脱。但下苦功夫的同学悄悄创作作品的也有，那时年轻气盛，扬帆风满，心比天高，竟瞄准经典著作挑刺或颠覆。贾璐同学两年内自学完成了大学中文系的全部课程，尤其对王力先生的《古代汉语》下功夫最大。在读《晋灵公不君》时，对王力先生解释的"置诸畚"有疑，便去长信给王力先生，提出自己的见解，王力先生很快回信，给予他热情洋溢的鼓励，并介绍《春秋公羊传》给他看，在全班引起不小的轰动。受此影响，读原著的同学也有不少对正在阅读的经典，提出自己的疑问来，那时中央文献研究室的专家不时会给某位同学发来信函，大大长长的信封，格外地显眼，但内容大都是信已收到，表示感谢之类的话，所提建议被采纳和肯定的未再有例，但这丝毫没有减弱和影响同学们求知求学过问政治的热情，于是心思更大的同学竟然写起了体量更大的论文来。我们班的这一有点悬空的情况，引起了校党委的高度重视，班主任也苦口婆心地讲现在的主要任务是学知识，打基础，不要脱离自己实际等等。校方还适时在校广播站开设了诸如"纪念毛泽东同志诞辰九十周年"之类的专栏予以播放，有针对性地进行疏导，同学们利用这些阵地，还有黑板报，也争论一些问题，有时竟敏感得令人不安。我们成长的过程是一个不断建立，又不断毁灭的过程，人物也好，事件也好，不断地去接受，又不断地在颠覆，心里始终没有一个长久的、稳定的东西作支撑，所以内心的矛盾总是将该要显示的方面都给抵消殆尽，那时把追求反思与探索为旗帜的朦胧诗派，当做崇拜的偶像，几个同学成天价地把黑夜给了我黑色的眼睛，我却用它寻找光明"挂在了嘴上，好像不来点忧郁，就不算成熟一样，倾情自己，忧虑未来。当时同学们开始对课本里主张的思想怀疑起来，常常发生"原则性的分歧"，什么理论呀，观点呀，在争论时，大都是自命高深，像占领高地一样，冲劲十足，互不让人，个个金刚怒目，叱咤凌厉。年龄大一些的同学凭借阅历深邃，似有洞彻之见，语言犀利，常常唬得我们不敢开口接话，对于人物的臧否，都溢出了当时的语境和口径，一些同学因此争得面红耳赤，气忿难平，甚至积怨致恼，一言不合便会拔剑而起，所以也因争论发生过些小斗小殴，但也没有产生出领袖群伦的人物。还有一次，因中国女排第一次夺得世界冠军，大家兴奋难耐，热情难以遏止，便组织了一次游行，喊着"振兴中华"的口号，向着街上走去，大门夜锁不开，便翻门而出，在夜色阑珊、行人稀少的古镇老街转悠了半夜，才兴高采烈地回来。所有这些都让校教导处的老师摇头称苦，说这班文科生就是不安分啊！当然，由于不堪承受之重，那时候同学留下创伤的也不少，不仅政治方面的，其他方面的情况都有，什么流产的纪念会、生煤火事件、臭豆腐风波等等，以至于三十多年后，谈起那些往事，很多同学还是感慨万分呢！其实，那些微伤的记忆，都是因为当时那个来历不明、虚无缥缈的梦啊！

　　当时学校的文艺生活还是很丰富的。学校定期举行文艺演出，一些爱好文艺的同学参与的积极性很高，有写剧本的，有练歌舞的，有排小戏的，走幽默一线的还演练着哑剧和相声。大同学郭睿的小提琴，时常撂在床铺上，一有空闲就拉上几曲，婉转悠扬，时而清脆如群鸟齐鸣，时而倾泻若泉水叮咚，不徐不疾，得之于手而应于心，口虽不能言，而乐尽解人意，功非一日，艺已成塔，水平已是相当的高了。因此我们班总是在校文艺演出中屡屡获奖，出够了风头。近四十多年了，同学们见面还称呼着他们在舞台上扮角的名字呢！当时每逢周六的晚上，在校大门外的土路上就会放一场电影，同学们与周围的村民聚集在一处观看，夏天天气炎热，人头和蚊虫攒动是影，人有动作，或是风儿掠过，都会飞扬起一片尘土，没风的夜晚，还会热得一身透汗。那些好表现的同学，放映前在镜头里剪裁几个夸张的动作，映在影幕上。寒冷的季节，很少放映电影，露天太冷，观众边看边跺脚，声音比电影里还要大，放映员穿着厚厚的军大衣，也是抵顶不住，所以草草收场的多。看电影时，夏天的夜虫纷飞与冬季的雪花漫舞，都成为我们天赐的浪漫记忆。还有一些思想解放的小同学，与幼师班的女同学已开始在一起学跳交际舞了。夜已很深了，满寝室的老大哥们都睡不着觉，专等着那位韩姓小同学回来绘声绘色地叙说学舞的趣事和新闻，大家七嘴八舌地议论着，夜都深了，兴奋的劲儿还下不来，只是老班长一反常态，没有批评和制止，而是一声不吭地倚着床头闭着眼睛养神呢！

那时班里学习气氛浓还体现在刊物的征订上，当时五十多人，订阅的各类刊物就超过了八十份。一位刘姓同学订了三本诗歌刊物，刚入校时，把他写的一首爱情诗给我看，诗分为三节，以两年学习时光为背景，层层递进，向渴望的爱倾吐心声，最后一句我依稀记得："把情致凝到枝头，只待春风。"很显然是写他中学时代的一段铭心的情感，只是不知道他凝在枝头的那番情致，这么多年春风是否吹拂呢？在师范期间最让我震撼的一件事，就是身上带有浓郁诗人气质的巩姓同学，邀我去看他写的一首诗，我的天呀，政治抒情长诗，厚厚的一大本，至今我还清楚地记得那略带飞草的字迹和长短不一的诗行，带着他的理想、才情和辛劳，竟然布满那个笔记本的每页纸上，初初捧读，便觉分量是沉甸甸的重。那些日子，他有点忧郁，常常在夜色里月光下，独自在槐林里漫步。我与他也去找过教写作的老师，渴望指点，寻求发表，老师肯定那首诗见解独特，发人未发之见，抒人未抒之情，只是内容上有点偏激和敏感，但叮嘱他多投投稿，或许会涌入哪位编辑的法眼呢！从师范学校毕业后，虽然也见过他两三面，但光顾同学间的攀谈与热闹，未及问他那首长诗后来是否发表，现在还在写诗吗？

我那时虽也喜爱文学，但专心的却是中共党史。前些日子翻起一大堆笔记，全是我当年关于党史方面的摘录。我当时离开家乡到外地工作，也是因为说好了能在党校谋一差事才去的，谁知经过两年的折腾，却调到县委宣传部搞起了新闻，因为工作需要接触起文学。同学中也有持之以恒，不改初心取得正果的。贾姓同学在学校时就写剧本，后来参加工作也搞戏剧创作与研究，且成果丰硕，几次荣获曹禺戏剧文学奖和文华奖，又享受国务院特殊津贴，佳作纷繁如云，荣誉灿若春花，成为全国屈指可数的著名剧作家之一，业界笑谈他到哪里，舞台竟然会无灯自亮呢，可见他的辉煌是自带流量的。我的诗集《月舟集》便是请他作的序。现在，他盛名戏剧界，所以也因名而累，成年天南海北地跑，去年他新创作的两部戏剧好评如潮，在全国叫得贼响贼响的，又惊爆了全国的戏剧舞台，这是我们这些浮漂之人，无论如何努力也是难以做到的。他过去也常来我处闲谈，话题很广，谈得很深，我常常把思想、生活、工作的苦恼诉给他，他听得很投入，劝得也很耐心。我虽愚钝，但他的兄长风范，谆谆之教，我是不敢稍忘的。只是这两年各自在工作和事业上忙碌奔波，相见多是在微信里。

年轻人在一起，最有趣的要数谈恋爱了。进入二年级，男女同学接触一多，再加上与纯女生的幼师班联谊活动频繁，便传出不少的恋爱趣事。有奔放热烈的，如班长与幼师班长"老天"的恋爱，竟然成了两个班友好的纽带，特别是"老天"，满口外交辞令，还应邀到我班去讲过话，而且很大方邀请更多的男同学到她们班里去联欢；有缠绵悱恻的，当然更多的人还是单相思，一方痴痴冥想，苦苦单恋，一方竟然大大咧咧，全然不知，愁得那老兄躺在床上几天不吃不喝，苦无办法；有厚着脸皮去求爱的，当面被冷拒之后，呼天抢地地哭个不停，悲痛欲绝的样子令人心碎；犹抱琵琶半遮面的也有，如趁女同学不注意偷偷塞个小纸条什么的，结果被顽皮的同学捡起来，在教室里当众宣读，惹得满身是"骚"的人……那一段时间，同学间一会儿谈奇闻，一会儿谈趣事，花边新闻很多，绯闻接连不断，故事的主人公像唱戏似的换来换去，以至于毕业多年，班主任做了我的上级领导，在一次闲谈中，他向我求证了当年关于这方面的很多事。啊，原来他也了解这么多呀！其实，那个热热闹闹的恋爱季过后，真正成为伴侣走到一起的，反倒是当时默默无声的刘保仁和王文华同学，其他叽叽喳喳满天乱叫的人，基本上都是恋爱彩排。年龄大、城府深的郭睿同学，虽然常常笑而不语，成天把小提琴拉得回肠九转，惹得大家情感萦绕而解脱不得，谁知道他那时已是做了父亲的人了，心事比我们更纷繁更具体更焦灼，也更深沉。许多许多年过后，那时的恋爱趣事，皆已成了笑谈，也只有影子记得，故事留下了，但人物都已模糊了。是啊，没有憧憬和期待，谁还会再去品味那些尴尬呢？

两年的师范学习生活，细细想来，引发我许多念旧的沧桑和感伤。史侃《江州笔谈》卷上云："学生二十岁不狂，没出息；三十岁犹狂，没出息。"狂与不狂，不是人生的状态，也不是年轻的标签。它不光与年岁有关，其实与未经琢磨过的心野相联。心间空空，多以狂补；摄取知识多，阅历广博了，心反倒能够静谧如月。当时面对的现实，往往超出了我们能够衡量的尺度，宛如老虎吃天，真是无从下口。因此，失意时，锥心裂肺地痛苦；得意时，也兴高采烈地喜悦；但感到彷徨的是苦苦找不到人生的支点，撬不动自己想要撬动的一切，当理想魔力日损于平淡无奈的日常时，才知过去的一切拼搏，都显得苍白无力，而且闪现的每一个念头，都有可能把过去完整的画面撞得粉碎。唉，不提它啦！现在，有的同学已经去世多年，有的已经渐入老境，有的还在奔波打拼，有的已经声名日隆，但大部分人还是默默无闻，人生的一切都没有按照在校时想象的路径走。当年那些风华正茂的奋发，甚至挥斥方遒的轻狂，俱往矣，好像都在梦幻里。也许我还要写下去，除了写点小东西，我还能干点什么呢？人生得失，事业成败，未及细量，恍

心香，又蕴有几瓣相思

惚之间，一生一世都要这样耗完的。当时，一方面不甘平庸，因为我们赶上了改革时代的开端，心存向往，处处勃发着生机；另一方面又感到困惑的东西不少，有劲无处使。所以只能回到自己的内心去溜达溜达，倾听一种可以自我安慰的心跳。然而，出生决定未来，出生在二十世纪六十年代初的人，人生在三年困难时期，长在"文革"岁月，长大又进入了改革年代，一切机遇和可能，像初春的山坡，到处是绿草和花朵，但根据我的秉性，也不会竭力去嘶喊："请滚开，让我歌唱八十年代！"

在全国大中院校纷纷升格之时，我的滑师却变成了一所中学。前些日子，组织上要求对文凭进行重新认证，我找到学校时，过去的旧迹百寻不见，就连原来学校象征的公章都没有了。物非人亦非，名实皆亡，一切已然苍茫。离学校的不远处，原来那片低洼的土地，现在粼粼而成浩瀚的水面，水光潋滟，画桥烟柳，亦称是西湖；那段当时还在漕运着的大运河，不见了帆影桨声，却成就了一处名胜；还有周日闲逛过的旧街老店，现在开发已成了著名景点。离开学校近四十年，时常想起那些飘忽着的旧景和形象斑驳的师友，这一切虽像新台旧戏般地萧散，但毕竟还有依稀的记忆在，不过也是老者不知，少者不详，只是一些片断了。可惜，关于滑师、关于滑师的学习生活，直到它消逝多年之后，我亦日衰渐老之时，才想起了它……

窄书隅记

我附庸风雅之心，源自少年，迄至于今，四十年矣。

我有陋习，即凡居住过的地方以及参加工作后能够独立使用的办公室，多要给它取个堂号和斋名，虽未能尽数制匾贴墙，但在我的日记和文章尾缀里都留有各种各样的堂号和斋名，十分有趣，每每翻阅，往昔情景再现，历历如在眼前。这些名号有抒情寄意的，更多还是描摹室之所处特点与环境，如无柳舍、观山楼等。

我少好书，累及半生，且至今仍不得止。我的藏书，开始于十二岁，最早购买的《欧阳海之歌》《大林和小林》《一千零一夜》《西沙儿女》《海岛女民兵》《高高的白杨树》《法家人物小传系列》、当时的知青小说《征途》和鲁迅作品的小册子等，此后每年都要陆陆续续地购上一些。少时闻人有奇书，多方求之，手自抄写，亦存几卷。经济独立后，买书成了我一项经常性的开支项目，且愈来愈甚，有时竟到了痴狂的程度。书店买书、网上购书、地摊淘书、异地选书、向友索书、拜师求书，以至于图书盈几，累累然。我飘飘然若在世外，不知家亲劳苦贫贱之为戚也。典籍浩繁，读阅穷年而不能究，岂怪家人斥我购书之害远胜于他人烟赌。众人闻之，盖深叹其言，皆以为然。书多直欲造境，当尘世纷扰，都市喧嚣，俗心沉淀，便梦寻一隅寄托灵魂，能够躲进小楼成一统，夜归则正襟危坐，啸歌古人，与贤者灯下竟夜相晤；昼则听鹂拥书，抚琴赏画，寻梦其间，以读书为乐。少时曾语诸友，他日当有一室以为斋，以志吾梦。然奋斗三十年后，方于安泰苑里初偿旧梦，偿愿可谓久矣！韩愈曰："辛勤三十年，以有此屋庐。"吾亦然也。这些年来，我虽非瑰奇之大，亦常不得志，竟欲放浪形骸，兀傲自喜，终因他律和自律而放弃，工作之余便以读书、藏书为乐，书愈多，书柜愈大，书房却愈小，偌大的书房，今唯剩一隅供我阅读与写作，我慕先贤风流，追其轶事，借己窘境自嘲，故名"窄书隅"。

窄书隅，窄也小也狭也，甚至有些杂乱不堪，不能陈设画案，没有配上文房四宝，没有茶台，没有禅思之榻，这般局促之窘，皆因自己梦想膨胀所致，怨艾勿碍他人。但看着日益拥近的书墙书堆，我无丝毫逼仄之感，反觉自己的世界愈加通达和宽广。"斯是陋室，惟吾德馨"，有时在窄书隅里闲翻，在书柜前捧读，一边沏上毛尖新茶，一边燃炷古色沉香，满屋子书香氤氲，也是梦中胜境，颇为自得其乐，竟以为这便是坐拥书城，俨然书翁了。庋书于室，满架文华，日诵月读，久之，册册页页恍若美景繁华，每日与之居，其性灵必浸染我也。古人云："玉在山而草木润。"书之所聚，当有仙风道骨、诗情画意存焉，如空气萦绕在室，久其润者而不枯。今藏书累累，亦有数千册了，珍籍善本宿过此处，古玩小雅在此逗留，名人字画于此添彩，土酒野茶借此生趣，明月星光染墙成影，梦得之书、欲览之卷也赫然在架，随意随心随时可读。最是书香，直抵灵魂和远方，这梦幻般的感觉于我已是相当满足了，人生如是，夫复何求？

藏书虽是雅兴，徜徉其中亦有诗意。但我非藏书家，甚至当藏书家的念头都不敢有，因为要想藏书，一得有钱，二得有闲，三得有空间，三者我皆不具备，尤其居住空间是那么有限，常有地无立足之忧。人生有涯，而书之无限，凭有涯之生读无限之书，营营而不知止，徒为书累者也，人亦苦矣！读书虽是快乐自足，但不知老之将至，亦渐有力不从心之惑，此乃丛兰欲茂，然秋风摧之。此时书也会板脸逞强，什么"颜如玉"和"黄金屋"的温柔古诺消失殆尽，一切皆如生硬的墙，从四面挤压过来，让你局促成一粒微尘，散落在茫茫的尘世中，让我悲古悲人悲己，怜悯生际，常常感慨系之。

今社会进步，文化发达，书馆林立，借助公共服务已能很好地满足人们求新求异求变求达求知求美等心理、审美、增智的各层级需求了。何必为饮一捧水，而要截流蓄水成池呢？读书虽幸，藏书亦累矣。前闻市民之家有"让图书流动起来"之举，受此启迪而生新思，看来我藏书之夫子心态，已属腐儒，更心换态乃是必须，不然，舀天下之水于一壶，壶大几何，怎能容之？

夜至，我把窄书隅之灯全开，光芒的辉煌均匀地洒在满屋的书本之上，看着那些或堆而成柱，或卧而似岸，或俨然满架，或规矩束包的书，所有的忧愁和烦恼皆已烟消云散，更张起意也偃旗息鼓，少时如天的梦想重又聚拢，我兴奋若狂，如飞蛾一般，又被那片光亮吸引过去，明知没有什么结果，非要扑上去粉身碎骨一番，这有点慷慨的意味。人为书奴，劣根难除，一切的努力和挣扎，也没有什么办法让我幡然醒来，受命唯唯，故唯有皈依过去，恂恂若儒生，奋力披阅，践行崇敬和躬耕的份儿了。范公云："不以物喜，不以己悲。"我与诸友言及此事，梦想依依，希冀颇多，然欲进其境亦渺矣！喜则喜，悲则悲，我非灵童，转化也难，盖因圣凡根壤所别，故上下古今未能通也，由此我知自己也属愚顽之徒，但仍有首丘依风之感，勿敢忘弃初心。

窄书隅，乃我读书之所，也有藏书若干。我有窄书隅，忧乐同载，逍遥悠然，此乃我思想的原乡，也是我奔忙的目标。少时读书藏书散漫无序，精力多耗于无用之处，无怪乎内不知修己之道，外不谙谐人之术，纷纷然以成流俗，以日进者，我未能至，栽木不成林，化茧难为蝶，故深自追悔，露怯之处往往见诸文字，拙不易藏，我憾而未补，不一而足。待我人长事谙，读藏正于道上，又因我为宦途之人，奔波民事，忙于政务，此之为要。然半生又远离名利，淡泊俗志，反耽嗜史籍，汲古以乐，可不僭乎？勿怪我也，余亦茫然矣。窄书隅群书如列，皆染我之手泽，日夜环绕左右，观之捧之读之阅之，已然尊也师也友也亲也。

丙申年春，人约同写书斋之文，心甚喜！此时窄书隅外木欣欣然以向荣，花灼灼然而灿烂，绿染天地，花适大开，绚丽花事历两月之久始谢，落英残红竟使大地美若锦绣！目睹此景，我心静似石，旁若无景，俯拾朝花，思书斋事略，扪虱自言，成《窄书隅记》。

春天，究竟有多少日子

雪　花

今天是元旦，雪花在飘。

雪花是一种冰晶体，大小通常在 0.05mm—4.6mm 之间，单个重量最多也只有 0.5g 左右。雪，是天空中水汽经凝华降下来的固态的水，形成一种白色的没有光泽的雪片、雪花和雪晶。水汽在天空中先变成水，然后再凝结成水晶，或者不经水，直接成为冰晶，这种过程就是水的凝华。而下雪就是把上升到空中的水汽凝华后，又重新落到地面的过程。因其分量轻，距离远，其下落的情形多呈飘舞状，飞飞扬扬，景若飞絮。初下雪时，往往雪花并不少，亦非常的稠密，若裹挟寒风而来，会弥漫成壮观的琼宇天地，霎时间，山川、田野、村庄、城市，全都笼罩进那片白茫茫的景致中，但融化得也快，且几乎是落地即融，当然是初始雪态。雪下得久了，大自然就会上演一场大戏，把世界打扮成粉妆玉砌的银色王国，时间愈长，积雪越厚，在高纬度的高寒地带，积雪都会长年不化，林海雪原，苍茫一片，风景也是分外地妖娆。

雪花通常是六边形的对称结构，又名"六出"或"未央花"，雪花亦被喻为银粟、玉龙、玉尘等，因其晶体结构会随着温度的变化而变化，形状各异，像花。但无论雪花怎样轻小，怎样奇妙万千，但都是极其有规律地呈现出六角形。古人有语："草木之花多五出，独雪花六出。"每朵雪花都是一幅极其精美的图案，置之显微镜下，那样晶莹琳琅，连许多艺术家都自愧不能绘就，直叹天工的神奇！但我知道，大自然虽然天工稚拙，但雪花也非人工巧制而能成的，它不能成为中规中矩的六边形而对称，而是像花未同花，叶未同叶，禾未同禾一样，也决非同一个模样。不管形状如何，雪花轻盈美妙，都是令人惊艳的。寒冬，萧索是萧索了一点，但因这一场雪的到来，那么一切就都不同了。银装素裹，大地唯留晶莹的白色，赏雪，便成了老少皆欢的活动，也是冬日难得的清闲了。

天气预报说，明天雪事更盛，雪花飘扬，当是雪兆丰年的好天气。宋诗里有句"野客预知农事好，三冬瑞雪未全消"。瑞雪也是知时节的，所以便能梅开又报一年春了。

2017.1.1

梅花吉祥

　　闲来没事，翻开画集，欣赏明代画家朱竺《梅茶山雀图》，此画梅、茶、雀三者相映成趣，神态灵动，赏之如醉，坠入其境。《梅茶山雀图》让我想到了梅梅，她是我们的同学建梅，也想到了吉吉，他是梅夫香吉，微信上都是这么称呼的。今晚香吉启程前往吉布提，他走出国门在那里承揽着工程，于是，大家在朋友圈里以微信闲聊的方式为他送行。我言："建梅尽美，香吉全香，一切顺利，异国吉祥！"这几天我还以农村说夜书的形式，闲即来上一段，每段都有包袱，悬念相扣，遂成关于香吉的系列传奇小文，咬住不少同学的心。我说了不少香吉在出国后的趣事，有听来的，当然更多的是想象，众友亦客串其中，你来我往，甚是热闹，俨然情景小戏，虽是雕虫小技，但也妙趣横生。梅梅似瘾，央求我继续"胡诌乱道"下去，我也只好与同学们驰骋想象，跑马圈地，不知这部香吉传奇何时才能停下笔。

朱竺，号君实，长洲人，隆庆、万历年间人，工山水，亦善花鸟、人物。万历三十八年作此画，他以山雀为中心，截取片景以成图，特别是山雀回眸而视，深情而温馨，似能听到它的啁啾声。画面梅开冬野，雀鸣啁啁，皆是闲情，这让我想起《诗经·小雅·伐木》中的那句诗："嘤其鸣矣，求其友声"，老友不拘礼，以趣起闹，好似春天的鸟儿，为了求友都在不停地啼鸣呢！

2017.1.2

恰到好处

　　人，有时候常常拿不准如何去行事，尤其情况复杂多变，紧张曲折之时，往往进退失据，左右失源。怎样才能凡事皆能一帆风顺呢？那便是恰到好处。

　　其实，恰到好处是大智慧，是千古以来研究的哲学课题，周公的中德，老子的常道，孔孟的中庸，郭店竹简的大常，等等，说的便是关于恰到好处的学问。如果想达到最为高明的境界，就应当在最为平常的事情上践履道德的法则。但恰到好处并非是折衷。折衷是自私的，发自内心的抉择，而恰到好处是对外界情况科学分析的基础上采取的策略，也并非权宜之计。

　　如何才能做到恰到好处呢？即要处理好量变与质变的辩证关系，凡事不过，把握分寸。要行走在分寸之间，待人处事要把握好适度适量适时原则，防止过犹不及。

这就是要做到数量上不多也不少，时间上不早也不晚，重量上不轻也不重，速度上不快也不慢，次序上不前也不后，态度上不偏也不倚等，这无疑要体现出做人的底气、智慧、成熟和修养。

　　恰到好处，说到底就是要学会掌握事物发展变化的临界点，必须有数量上的精确、重量上的均衡、速度上的适宜、时机上的把握、分寸上的拿捏，但这些功夫皆缘于对情势最透彻的洞悉和顿悟，当进则进，当止则止，是把事情做到极致的一种境界。

2017.1.3

腊　八

　　明天是腊八。依照山乡习俗，对腊月的节日和节气都很重视，小时今夜母亲就要挑选好各种小杂粮和干果了，那时的腊八粥，其实就是大杂粥，杂七杂八的谷类豆类菽类等煮成一锅，百粮杂掺，香醇味长，山乡讲究的就是这些"杂陈百米，以聚年韵"的腊八旧俗。

　　熬粥有个很讲究的过程，先豆类，再菽类，后米类，按顺序陆续下锅，掺在一起熬成稀粥。先须是武火，熬到一定程度后才是文火。此时人不离锅，需不停地搅拌，水沸之后还要加少许的冷水，使之止沸重开，焖豆成熟，如此反复多次，才能熬成绵而不稠，软而不腻，看上去五颜六色，闻起来浓香扑鼻，喝起来嘟嘟如乐的粥啊！母亲常说只有人吃得全，地才能长得全，吃得下，才能长得来，寓意来年各种作物的大丰收，也有取个"全"意，祈求合家团圆，生活甜蜜之愿。乡谚有云："吃了腊八饭，马上是新年。"腊八一过，也就拉开农村过大年的序幕，家家开始备年货，村村年味愈来愈浓。在母亲眼里，腊八是春节的序幕，是一个吉利和讨彩的节日。那一勺勺蕴含希望和期盼的腊八粥喝到嘴里，立马就把对来年的希冀给粘住了，跳跃在味蕾间的味道，就是明年欢庆丰收的舞蹈。

其实，腊八节是佛祖"成道"之日，佛寺要仿效牧女献糜的故事，取八种香谷和果实，制粥供佛，施舍乡民。到了宋代，才从寺庙流传民间，成为与年有关的一个民俗，把腊八的宗教情怀，过成日常生活的世俗，虽然少了仪式仪规的尊严，但却增添不少可爱可乐的温暖，日子有了光泽，也增添了人情味。

腊八，是一个节奏感很强的日子，是春节的大门。它不仅有童年的记忆，还带有母亲温馨的祝福，让我从中品尝到的永远是生活的甜蜜和家庭的幸福，那同样也是最美好的亲情味道，腊八，悠长而有韵味，连绵直抵心底……

2017.1.4

小　寒

　　今天是腊八，也是小寒。"小寒大寒，冷成冰团"。每年到了这个节气，就进入冬季寒冷的时节，但今年的小寒不寒，今天没有下雪，倒是下起了细雨，像春雨，细细柔柔，无声无息。然而，节气使然，熟悉的鸟儿都在南飞寻觅温暖去了，留给我的却是满天的寂寞和空白。

　　小寒没有留下悬念，喃喃小雨下了一整天，天气更加的寒了，临晚地上开始结冰，真成了"出门冰上走"了，天气开始变寒变冷了。民间有禁忌："小寒大寒不下雪，小暑大暑田干裂。"这样看来，今天的这场小雨，也预示着明年定会风调雨顺，五谷丰登，这也正是农民的期盼。不过，一派严冬的景象，万木萧条的田野，依然空白一片，寒风凛冽着大地的生机，像消字灵一样，所到之处把大地的记忆和繁华，驳落成一片空白，裸露出满是荒凉的哀伤。在故乡，过了小寒人们就开始"猫冬"了。在起居方面注意养精蓄锐，保养身体；还会利用空闲的秋场，搞些只有寒冬才有的体育活动，如俗称"赶蛋"的游戏便是，宛若现代体育中的曲棍球比赛，参加人数多，耗力大，刺激性强，不但有助于御寒，还能强筋壮骨，锻炼身体，为来春生机勃发做好准备。

　　小寒有小寒的花信：梅花、山茶、水仙，这是寒冬里花迹，也是春天的讯息。这样我们就可以在大自然的夹缝里等待着物候的信息，不至于失落得一无所有。

2017.1.5

雨　粟

　　像我这个年纪，确是有点宠辱不惊了，花开花落，风来雨去，霜染雪飘，全当自然而然的景致看，不再为之狂，也不再为之伤。

　　昨天下了一天的雨，间忽也有雪，但没有积淀成一个银白的世界，不过也看不出哪滴雨珠与哪朵雪花有何不同！雨微落脸颊，与雪花一样有溶溶的感觉，也有沁人心脾的清香萦绕在心，给人的意念力里的也多是隐忍。古有"仓颉作书，而天雨粟"之说，今天的雨有骨感，像是一场谷子雨，落下地来，贴地乱跑，发出杂乱的声响，似雪非雪，非雨似雨，所以我有一种异样的感觉，不知是恐怖还是神秘？我几十年来寻觅的飘渺世界已经愈来愈模糊了，也不希望自己的这场孤寂能有什么收获！但却企想今日天雨如粟，也该有惊人的景象出现，不至于是美梦一场！

这些年，走过山，走过水，大把大把地虚掷时间，也不嫌浪费；这些年，成功过，失败过，虽无大喜大悲，也非顺风顺水；这些年，心蕴万语，只凭一笔，虽寡言少语，也情致丰韵，不落之怨。有时也喜欢些阴暗、瑕疵、丑陋，似乎与光明、完美、靓丽并不相碍。人啊，有时需要自闭和隔离自己一段时间，那样你才能有时间有情调有意味地拾回失去的自己，才能集聚破碎的灵魂，也才拥有悲悯的情怀！

2017.1.6

静　思

　　穿过一段喧哗的街巷，又穿过一段寂寥的胡同，还穿过一段露天的街市，才来到了位于古城闹市里的医东路。此时冬日的阳光早已褪去，或者太阳就根本没有出来，天是那样的阴阴暗暗，雾霾低垂，寒风劲吹，街巷里一切事物皆没能投射下什么光影来，除了无序、混乱，还有些污脏，人仿佛进入时空隧道，景色变幻悬殊，还有点迷离。这是我常去的地方，因为街边有一个乱纷纷的老王旧书店。

　　但我今天却没有去旧书店，竟走进它对面的基督教堂。过去我常来，因为我分管过宗教工作。好多年没来了，尽管常常路过，却没有进去过，新牧师对我不熟悉，没有打招呼，但也有熟悉的信徒给别人介绍着我，并陪着我在院里楼内闲转，大厅很空旷，回廊处有大柱，角落处有钢琴和乐器，还有乐谱和书籍，来做礼拜的人不少，但一切很静，静到了极处，连窗外的落叶坠地，也听得清清楚楚。神像是彩绘的，看上去永远像是注视着、倾听着，因神看尽悟透所有世事，所以神才能不怒亦不喜，不艾也不怨！我下意识地拍拍满是烦恼的头颅，摇摇头笑了。

从教堂里出来，夜色已深。一人独步老城，行人稀少，寒气紧逼。我在路灯下独自吃了碗馄饨，汤清、皮薄、馅香，似乎是天空、星辰和思想，虽不相同，却相得益彰，寓意不是描摹，而是深刻。此时我又想起佛家一句话："不怕念起，只怕觉迟。"就这样警觉自己，也许永远不会错，不会愁，也不会迟！

2017.1.8

药 锅

河南作家冯杰说："药锅是乡村的愁容。"但我少不更事，贫寒生活，让我把生病有药吃当成一种奢侈和享受，总把邻居老八路大爷家窗台上晾晒的药渣当成稀罕物，羡慕尤加。一次我感冒发烧躺在床上，便央求娘去取人家的药渣熬来治病，被母亲嘲笑了五十年，拉家常时频频提及，说懂事是此例，说不懂事也是此例。直到现在才想起那一个熬药的小瓦锅，旧旧的黑黑的满村传递着用，真像是苦寒时代乡下人忧郁的脸。

人过五十，毛病色色，什么高血压、高血脂、高血糖等等，如影相随，人便离不开药了。吃西药久了，几位相熟的中医大夫，总是建议用中药调剂一下。西药是一物降一物，打胜即跑，不顾修补；中药是辨证施治，讲究冬病夏治，头疼医足，是全系统维修。女儿买来玻璃钢药锅，美若工艺品，不忍去用，总觉不像，宛若美妙少女拉大车，有点不伦不类，还在想少时那在村里串门走户的黑瓦小药锅呢！

现在养生热波及小城，人人以草药当野菜吃，以滋补药伴美酒饮，食药同餐，功在平时，所以熬中药的少了，即使喝，药店也有标配的液体，省事方便。著名女诗人爱斐儿写了一本散文诗集名为《非处方用药》，书中歌咏九十九种中草药，她善感仁爱之心，让那些干枯的中草药有了生命，有了文气，也有了灵魂，充满了人情与世故。禅茶一味，诗药百感，既然中草药都成诗了，诗也就是药了。

那药锅岂不成了诗集了吗？

2017.1.9

人　生

　　每棵植物都有其完整的生命系统。树木、花草皆然。人亦若木，从萌芽到播绿，从嫩枝到老干，从花开花落到枝枯叶凋，四季景色是它飘扬的披风，展示的是外表，凝聚的是魂灵。春时翠绿，夏时蓬勃，秋时绚烂，冬时苍凉。

　　人在少时，刚顶出厚土之后，满是向往地成长，嫩枝嫩叶，毫无顾忌地努力，幻想着一日千里地飞跃；青年时，心事如云，满天地弥漫，使不完的劲头，扯不断的想象，时常在变化的理想，像站在地球两极，一切皆在脚下；中年时，人生的一切经历了，奋斗了，希望了，成功了，到手的财富、权力、地位、声名等等，皆如过眼烟云，拥有的一切又是那么的虚无与浮夸，失去的永远地失去了，剩下的唯有惆怅；老年时，铅华褪尽，生之即来的动力，慢慢地消失殆尽，平生争得你死我活，

春天，究竟有多少日子

211

到头来只不过是几个空洞的称号，好刻在墓碑上，供闲雀碎语。最令人费解的是人生在轮回，老之将至，突然意识到又要回到懵懂的婴幼时代，只是不再天真，唯有痴呆，除了咀嚼，什么也不必要，什么也不会，什么也没有，什么也不重要了。

我进入中年，也是好久了。想想人生，有些过往是让我们成长；有些离去，是教会我们珍惜，但一切多是裹进岁月的激流中，该去的都去，该来的尽来，所以也不用去管那么多，拥炉话旧，宜小聚，宜饮酒，也宜畅想与怀念。人生想想也有许多的懊悔，但都没有后悔药吃，不过倒有后悔铺就的路走。我常在这条路上走，欣赏过，喧嚣过，折腾过，也消停过……悔意染白我的头发，褶皱我的面容，荒凉我的心野，蹒跚我的步伐，留给我的是古典的传统的意识流的蒙太奇的一种气韵，那便是从纵横满脸的泪水中坠落下来的苍茫……

走向人生的黄昏，就勿用美颜扮鲜了，惟使沧桑斑驳过去的一切，恒中有变，变中有恒，物质不灭，异中有同，有恍惚，也有坚定，有清晰，又有朦胧，不会再去重复咿呀学语的人云亦云，而是由着性子来一次酩酊大醉，然后就用沉默去面对风云变幻的世界，然后再彻底地放逐自己……

2017.1.10

雨　溪

　　雨溪，是乡村的欢歌，在城市已是很少能够看得到了，即或有大到暴雨，看到的也是汪洋一片，城市人呼之为"海"，也不再是溪了。

　　雨溪，少时看到它的启程是从瓦房顶上开始的，雨滴如珠，在房顶上蹦来跳去，欢呼雀跃，蹦跳累了，才会穿过瓦松丛中，顺着瓦垄淌下来，先是垂直成线，然后纵横成帘，在小院当中集合齐了，便沿着小门楼下面的水道眼儿窜出去，与各家各户流出来的雨水汇合，像顽童一样挽臂搂腰地相拥在一起，成群结队地从胡同跑到大街，从大街又跃入池塘，在池塘里翻滚成浪，然后换来一夜不息的蛙唱。

　　所有的天象里，唯有雨是长着足的，我们能够看清它的每一个动作和姿势，包括它的蹦跳、奔流和热闹。

春天，究竟有多少日子

小于雨溪的是雨点，偶有偶无，忽干忽湿，忽隐忽现；大于雨溪的是激流，或狂或怒，亦暴亦烈，不是咆哮，就是狂涛。雨溪是我的童话，美妙美幻，值得憧憬，流淌着自己的天真和童趣；激流是战场，二〇一六年安阳"7·19"大洪水，我在洹河堤上与同事们一起奋战三昼夜，既看到它的暴戾和凶险，也检验了我的意志和毅力。

　　城市的雨溪哪里去了？如林的高楼，不会婉约，不要诗意，都用生冷硬的搜集系统吸附和驱赶着雨溪；地下管网为雨溪设置网状的入口，像监牢似的把雨溪强行关了进去。雨溪虽然不用再跌落檐下，也不用再穿巷串户，但缺少欢乐和调皮的模样，雨溪即使流在再华贵的管道里，也不如淌在泥坑来得有趣。

　　只是我在困惑，没有雨溪，城里的孩子如何听得到雨后那撑破池塘的蛙鸣呢？

2017.1.11

鸟 唱

我很早就想写写鸟唱了。

今天在洪谷山闲游，时已三九寒冬，但阳光灿烂，一山澄明景秀，虽然树叶多已落尽，枯叶荒草覆满山野，当然也有树木仍然青翠裹身，向阳处的山凹里竟然有迎春花在绽蕾，嫩草尖也在闪亮，成群的山雀忽聚忽散，或飞或落，飞则如云阵，落亦成美篇，叽叽喳喳地聚在一起欢唱，同行的朋友说，此乃鸟之负暄图，真像！

鸟是山的主人，山之任何角隅都有鸟之身影，也会听到各种各样的鸟鸣，鸟鸣集聚混杂在一起，便显得有点聒噪了。过去我们说鸟俯仰而鸣，可知晴雨，左右双鸣谓之和曲。建国弟自小长在山里，深谙鸟鸣之道，凭着鸟鸣堆里的那团聒噪，他能像抽丝剔缕一般，条理清晰地抽出其中一缕，也能据此辨听出鸟类之间的各类情感表达，如寒暄、闲聊、讽嘲、谩骂、争论、惊恐、抱怨、警告、访友、求偶、欢乐、叹息、张扬等等，说得有鼻有眼，细听实辨，也蛮是那么一回事。于是，大家根据刚学到的方法去侧耳倾听，竟然觉得这鸟之世界，会有这么动听的雅音存在，真是十分美妙的事情。鸟之鸣春，自然之趣，鸟亦不知所鸣者为何声何律，但在鸟鸣的急促、舒缓、细碎、短叹、悠长里，即使再嘈杂，也感觉远胜于艺术殿堂上的音乐盛典，这是天籁；其热烈程度，也不亚于各级各类会议上的发言与讨论，这是真诚；其情感抒发，也不输于人类花前月下卿卿我我的甜蜜，这是陶醉，真是奥妙无穷啊！我窃想若有可能，也许会带上录音设备，录上几段鸟唱，待日后慢慢地品赏，也是我向往的风雅之事啊！

此时，鹧鸪声声长啼，衔来了黄昏的满天山色，一山鸟鸣，真是初识不知鸟鸣意，再听已是曲中人了，让我兴奋地醉倒在这鸟影翩跹的山间，两耳灌满的尽是那永不停歇的鸟唱，还有那悦耳绵长的感觉……

2017.1.12

鸟　巢

　　前几天，我乘病休的闲暇，到林州的洪谷山赏腊梅，米蜡一样嫩黄的花瓣在阳光下娇柔地舒展，怡人的清香弥散在山谷林间，但吸引我注目和沉思的不是花事正闹的腊梅花，而是腊梅枝桠处一个小小的鸟巢。

　　鸟巢多建于高高的树上，但每棵树也不一定都能幸运地吸引鸟来筑巢的。鸟是伟大的建筑师，它筑巢要评估的因素很多，如地形、河流、风向、安全、交流等等，但像人生邂逅一样，鸟与树总也有不期而遇的时刻，然而让树常常惊喜的是鸟儿栖息枝头，在枝桠之间插枝、横草、缠丝、衔泥，以简单促繁琐，以时间换空间，以精致保安全，筑得一个小巢，方能遮风挡雨，生儿育女，跳跃唱歌，生活甜蜜。可此处腊梅树皆高不过米，花浓香清，枝桠纵横，交错成景，很适合搭建鸟巢，但距地这般距离，伸手可及，风险之大，也是可想而知的。可这鸟巢就筑在这低矮的腊梅枝桠上，这便让我惊奇不已了。我站在远处好久，就是想亲眼目睹这究竟是一窝什么风雅之鸟，有情趣有勇气有魄力敢在这游人如织的腊梅丛中安家？但久等不见其来，惟听得满山鸟鸣如唱，热闹得不像样了。

我下得山来，特意绕道景区管理处，特别嘱咐工作人员，鸟巢虽惯见，但此巢不一般，这是洪谷山今年冬景里最好最美最撩人情思之点，万勿让游人纷扰之。人皆诺之，言之切切，我心遂安。回来的路上，我一直在沉思，在深山，在雪野，在腊梅花丛，在云涌的人流中，小鸟筑巢于此，容静寂与绚烂于一处，有天人合一之大义，孔明空城退敌之智慧，厄居闹市之大隐，舍生向美之追求，便觉这窝小鸟的胸襟和境界是如何的了得！

2017.1.14

冬天的失败

　　前天，著名的文化学者何频先生在朋友圈里发了条微信——冬天的失败。为何言冬天的失败呢？我百思未得其解，实在耐人寻味。

　　先从冬天说起吧。冬天是个万物休养生息的季节，当然指的是北半球的北半部。冬来则植物落叶，动物冬眠，候鸟迁飞，萧索之景，让大地生机皆歇，连空气似乎也要凝固起来。一切白雪皑皑，寒风凛冽，冰封千里，冷冷的孤独像一个冷漠的眼神，一片无助惶惑的心情，一本掩合了的画页，一座幕谢人散了的剧场。这便是冬天。

　　为什么何频先生言冬天的失败呢？仔细看微信，原来图片里几种植物多是无叶而花，那么的孤傲艳丽，也有点不合时宜，它们分别是贴梗海棠、冬红果、腊梅、绿梅的含笑花蕾。周边尚有微雪薄冰，但是花开了。花开，是对冬天的抗争、突破和超越，看到凌寒独自开的花儿，就听到了春天脚步声。其实，冬至以后，按照易经阴阳学的说法，正是地雷复卦，卦象中上面五个阴爻，下面五个阳爻，象征阳气的初生。古代曾以冬至定子月，即一年的开始，万物生机在孕，如若偏得阳光，早春的花儿，是会早早露出灿烂的迹象的！

　　我们庆幸冬天的失败，同时，也欢呼春天的到来。

2017.1.15

随　缘

　　随缘两个字，是世人常说的口头禅，其实，随缘并不容易，要有大智慧，方可做到。

　　随缘也是我高中同学加好友，他是一位摄影爱好者，笔名随缘。他常有独特的感悟惊起四座，一次他说："千山过尽，暮雪白头，热火朝天，拼死拼活干了一场，才知生命的本义是淡然，与世间相处最好的方式是随缘。"他一向崇尚随缘，但近几月来却与世间几乎是绝缘了，他创办的两家大超市因经济下行压力加大，资金链断裂而破产，债主堵门，银行索债，毫无征兆地一下子坠入万丈深渊，潦倒到身无分文的地步。生活不能再雨则伞，冷则衣，拎起相机走天涯了。

　　生活在这纷纷扰扰的世界里，他的随缘虽是艺术的追求，也有佛禅色彩，过去确也给他带来了事业的大发展，经营管理水平的大提升，始得那几年的顺风顺水，风生水起，蔚然成观，锅碗瓢盆皆丝竹，山水风雨尽清音，他还在摄影方面声名鹊起，获过几次大奖呢！

崇尚随缘的他为什么能遇此大难呢？我也因此思考良多。其实，随缘绝不能跟风浮漂，也要善加选择，更不能盲目地随方就圆，不然跟着浪头前进，总会有跌落的惆怅与尴尬。说到底随缘不是一种追求，而是一种满足，像一位手工匠人，慢工细活，创造惬意的生活。随缘，要有古人"山不过来，我就过去"的胸襟，然而，生活也绝非是宿命的等待，不是无所作为的消极。

随缘之随，不是随便与跟随，而是根据一定的条件去努力地做事，至于成果如何，不要去计较它，既不强求，又把握机遇，不悲观，不刻板，不慌乱，不忘形，达观又洒脱；缘呢，就是外在的环境和机遇，尊重客观和规律。少林寺释永信大和尚说："谋事之时，随顺因缘，尽力而行，甚至知其难行而积极去奋斗，直到无着力点为止。事情过后，检讨得失，不为成败而喜忧。"这就是随缘。在此，我希望随缘同学能够超然地去面对过去的成败得失，从而对人生能有一个从容的体会，真正地想着随缘，做到随缘，便不会是人生的失败了！

2017.1.16

一坐四十年

　　史上寂寞之人，何止千万？但因寂寞赢得千古美名的，又有几人？学会寂寞，是一种人生态度；懂得寂寞，是一种处事方式；善于寂寞，才是一种人生高度。

　　宋代名僧惟则禅师，少年出家后便在浙江天台山翠屏岩佛窟修行。一天，一樵夫路过，偶见此位修道者已是风霜浓浓，沧桑满面，便好奇地问："您在此修炼多少时日？"禅师答："寒暑已易四十矣！"这便是佛家著名公案——"一坐四十年"。一坐四十年，用宋代人生长度而言，几近于一生，确是漫长而寂寞，但证悟无限时间，进入永恒生命，融入大化之中，惟则禅师最终把这漫长与一瞬归为一体，已是超越时空与万法了。

　　在当今社会里，追名逐利者众，谁肯耐住寂寞，一坐四十年,去彻悟些学理,实干些事情呢？别说名人高士，连凡夫俗人也不屑去做。前些日子，我们在山里农家借餐，坐具便是精致精美又精雅的雕花老凳，问主人后，得知是祖上传下来的旧物，已不知几代几辈了。现在家具大世界里的东西看上去精美绝伦，但用不了几天就会变成废物一堆。一切皆是速成的，注定毁灭也是快速的。

如何才能耐住寂寞干点事呢？昔日禅宗二祖慧可为定心挥刀断臂，我们要安住自己念心，守得住寂寞，就必须学会制服心念。不然人一浮躁，心就乱了，心一乱，自己的生活和工作就会扭曲变形，波动失衡，就可能会急功近利，甚至铤而走险，结果总是走向我们希望的反面。

耐住寂寞，一生才能波澜不惊！

2017.1.17

咏　梅

在寒冷的冬季，最耀眼的要数梅花了。

在这个萧索无趣、万物凋零的季节，唯有梅，凌寒独自开，灼灼若燃，像火红的笔，在大地上点起红来，使之成为古代文人清高无尘，随意闲适的象征，故咏梅言志，也成为了千古风流。

咏梅在古典诗词中，是最为传统的主题。自南朝北朝以降至明清及现当代，谁若无几首咏梅诗，简直不敢自称文人，所以咏梅作品数以万计，几乎囊括了梅花的各种形态、意趣、品格，可谓应写尽写，淋漓尽致。据说陆游是写梅最多的诗人，他以一首诗"闻道梅花坼晓风，雪堆遍满四山中。何方可化身千亿？一树梅花一放翁"，尽写自己恋梅之痴。唐代贵妃杨玉环也有一首诗，第一次提炼出梅不争春的品格："美艳何曾减却春，梅花雪里亦清真。总教借得春风早，不与凡花斗色新。"中唐的李愬《梅花吟》赞美梅花傲雪气节；宋代诗人林靓《山园小梅》写出梅花的清香和幽美；李遘《雪中见梅花》首次写到群木妒梅；曾巩首次提炼出梅之"冷艳"的美学特征，给梅花注入一点喜悦情思；还有辛弃疾的《生查子》，虽是声弱了些，但也成为削减传统咏梅愁绪的一个乐音。到了明代，诗人高君的咏梅诗，才有点新开咏梅之风的意思。清代咏梅诗渐有赞美多于愁思，但也是寥寥，和者不多。自宋以还，咏梅诗词皆未脱去在小我中徘徊的情调，境界美则美矣，但格局却大不起来，直到毛泽东先生《卜算子·咏梅》问世，咏梅诗从此才变得光明亮丽，成为勇敢坚强者的符号，以至于后来又有了名曲《红梅赞》，亦唱响中国几十年。

吃梅花，大约是宋代文人的雅习，而且相信，吃了梅花就能写出好诗文来。最著名的要数杨万里，他有首诗《夜饮以白糖嚼梅花》，老先生硬是从苦涩的梅花中嚼出了肉的味道，这样的通感，绝非偶兴为之，他在不同的诗中多有食梅之法，如蘸糖、渍蜜、生嚼、熬粥、泡茶、佐菜等，他逢梅便摘花而食，啧啧有味，雅趣十足，几成瘾症，同时代的人不仅不异之，反羡曰："韵胜如许，谓非谪仙可乎？"

我们今天虽然食精脍细，但却很难再有古人这种嗨劲和雅趣了。刘翰《小宴》中有："小窗细嚼梅花蕊，吐出新诗字字香。"我终于明白，自己生于山，长于山，各种野花野果食之不少，为什么自己就写不出锦绣文章呢？看来，同样是嚼，粗俗与雅趣却是分明的！

2017.1.18

水仙花

　　我不太懂花，也不喜欢养花。近年来，常读汪曾祺先生著作，《岁朝清供》中有一些花，其中就有水仙，因此也渐渐爱上了它。昨天，福建一位朋友从漳州快递来一箱水仙球，说是养养正好春节期间开放。

　　我生长在北方的太行山区，从小关于水仙就没有丁点概念，第一次接触也是来自书面，那还是读了舒婷的诗《水仙》之后，其中有句："可怜香魂一脉不胜刻刀千凿万琢……"诗人借水仙写女人的柔情和命运，虽然突出的是娇柔多情的一面，美则美矣，我竟因怜惜于绽放前的雕刻，而对水仙寄予了浓浓的同情，觉得这美丽来得有点残忍，有点病态，于是以后的印象中，水仙花开再艳，也认为那不过是含着愁苦的微笑。

　　这次福建的朋友告诉我说，水仙本植于土，花农用刀雕刻花球之后再埋于土，等它长出根须和茎叶，等这

227

个被称作"鳞茎"的花球长得溜圆滚壮，就算成熟了，再挖出来用清水滋养。刀雕是花农功夫，切掉一部分鳞片，让花芽裸露出来，让叶子卷曲起来，开放却是水仙自己的事情，倾吐芬芳，弄姿播香，只要隔三差五换换水，不用你操什么心！于是我把它置于清水盆中，水仙白白胖胖，凌波而卧，四下伸出藕似叶芳，正调皮地伸胳膊蹬腿地生长，倒也憨憨的可爱，只是不知那丛绿叶之中，绽放了的花朵，它会白成什么样子？

为了养好水仙花，我已经上了心，从书架上拿出线装古籍《广群芳谱》，想快速充实些知识，当翻阅至第五十二卷，见到了这样的文字："水仙，丛生下湿地，根似蒜头，外有薄赤皮，冬生，叶如萱草，色绿而厚，春初于叶中抽一茎，茎头开花数朵，大如簪头，色白，圆如酒杯，上有五尖，中承黄心，宛然盏样，故有金盏银台之名，其花莹韵，其香清幽……此花不可缺水，故名水仙。"

"得水能仙天与奇，寒香寂寞动冰肌。仙风道骨今谁有，淡扫蛾眉簪一枝。"宋代诗人黄庭坚笔下的美妙情致，这会儿正活生生地呈现在我的面前；窗外大雪弥漫，万木凋零，屋内那釉绿色的陶瓷盆中，株株水仙摇枝吐花，香风馥郁，轻绡地曼舞在清波之上，简静素雅，淡淡的幽香正弥漫在角角隅隅，播送着春的消息。

2017.1.19

祭　灶

　　腊八是小寒，祭灶又是大寒，今年腊月逢节气必带节日，就是这么牛。

　　大寒是二十四节气的最后一个，而祭灶却是拉开过大年的序幕，又谓之为"小年"。城市里过祭灶，兴味索然，顶多是吃上一根芝麻糖，而乡村祭灶的仪式，则要隆重得多。因为灶王爷今日要离开人间，上天去向玉皇大帝汇报一年的工作和人间诸事，即是现在政界流行的述职，这对一村的百姓来说，关系到来年的福祸大事，意义非凡，因而引起家家的高度重视。这一天，灶王龛前燃香焚箔，也会摆上好多供品，当然供品中是少不了芝麻糖的。传说灶王爷吃了芝麻糖，一因甜，二因黏，吃了人家的嘴软，就不会乱说人间的坏话了。中国人敬神拜佛似乎都带有贿赂性质，说好话，上高香，献祭品，以期达到祈福之目的。

　　记得小时候，每当腊月二十三祭灶，母亲烧香磕头之后，也乞求灶王爷"上天言好事，下界保平安"，喃喃吟诵的是："灶王爷您神心宽，若有撒米又撒面，请您包涵上好言。"其实，古代先人设置节日，多有劝戒意味。祭灶其实也是提醒浪费即恶，因灶王爷办公在灶间，每天把眼瞪着，所以一日三餐是容不得半点疏忽的。

作家冯杰说过，农村每年的祭灶活动，"这有点像我们今天对待上级工作检查组的态度"，我闲下来乱想，乡人的那份虔诚，真是有几分游戏和滑稽的成分！

2017.1.20

骨　伤

　　去年骨折，就在这个时候，我都以为已经痊愈了，但伤口处却一直在疼，尤其是阴雨天，特别是近日，像纪念骨折一周年似的，以更明显的痛感，提醒你曾经骨折过。这便是伤，你即使笑得再灿烂，心里的痛楚永远在眉间凝结，且会伴随你一生，在你忘得一干二净之时，就会不邀而来。

　　每个人像一张白纸，只要折过了，撕裂了，你就永远不会复原，即使你拼接修补如初，也是有裂缝与痕迹的。假如让高明的画家借缝生枝，点缀满繁花，也是无补的，因为掩饰过后，露怯的机会会更多。我努力想摆脱病象，结果发现自己是软弱和无能的，因为每次挣扎都是颓唐与无奈，还未及清醒，便沉入混沌；未及忘记，便疼痛再起。骨折一旦发生，你就不是一个完整的人了，什么膏药、理疗、按摩、针灸……都不能完整恢复你原体的机能，伤了，就伤了。你伤，故你在。

踩着夜色闲步，所有的月光下的景物，像水墨画在天空漫洇，一处与一处不同，每处勾勒的画面，皆会撩起你的情思。这时，我忽想掉下泪来，无关心情，无关伤痛，也无关情爱，因为人生的无常，让无端的事情猝不及防，人生总有一点疼痛让记忆深刻，然后才是挥之不去的惆怅和惘然……

2017.1.21

春节前的夜

　　冬夜的帷幕是一年当中最长最厚的了。春节前，没有等到立春来，夜还是冬夜，但大年三十的夜幕却是冬天里最薄最薄的了。尽管梅花笑了，水仙花开了，还是寒凉寒凉的夜色；月亮不知隐到何处，星辉虽然灿烂，还是明净明净的夜空。丁酉年即到，雄鸡把夜色当是一层纸，一声短啼，就会捅破世上一家一家春的窗户了。

　　雄鸡报晓，这是鸡每天日常的功课，风霜雨雪，酷暑寒冬，晨啼报晓，持之以恒，三百六十五天从未懈怠过。雄鸡一次次试着把星星吞进肚里，把夜色一饮而尽，然后再一声长鸣，只留下清晨的朦胧，便会引出满院的春光。霞光万丈的日出，像揭开红盖头的新娘，一切皆是新鲜美妙的模样，这才是丁酉年的新春，到处是明媚的阳光。

　　春节前的冬夜,雄鸡还没有来得及脱下冬夜的衣裳，就急不可耐地披着闪闪烁烁的晨光，酝酿着如何唱好新春的第一鸣，如何写好当值巡年的最佳诗章，如何"一鸡带五雏"，为家家户户送春福！

虽然依旧是冬夜，但春节临近，春天的脚步更近了，鸡要报春鸣，地要染春色，没办法，谁也挡不住！春天来了！

岁在丁酉，天下大吉！

2017.1.22

酒到中年

　　杜康造酒，亦如仓颉造字，都是惊天动地的大事件。从此之后，中华文明方增添了许许多多精彩的故事和传说，李白斗酒，诗化半个盛唐，苏轼把酒，问出千年的婉约和豪放，还有鸿门宴、煮酒论英雄、杯酒释兵权等等，皆泛着蓝莹莹的酒光，让寂寞枯燥的史实活泛起来。人因酒而诗而歌，酒亦因人而幻而仙。

　　有人说饮酒如登山，年龄段不同，境况也有异。少年在爽，老年在品，唯中年个中滋味难以描述。前天，一位朋友发来微信，谈中年饮酒之尴尬，并列出四大特征：一是醉时不知不觉，正豪气冲天呢，旋即烂醉如泥；二是醉间恍惚尽失，从微醉到沉醉之间一片空白，记忆白茫茫一片大地真干净；三是最后摧心剖肝，苦若重病，自补能力差，痛苦时间长；四是以前愈醉愈斗，有韧劲，现在是初醉即怯，退意生。

孔子说人进中年，戒之在斗。从青年到中年渐变不显，不知不觉血气不刚，仍按青春的节奏在行事，挥斥方遒，粪土万户侯，便是中年的"愤青"，未免有老牛拉快车之嫌，不但易于失范，而且还有跌倒之虞。正因为此，凭着少年之劲去拼，力不从心是显然的，如果霸王硬上弓，项羽的困惑也成了中年的尴尬。几位老友闲谈时笑曰："我等酒徒，排除断片算时间，一年谁都过不够三百六十五天，剩余的时间谁偷去了呢？"问得好，只是无人来回答。我戏称中年之问"，可当哲学问题研究。不过人进中年，大势正失，固守本我很难，如果自我觉醒，不要逆时背律，不再强求自己了，也算幸矣！

但酒也确有其妙，欲得其妙，浮光掠影地浅斟低唱又难入其境。爱酒之人，如同人在仙境，逢酒即飘然，陶然也自醉，潇洒自风流，前有竹林先贤遗风，后有酒仙醉翁传奇，此般境界，绝非不饮酒者可深谙其趣的。也有人说欲获酒之妙，不可不醉，不可长醉，不可太醉，但不醉又品不出酒魂，进入不了酒境，难以做到酒人合一，水乳交融，如痴不如醉，还是俗人一个！但太醉又失其趣、失其雅、失其态，疯而不仙，不得其所以然也。总之，酒之妙在于对身体和心灵的放逐，确是难于捕捉和拿捏，正所谓只可意会，不可言传。

夜读周作人先生《〈徒然草〉抄》，偶遇其中译自《徒然草》的几句话，让我惊喜不已，方知此为酒之妙所在，今抄录于此，当是多年所惑，于今算是有解了。"酒虽如是可厌，但亦有难舍之时。月夜、雪朝、花下，从容谈笑，偶饮数杯，能增情趣。独坐无聊，友朋忽来，便设小酌，至为愉快……冬日，在小室中，支炉煮菜，与好友相对饮酒，举杯无算，亦快事也。"

2017.1.23

麻雀衔春

我从小到大，一直是这么认为的，春节是麻雀衔来的。

春节前，麻雀也如人，从四面八方汇集到了乡村，树上、房上、墙上、田头、地边、街头、巷尾、池畔、渠岸、打谷场上、电线绳上……到处可以看到成群的麻雀，叽叽喳喳，忽飞若云，忽落似棋，不知它们是在准备年夜饭的食料，还是在为新春的到来欢歌，它们在一起拥挤推搡，又抱团欢闹，但不管怎样，它们永远雀跃欢唱，那种欢乐的气氛真是会感染到人的！

经过几番麻雀部落的啁啾后，原来还是光秃秃的田野，麦苗开始泛绿了；寂寞的太行，摆脱冷峻，也朗润起来，家家户户炊烟袅袅如云朵在飘，户户院院的对联红遍了村庄；小孩子脸上的笑容像盛开的花儿；大人们轻松的脚步如踏着音乐的节拍；还有在家家扶得醉人归的深夜，门缝里溢出的酒香和欢乐；不甘寂寞的孩子们会在年夜里，不时摔出几串缤纷的烟火，灿亮那深邃的夜空……

新年的雪花在天空曼舞，纷纷扬扬，如花绽放。春天马上到了，我们的心情也在飞扬，而麻雀呢，在树木的枝头歌唱，像雪花一样，亦纷纷扬扬。

2017.1.24

丁酉说鸡

普通如日常的鸡为什么会成为十二生肖之一呢？这可能与我们的先祖们最初对鸡的崇拜有关。据记载，我国是世界上最早养鸡的国度，此可从这些年系列的考古成果中得到印证。在先秦以前，鸡不是作为肉食的家禽而存在的，而是作为宠物饲养，甚至更远的先民还以鸡为图腾并给予尊崇。先民驯化原鸡最初是因"鸡""吉"相谐，以为吉祥象征，这在后世影响深远，波及字画与诗文，此后，才是用来司晨报晓，故因稽时而得名，雅称"司晨""知时鸟"。

《荆楚岁时记》载，正月初一鸡鸣即起，这便是衍及当今起五更的年俗。古人认为，鸡夜寝昼动，属阳鸟，为吉祥之鸟，可以避邪。当初以鸡为鸟，尚未归禽，是古老凤凰崇拜的发端，现在的凤凰形象也是鸡状图的写意变形。先民们还"帖画鸡，或斫镂五采及土鸡于户上"，即为在更换桃符之前，先贴鸡画，或挂雕刻五彩和鸡形于门户，像鸡报晓带来一天的光明一样，过年开门见鸡，也可以为人们带来一年的生机和幸运。

曾经，鸡崇拜在十二生肖中具有独特的地位，因为它是唯一的禽类。因此，在传统的年俗中，赋予鸡特殊的含义和象征，这种礼遇，十二生肖中唯鸡而已。随着时代的发展，尤其近些年来，鸡崇拜在年俗文化中已淡化似无，其实，也是不怪，因为其他方面的各色崇拜皆淡漠如水了。

《韩诗外传》曰鸡有"五德"，言鸡之文、武、勇、仁、信，细嚼"五德"，亦觉鸡如圣贤。今年是丁酉年，我们也要因慕鸡而养德，传承鸡文化的优良元素，重文崇武学勇养仁倡信，做一个像鸡一样的人。

2017.1.25

春天，究竟有多少日子

241

回家过年

祭灶过后，腊月就缩短变成了腊日。岁月以天为单位提速向春节飞奔，岁短日长，水瘦山寒，心情便格外的纷乱。

是啊！每当年末岁尾，特别是濒近春节，多么沉静的人，也免不了会苍凉、茫然与凌乱，这是一串纷乱的日子。我已有好长时间心灵沉寂得像一潭静水，但近日走到大街上，偶尔听到与年有关的歌儿，不知怎么竟会触动得流泪满面。且看，回家的车站如何蜂拥如潮，人头攒动，有多少人正要舟车劳顿，风尘仆仆地向家赶。这让我想起东非大草原洪流一般的角马大迁徙，明知前有巨壑、急流、鳄鱼、猛兽……还是朝着出生的地方毅然决然奋然前行，回家的路真是挡也挡不住。

丙申年的时光已经消瘦得细若游丝，通向丁酉年的路还是这般的漫漫长长，尽管今年可数的日子已经越来越少，宛若腊梅吻着正在坠落的春雪，可这思归的心啊，还是浮萍无根，尽是漂泊的感觉。其实，一年到头了，人总难免有执着的烦恼，歆羡嫌忌，过年带回家的不全是收获，更多的是疲累、委屈和坎坷，但团圆似火，它能把一切全燃成亲情的火焰，从此再寒冷的季节，也不再冷漠。乡愁是杯酒啊，醉倒了一片片忙碌奔波的人。

家是块大大的磁铁，游子便是撒遍全世界大都市小城市的铁屑，就是春节的吸引，让我们重拾乡音，从四面八方向家乡扑来，掺着异域的见闻，他乡的故事，创业的艰辛，收获的喜悦，以及拼搏的创伤，重又吸附在一起，汇集在我们的出生地。尽管咫尺天涯，心犹常逢，但还是让血缘把我们缠绕得更紧吧！让嗔怪、抱怨、叮嘱、期盼把我们塑造成永远逃不出思念的人，终于父亲的旱烟呛出我们幸福的眼泪，母亲的唠叨焐暖我们冻透了的心灵，儿子的几串鞭炮绽放我们新年的心情，媳妇的笑脸，映红满院彤红彤红的春联……给长辈磕头拜个年，给晚辈几个压岁钱，向村人们夸耀一下创业的艰辛与成功，听听家乡的山风和方言，看看乡邻的变化和笑脸……这才是新年，这才是家！

家是安放我们心灵的地方，不管你走多远，身份多显赫，财富多繁盛，根永远扎在自己出生的故乡！心若无栖息之地，就是给你一个锦绣前程，春风十里又如何？

过年还是回家，回家才算过年！

2017.1.26

春天，究竟有多少日子

年夜饭

对于中国人来说，一年当中最不可忽略的一顿饭，非年夜饭莫属了。除夕是全家人团圆喜庆的日子，这一天，家家户户都要准备丰盛的年夜饭。年夜饭也称团圆饭、合家欢、守岁宴，是一年当中最后的一顿饭，是一桌丰盛的父母情感的汇集，也是无数游子顶风冒雪回家的执着与真诚，全家人围在一起谈收获，说未来，话昔忆旧，融情集感，以此辞旧迎新，所以意义特别，格外让人珍视！

年夜饭非常讲究，南北虽有别，但都追求吉祥与如意。在少时苦寒的岁月，我们年年都要盼望着这顿年夜饭。每年进入腊月就开始数着日子过，天天惦记这个年三十，其实那时的年夜饭，现在看来也实在是寒酸，炒上几碟小菜，也只是专供大人们沾酒论年的，我们尽管也能不时叨上几口，毕竟不能大快朵颐，我们的主食便是挂面汤里煮饺子，再撒上些绿豆芽，母亲称之为"金丝缠元宝"，那也是平时难以吃到的美味，故也不仅仅只是讨个口彩。

现在我们的味蕾，被日常的佳肴美味娇惯得越来越蛮横与挑剔，年夜饭的滋味与年俱退，再也找不到少时的那种等待和满足，尽管现在食材愈加丰富，食源愈加广阔，厨艺愈加精细，但滋味却不像少时那么浓郁了。其实，年夜饭讲究的是温情，一家老小围坐一起，话东唠西，你让我敬，其乐融融，心头的那种踏实感和满足感真是难以言喻。今年的年夜饭，虽经侄儿们忙作一团，精雕细琢，也是有模有样，但我却食之无味，心情索然，想起少时拥挤温馨的大家庭，如今各奔东西，有的甚至因为一些事情难以破解而流落他乡，音讯全无，昔时的大家庭分崩离析，已是散沙一盘，每每思此，便泪洒满面，心从此不能平静下来。

年夜饭的温情从哪里来呢？它不仅仅在饭菜上，而是在人们的心里，回忆是一扇大门，打开之后涌来的全是感动，而年夜饭则是打开这扇大门的钥匙。少时有些值得回忆的年夜饭当时都是长辈完成的，其中的一些已经离开了我们，母亲也因年龄和身体原因也不能再下厨了，但是当我和四哥一家人与母亲共用年夜饭时，这种重新回归的记忆，带给我的不仅仅是眼前的欢乐，还有对过去的深沉的感动！

这便是年夜饭！

2017.1.27

新　年

在我的老家太行山里，年不再是传说中的那种凶恶的动物，而是专指一年当中可做终点，可当开端的日子——春节。山里人用惯了老历法，没办法，一年嘛，春节结束了过去，也开启了未来。全年的节日和节气其实都是星星，唯有大年才是太阳，是月亮。

放假了，我回家陪母亲过新年。太行山在那里，家乡在那里，母亲在那里，少时熟谙的习俗和仪规还在那里，一切没有变化，只是岁月不老，人已经老了。怀着朴素纯净的情怀，对家乡的一切事物动容，只因一些事物比人老得还快，于是便打动了内心柔软的心肠，乡愁伴着念旧就飘在了村头。黄昏中，总以为少时那个饭场如市的老池岸，还会集聚着那些浓浓的乡情，谁知已冷落成寂寞的街头，猛一回头，灯光阑珊处，斑驳的光影中，颓圮残垣的破屋，倒是成了村景。回到四哥家中，吃饭闲坐的还是有记忆有故事熟旧了的老凳子，这也成了最养我心的好东西。今年发现四哥越来越像老父亲了，他愿意给我闲聊久远的和身边的人和事，爱问工作上的进步，身体方面的情况。四哥年龄虽不比我大多少，但也是六十的人了，他茹苦历辛，半生沧桑，颇多历练，也有不少的人生感慨。他说身体不如前了，听力差了，我安慰他说春天暖和，一切会好的。其实，我亦一样，身体境况一天不如一天，一切向老走去，衰老便是目标。少时的同学，也都儿孙满堂，满脸的沧桑，褶皱着满沟的风霜，闲聊也是老话题，聊着聊着就聊到那些过去的旧事，那些可变鬼变妖，就是不能变神变仙的淘气情节，听着听着觉得自己的人生也在渐渐地变老了。过去过年就是长一岁，人一过五十，过年便会老一截，好在自己也恰恰有久存的笃定和淡然，在旧卷新书里讨快乐，内心依然青春和灿烂。但不能否认，故友越来越少，噩耗与喜讯常伴，人生的消失与新生，像日常生活里的花开花落一样，都是自然、天意和宿命，我越来越从容了，对一些事不闻，也不问；不喜，也不忧。一切都弥漫在时间的无情和苍凉中！

　　每年的这个时节，我总是像射线一般朝着家乡加速运动，回到母亲的身边过新年，和亲人团聚，和记忆在兹的列祖列宗团聚，揣着感恩，揣着惆怅，也揣着喜悦，揣着向往，我越来越不舍这份情感。金书兄曰："生命的起点啊，我还是要回去。不然，就忘记了我到底走了多远，来自什么地方……"此时，院外爆竹已经响成一片，新年的气息浓得醉人。我一个人独坐在老家的楼上，一坐半天，一呆半宿，看到满屋的旧物旧器，还有贴在墙上的老画，像是特意为我营造的氛围，又让我回到了过去，回到过去那个又贫寒、又热闹、又温馨的大家庭，但人一个个在长大，又一个个在分离，不是各奔东西，就是悄然离去，从前的大家庭已是如冬雪春融，不知都分流到何处何地了。

楼下侄儿们乱纷纷地喊我去饮酒，我去了，既满怀心事又高高兴兴……

2017.1.28

年　味

　　我写过一篇散文《太行年事记》，开篇首句便是：
"我的家乡在太行山里，一进腊月，山里就弥漫起一股渐
行渐浓的年味。"什么是年味呢？其实，在城市里年味已
淡漠成日常生活的气息，类如双休日。真正的年味，还
是在山里。

　　年味，首先是女人们忙碌的身影。山里人，一年当
中为生活的忙碌仅在腊月，忙碌的主角是女人，她们一
双双手缝新衣、腌年肉、磨豆腐、备干果、寻食材、购
年货、饰房间……女人们忙碌着、采购着、制作着，忙得
不亦乐乎，也快乐得欢天喜地，当一切准备齐当了，年
味也随着鞭炮，从贴着春联的门缝挤了进来。这时，女
人愁苦一年的脸，才绽开笑容，像雪野上的红梅，喜庆
着新春。

春天，究竟有多少日子

年味，主要体现在小孩子们的狂欢。年已临近，小孩子们依旧觉得来得那么缓慢，在手指间掐着、数着、算着、唱着、喊着……直到大年初一五更时分，大门一开，憋在家里的小孩像蜜蜂出箱，嗡的一瞬，便簇拥在老池岸的小村场，放鞭炮，玩游戏，赛玩具……玩得脑门上汗水晶莹，玩得五花八门，花样翻新，即使玩闹得再过分，大人们也不会像平常那样去阻止与喝斥，相反，还会站在一旁欣赏，品头论足，不时还要夸赞几句。直到母亲趴到墙头上，可着嗓子喊催，他们才恋恋不舍地返家吃饭，意犹未尽，随即约好再玩的时间和地点。

年味就是大团圆的气氛。大年三十，一家人围在一起，边包饺子，边聊天，通过交流把疏散一年的感情再密织起来，把游离在外的心，包进那含着亲情的饺子里，看着摆满一屋的饺子，那年味儿才会溢出来。

年味，是男人敞开的胸怀。男人们一到年跟前，就会把一年的疲劳甩在一边，把平时紧绷的严肃的面孔卸下，嬉笑着与平时不屑搭理的小孩子们，同玩游戏，共闹欢乐，一下子可亲起来，把气氛营造得轻松又欢乐，连平常紧绷着脸，吝啬得连一句话也不肯多说的如村长、校长这样的威严男人，也变得慈爱起来，频频对一些淘气之极的孩子不吝夸奖。最令人馋嘴的还是饭时，男人此时套上袖套，系上围裙，为一顿丰盛的饭菜，大显身手，每听到那噼里啪啦的油爆声，年味就喷溅了出来。

年味，就是倾村而动的大拜年。在山里，大年初一五更时分，黎明未至，全村男女老少像河流一般在村庄里流淌，大街小巷，凡有路，皆有行人，凡有行人，皆有拜年声，蔚然而成景观。别看这流传千载的拜年方式，它能把陌路拜成故交，把隔阂拜成融通，把亲情拜得更浓。这一拜，就拜出了温暖与和谐、传承和文化。人啊，别总是把身板挺得笔直笔直的，有时候你只要肯伏一下腰身，你就会发现新奇、鲜花和温馨，这便是山乡人情浓浓的年味。

年味，多半是因为祭祖的仪式感。关于祭祖，平常就有很多的讲究，但大年则有更多的仪规。大年三十，"人守夜，墓亮灯"，除夕夜要去家坟上把列祖列宗墓前的灯点亮，且以亮到次日早晨上坟为吉祥，乡称"部灯"。大年初一，更是遍野皆是上坟人，比拜年的人流更盛更长，几乎是倾村出动，上坟祭祖要放炮燃鞭，阵势很大，响声震天，比的是家族气派，也是一番热闹。慎终追远，香火是继，否则，要被视为大不敬的，村人皆会耻之，甚至会当笑谈，传之多少年。

年有味道吗？其实，年味就是一种记忆、氛围和留恋；年味更是一种情感、皈依和期望。大年的期待，多是精神层面上，甚至是血缘意义上的想象，更是一种心灵的回归，溯源寻根的追远，但对于我更多的则是一种无法排遣的寄托……

2017.1.29

春天，究竟有多少日子

251

拾鞭屑儿

今年我回老家过春节。村场上不时响起几串鞭炮声，鞭声未息，一群顽皮的小男孩便蜂拥而上，捡拾起燃而未爆的小炮仗，家乡称之为"拾鞭屑儿"。家乡人总是把鞭炮简称为鞭。这般熟悉的情景，让我想起少年时代，自己也是这般争抢着拾鞭屑儿。光阴荏苒，一晃也是四五十年了。

我们的少年岁月是个苦寒的时代，过年大人因手头拮据，也舍不得买那么多的鞭炮贺年，但也会挑一百响、二百响的小挂鞭买，年夕前备好，什么定更炮、五更炮、午时炮等，按过年仪规要求应放的还是一样不少地放，另外还要把几挂小鞭交给大哥拆散，按个数分给我们兄弟，让我们一个一个地放，可持续的时间长。其实，初一未到，心急的孩子觉得手里有货，便会按捺不住，燃根丝瓜秧，边走边放，专拣人群集中的地方抛，引来一阵臭骂，自己才绽开满脸的坏笑。节前那些零星的鞭声，都是孩子们的杰作。进入大年后，鞭源明显不足，我们这些小孩子便另辟蹊径——拾鞭屑儿。因为长鞭响过，总有一些小炮未响，地上有带捻的，更多的还是无捻的，带捻的装进衣兜，没捻的两头向上一折，把火药磕出来，集中装进一个较大的废炮纸筒，再加点化肥、木炭和黏土，小心翼翼地捣实，自制二脚踢和大雷炮。这种自制炮威力不小，危险性高，但因为其声响如雷，流光溢彩，有更大的吸引和炫耀，去刺激胆大的小孩来冒险，但也有因此伤着手的，又麻又疼，不停地甩；也有崩得满脸黑污的，像从激烈战场上刚下来的模样；也有人不小心把眼睛崩坏，至今还戴着假眼球，满脸淌着沧桑的泪……

　　我现在想来兜里的小炮，放得最多还是初一早上祭祖上坟的时刻，那时二叔总是一个一个小孩去催，引导我们围着每个坟头去放，比赛看谁放得最多最响，此时一不留神，小炮就会燃放殆尽。大人们一脸的庄重肃穆，小孩们却是满脸绽笑，小炮仗响如炒豆，满地皆是鞭屑儿。其实，上坟也能拾到不少的鞭屑儿，又可填存自己的"兜存"。此后，随着大人们不再放长鞭，小孩们拾鞭屑儿的机会就少了。元宵过后，谁若还能放上几响，就算是个仔细人，是会惹人羡妒的。

　　其实，现在的小孩拾鞭屑儿纯粹出自于一种本能和勇敢的炫耀。他们现在压岁钱哗啦啦满兜都是，买几挂小鞭实在不在话下，但苦乐年华沿袭下来的年俗，不会随着物质的丰富就完全消失的，相反还会历久弥新，印在未来生活的扉页上，成为耀眼的标志，譬如拾鞭屑儿。

2017.1.30

山　雪

　　今年冬天是个暖冬，我所在的小城一冬无雪，几乎连雪的模样都难以想象出来。著名作家何频先生说是"冬的失败"，因为寒野冬景不仅没有萧条寂寥之象，相反在向阳的角隅，竟然有花提前开放了。

　　但高寒的太行山巅，依然是雪意盎然的世界，山连山峰接峰，一片皑皑之景。雪花依然绽放山野，冰瀑依然悬挂山崖，即使阳坡的积雪也没有融化了，到处是雪的风情。

　　南方一位朋友发来微信，问山里的冬雪，特别是他写过生的马鞍山，还如往年一样仍是一片苍茫吗？我在想，作为审美对象的雪是永恒的，有时感觉它不仅仅是冬季的风景，一年四季皆有朦胧雪意；有时感觉它不仅仅是在北方的情景，连热带、亚热带的地区也有雪的映像，只要心中有雪，只要情之所至，雪就会在你需要的时候像幽灵一般飘然而至。

在太行深处，雪要在入夏后很长一段时间才会完全融尽。但在冰冰背、太极冰山的积雪和冰凌却能够旧雪接着新雪，常年难以融尽，即使在盛夏，石罅处，山洞中也是冰雪连天，寒气逼人，成为大自然留给我们的奇景。每至此地，我的心好似一朵忧郁的花，活跃在我的心灵，像我一样，心中冰块永远不化，一直那么晶莹地透着本色的亮，在太行山，在山的冬季，能拴住我心的还是这漫天飞舞的雪呀！

是啊，太行依旧，风雪依旧，心情依旧，一切皆是依旧。然而，我是我，雪是雪，雪我不能两忘，什么时候也能修炼成我不是我，雪不是雪的境界呢？

2017.1.31

破 五

正月初五，在家乡俗称"破五"。破五的"破"是打破、突破的意思，即是破除过年的所有禁忌。在山里，农历春节有很多的规矩和禁忌，但初五以后便统统地不再讲究，禁忌解除，重归日常的生活，故称"破五"。

这日，家家户户都要放鞭炮，驱邪免灾的同时，把晦气、霉气、愚气、穷气从家中驱走。唐代诗人姚合有首咏破五送穷的诗曰："年年到此日，沥酒拜街中。万户千门看，无人不送穷。"用喜庆的气氛把人气带旺，把财源拓畅，拜求富贵安康。在我家，午后家里的女人还要集中起来举行个祭奠仪式，把年三十午间上坟时，"请"回家里过年的列祖列宗们再"送"走。这些仪式结束后，年才算结束了。

在家乡，初五还被称为"送穷日"，也是祭财神的

257

日子。晨间早早地（越早越好）拿些没用的东西，或是垃圾送到村外的十字路口，象征性用脚一踢，便是把今年的贫穷给送走了，为的是讨个吉利。中国人多的是期盼能够致富，因此便有了财神，便有了许许多多这方面的传说和故事，勾得人们虔诚又神秘，因而礼仪如斯，大道至简，那是不敢马虎的。"破"不是为了打破，而是为了建立，所以在家乡初五是店铺开业的佳日良辰，多选此日开业庆典，以期财源滚滚。大年初五的"破五"风俗以及其他春节风俗的背后，虽然是中国古代先人最为质朴的驱贫驱兽思维，但时至今日，这种思维并不过时，因为这代表了"人民对美好生活的向往"。去年，村里一位大伯问我外国过年也送穷吗？我不置可否，因为他那渴望的神情，容不得我有半点随意，讲道容易体道难，我得认真认真了。

今年正月初五，我在豫北古城安阳，当然家乡的那些仪式是看不到的，但作为一种传统、一种乡俗、一种文化，早已融化到我的血液里，我每有闲暇，闭眼就可见那些再熟悉不过的场景了。不过，今天我也想到一种"破"，即是"读书破万卷"的"破"，这是我追求的境界，在新的一年里超越过去，也超越自我。

2017.2.1

我想给父亲写封信

杜甫说"家书抵万金"，那是因为邮途漫长带来的惊喜。但我少时从没有这样的感觉，总是认为那不过是父母唠叨的载体，多没有认真对待过。春节期间整理书籍时，又发现父亲写给我的一封信，纸已褶皱泛黄，是啊，父亲去世也十多年了。

父亲生前最爱写信，他与子女的交流主要是以信函形式进行的。我十七岁就外出求学，父亲写给我的信可谓多矣，现在想来内容是那么的丰富，如为人处事、读书学习、行为习惯、字体书写、说话方式、走路姿势、如何看新闻读报纸、如何对待人言和困难等等，真是琐碎又温馨。他那龙飞凤舞的草字，极具鲜明的个性，弟兄们中唯我能够通畅无碍地阅读下去，不打丁点的磕绊，一度引为自豪。但现在我深引为悔的是当时只是一看了之，没有仔细地琢磨和认真汲取过，能按父亲的教导去做的就更少了，再加上父亲从战争年代养成的习惯，一向主张信要看后不存，故我保存下来的也是微乎其微，现在给自己一个挽回孟浪无礼的机会都没有，即使偶有发现，那也是信夹在书本里留存的结果。父亲那些众多的信件，由于他经历丰富又坎坷，善学又勤思，所以凝结着他一生的人生体验、学习心得和哲学思考，集中起来应是一个比较完整的阐述，只可惜现今已是片言只语，有点破碎了。但文以载道，见字如晤，今天我重读几封存信，浮躁的心还能够立马在父亲的文字中沉静下来，因为父亲那温暖的目光和舐犊之情，能够穿越时空，从纸面走进我的内心，继续修补我破碎不堪的灵魂。去年父亲节，我写过一首诗——《爱写信的父亲》，便是用泪水泡出来的文字。

现在还有几个人在写纸质信呢？我无力去统计，但手机的普及，让千里之远缩为眼前的一刻，欲话千言，结果搞成热热闹闹的聊天，人无一点距离感，表达便缺乏了情思，谁还绞尽脑汁去演绎驿寄梅花，鱼传尺素的传说呢！提醒大家的是在享受快捷方便之利时，谁又能在几十年，几百年，甚至几千年后找到我们友情、亲情和爱情的痕迹呢？

如果有人问我此刻最想干什么？我想给父亲写封信。以前有事给父亲说的少，写信更少，现在没事闲坐时就想与父亲聊聊，告诉他我的努力、思考和苦恼。虽然父亲远离这个世界已经十多年了，但我还想着再给父亲写封信聊聊。

2017.2.2

林　州

　　饮红旗渠水，吃太行山菜，喝红旗渠酒，赏太行山景，一座小城幸福如斯，靠的是什么？

　　林州，是一个坐落在南太行山麓的小城。山上松涛阵阵，山下商事纷纭，百厂千店于此兴建，高速公路穿山而行，红旗渠水在此飘绕，山云飘逸染白了山头，山月明亮灿烂了夜空，这般兴致，你就别装斯文了，再用那精致精美精细的酒具来细斟慢饮了，干脆掂个粗瓷大碗，让山一样的冲天豪情，与人痛饮，喝出咱八百里太行那不息的雄风！

　　连太行千仞都敢戳个窟窿的林州人，呼来太行的风，唤来太行的雨，与太行山一起搏击风云，把自力更生、艰苦创业的信念镌刻在太行山崖，所以赢来的声名也如太行一样的显赫，更拥有像太行山一样坚韧、绵长，亘古永存的红旗渠精神！

　　一山的磅礴旖旎，满城的繁华生机，不断惊现的奇迹，让林州小城依山而兴，频传佳绩，峡谷成了画廊，群山遍披绿衣，鸟雀翩飞，山崖飞溪，遍地开满工厂，文化屡创传奇，红旗渠也成了向世界诉说中国的榜样，一渠清水，流得满世界都是波光闪亮！

　　此刻，沸腾的工地上传来唱遍太行的《推车歌》,这歌、这山、这城、这人天然相融，让我忽有太行有深意、林州有大戏的感觉，于是我观云抒风，看山听音，别扰我呀，春风，我在想《推山歌》高亢背后会有怎样的沧桑神韵！

2017.2.3

岁月的画笔

今日是二十四节气里的第一个节气：立春。"阳和起蛰，品物皆春"，一年四季便是从此开始。

立春是个标杆性的日子，断崖式地切割岁月，像画家切割宣纸，画境一页页地来。立春带来了春风，春风诗心激荡，画感欲动，蘸着春天特有的温润，开始挥笔写意在岁月空白荒凉的画纸上，从此冬天里过来的萧索时光慢慢开始缤纷起来，先着笔涂抹的是绿色：新绿、嫩绿、鲜绿、翠绿、深绿……然后才是红一点、粉一点、黄一点、白一点、紫一点、蓝一点……惊喜着我们的目光，春风推波助澜，继续让色彩泛滥，潮一般地向岁月涌来，让人心醉,也让人销魂！怎么的？要不弄出个万紫千红，繁花似锦的景色来，你如何拥有像春天一般的心情？

春风不但要画出春天旖旎的景色，也要画出春天的

春天，究竟有多少日子

繁茂和风情。你看柳絮似柔鞭，老牛遍地窜，农夫忙耕作，万物醒冬眠，整个大地都活泛起来，吐绿的吐绿，开花的开花，采蜜的采蜜，燕雀翩飞，白云轻悠，连人的脚步亦如音符，走路声便是春天的歌儿。怎么的？要不闹出个万物竞发，欣欣向荣的局面来，你如何拥有硕果累累的秋天？

极尽繁华之后，春风变得简约无言；演绎春色之后，春风也要沉醉于哲人的寂寞，让夏的蓬勃走向朴实无华的世界，然后等待，等待那五谷丰登的季节！

2017.2.4

春风知道你的名字

　　大地上到底有多少花草树木呀，谁能尽悉其名？春华秋实，花团锦簇，硕果累累，但每逢冬天，便不知它们遁隐何处？我们也不知如何去寻觅？

　　春回大地，轻风披着柔媚的春风，在大地上遍吹轻拂，然后，上帝把大地上全部花草和树木的花名册交给春风，让春风在万物萧条的尽头，唤醒还在沉睡的它们。春天来了，大地在苏醒，小河在叮咚，万物在复苏，百花要争春，让它们沐着最为明媚的春光，把无限的生机和缤纷的心情带给世界。快醒醒，蒲公英，快醒醒，桃鸦葱，摇摇迎春花早开，摇摇桃杏莫迟来……春风不知疲倦地频频叫着它们的名字，一一唤醒每簇野草山花，每棵花树果木。有的山花听到了呼唤，一扑棱眼，抖身猛地一起，便摇曳着小花露脸了，眸光流动，闪烁着柔柔的波光；

有的小草，还在伸伸懒腰胳膊腿，打个哈欠，慵慵闲闲地吐绿了，有的花木在枝头推敲着诗情，酝酿着画意，有的野花群体聚议要让春天一夜披上锦绣华衣，给大自然一个惊喜！春风啊，走遍大地山山水水，仍乐此不疲地奔波，又要发动草木界的千军万马，举行一场豪华的春天聚会，倡议把春天热热闹闹地推进一个花红柳绿、鸟语花香的风景里。

　　春风知道你的名字，大地上花花草草、树树木木，你就再别羞涩地躲藏，或是懒惰地睡眠了，跑出来吧，春风里蜂蝶正在等待着与你窃窃私语，把春天的一切秘密告诉你！

2017.2.5

寻　春

　　人人跨过立春的坎抵达了春，而我，依然徘徊在冬的寒冷......

　　立春，树的枝枝丫丫，简约水墨在变幻，春风，大写意地把色彩尽情地涂抹，而我，依然无聊地满世界涂鸦，写着我思想的波动，写着我的诗歌......

　　春节带来春天的节气，大地升腾着春天的气息，春风柔柔地进入，进入那坚硬的冰层，然而没有一丝痕迹。而我，依然沉浸在喜雪的痴迷......

　　一场又一场寂寞的春宴，酒精醉乱我欲而又止的语言，万物皆在春风里复苏，还有那融裂微响的冰川，而我，依然在寒冬里受着熬煎......

　　谁为春天打开了花的世界，乱花渐欲迷人眼，情知有许许多多是非，可春风啊，却千方百计地为春献媚，而我，依然在寒冬里伤悲……

　　立春了，我的春天在哪里？依然悄无声息。我在寻觅……

2017.2.6

初春惊雪

等待了一年，冬无纤雪，谁知入春了，反倒纷纷扬扬来了一场雪，不小，于是惊喜！

这让我想起张岱的《湖心亭看雪》来。"雾凇沆砀，天与云与山与水，上下一白。湖上影子，惟长堤一痕，湖心亭一点，与余舟一芥，舟中人两三粒而已。"境界空灵，苍茫如画，我想此亦皆因痴来，却尽现了文人雅趣。

因为我生长在山里，故生性喜雪，逢雪喜闹山野，我们像山石滚坡，在雪坡上奔跑。小小的我们，大大的白雪，那种苍茫的视野，让人寻找不到具体的感觉。

人过中年，渐趋老境。对于雪，竟年趋淡漠与冷落，即使雪花落满，遍地洁白，也是没有忧伤，没有欣喜，多的是静然与坦然。雪是雪，我是我，很少再雪我合一，物我两忘了。这是历经千辛万苦后的况味，是饱经风霜后的自得，是拨开心雾后的萧朗，是长期扭曲自己后的回归。总之，正如王维诗曰："晚年惟好静，万事不关心。"不会再为了什么虚无缥缈的东西，与自己战斗了，开始与自己讲和，并与必然妥协了。这样很好，就像一朵雪花，飘来又落下，没人会知道，又何必让人知道呢？现在我要做的是勿让这场春雪，惊扰了自己的寂寞，因为尘封的心，已隔断了风雪，沉淀的思想被风又旋成了碎片，心已经早是空空如也了。此刻，我拥炉夜读，有时亦红烛剪影，与窗外满地的白雪互不打扰了，雪只是我永远的童话，它渲染它的情怀，我固守我的倔强，彼此各持静态，这对我来说，虽未敢自伐，也算是自知了。

2017.2.7

处方上的字体

近日，乌鲁木齐医生马红霞的一张医院会诊单，在网上热传，这张手写病历单字体工整，运笔工巧，引来网上热捧。为什么呢？因为木秀于林，风皆拂之，也有几分惊讶和敬仰之情。

俗语云："蚯蚓的路，医生的字，蚂蚁的歌，美人的痣。"这是最难以说清的事情。我青年时代没少与处方打交道,也领教了许多医生的许多字,因为父亲治疗高血压、心绞痛，爱看中医，常用中药，为了保存药方，总是让我另抄一份，那时处方上的字没有一张不是龙飞凤舞、拖泥带水、牵枝攀藤的，而且越是名医，字体越有个性，不是春蚓秋蛇，就是类如蝌蚪甲骨般的文字，说是天书也是恰似，要想清楚处方上的内容，真需要下一番推敲、揣摩的功夫，方知个大概，否则粗略去看，你就会全篇无解，一脸茫然。好在父亲久病成医，只要识得其中一字，便能准确说出中草药的名字，也省却我不少的麻烦。说真的，有此经历，让我学到不少有关中草药方面的知识，也使我走近了《本草纲目》和《神农本草》。父亲去世十五年后，我幸得著名诗人爱斐儿的散文诗集《非处方用药》，她丰富的医学知识，难得的从医经历，赋予每一颗普通的药草以诗的生命，又那么美妙地给我再补这方面的功课，真让我获益不少。

现在回想起来，我年轻时抄药方，父亲常常平复我的牢骚，说医生，尤其是名医日诊病人无数，哪有时间去工整书写呢？我也渐通其理，不再有抱怨之声。但当我入世渐深之后，听人说医有其道，行存其俗，医界，尤其是中医，医生追求笔底生花，也是一种时髦和风尚，一直风靡不衰，愈是笔走龙蛇，权威愈高，腕儿愈大。这让我不得不佩服起药房的工作人员来，那些亦勾亦勒的文字，他们是如何破解这份悬疑呢？那可真不是日月之功可以了得的。

2017.2.8

元宵夜步

　　或许是因为自己忧郁的性情吧，我喜欢雨雪天，也喜欢夜间独步。

　　近来看贾平凹先生著作多了，就被他描写的夜色之美，以及人在夜色里的灵性与生动所陶醉，也常常让我联想到蒲松龄笔下如梦如幻的夜色里，那些粉红色的妖妍人物。但我喜欢踏着夜色散步，尤其在这元宵之夜，并不是着意要使自己变得生动起来，也不是企图邂逅楚楚佳人，而是享受大年过后在热闹之外的闲散与恬淡，不用再管白天里那么多的仪式和仪规、拘束和呆板，不用在意别人的视线和评价，尽自己的性情，让步伐率然地变形，夸张地走成剪影，让全身坦然地疏解成零，有孤独相伴，让心灵驰骋，把窝囊里的秽气、怨气、暮气、傻气统统放荡出来，然后大口一张，夜色与秀气便一起

273

迷离开去。

我卧病榻，已有月余，玉学和朝龙相约来探，友纾病痛，自然不同。今天是正月十五，送别二友，蓝天明月，夜色很美，挺惹情思。明代以来，在北方就形成了"走百病"的风俗，尤其是元宵夜观灯踏步，认为可以祛病延年。我因此也顾不上骨折的伤痛，悄然地切入茫茫的夜色当中，散而不拘，且行且立，享受一种闲暇自如之乐，正如卢纶诗云"白云流水如闲步"是也。但终无法走得更远，就在我楼前的绿苑里，那些曲径回廊、亭台小景、簌簌修竹、婆娑树影，还有巧若天工的月亮门，缥缈迷离的观景台，都让我沉醉其中不愿归矣。由于熟悉路径，我几乎是闭着眼睛在慢行，拿着一对文玩核桃，边走边摩挲，发出的响声正好契合我的脚步声，再加上那如少女长发般飘然的垂柳，不时掠过我的面颊，便亦心酥如雨了。春风轻拂，花木枝丫摇曳，把柔静的月光撩碎成飞银迸玉般的细微景致，但古城的十分好月，无奈总是不照人圆。远处的景致影影绰绰，经月光漂染，已是斑驳成画了。从前赏月，常愿良人不散，而今赏月，只愿平安健康。夜鸟在树上不时窸窸窣窣，细辨恰如细若蛛丝的音乐，鸟歌未歇，流光映天，满城灯盏，照尽人间悲欢，总能在你彷徨时给你安慰。圆月像是固定在天空，我东西南北地乱走，它似乎在目不转睛地看着我，柔情似水，月色如乳，把我淹在其中，我仿佛嗅到了月光那特有的味道。我走着走着，心静极了，想着人生的希望大抵也是如此，总喜欢藏在悄无声息的角落里，于是心情嗒焉似丧，有点痛苦和茫然，所以既心猿意马，又心死如石；既可有高尚之举，又能思龌龊之事，如身在大漠，自己也成了元宵月夜里一种荒唐的点缀。我莞尔一笑，回头一看人间灯火，正照耀着我呢！

　　夜色，属于私密的空间，值得每个人珍藏。独步其中，可将大千世界、万般情怀尽揽入怀，快乐也好，痛苦也罢，它能把所有的憧憬幻化成蝶。今年的元宵夜，小城热闹非凡，我知道在广场上有各种各样的灯，颜色鲜美，妙态纯真，品目殊多。元宵之灯，灯其城，灯其街，亦灯其人，如花似锦的灯，是人间的一张张脸，有心事，也有喜气。古人曾把元宵彩灯升华成我国节气的第二十五番花信，"二十四番花信外，更添一盏试灯风"，把彩灯也当作春天的一种花了。但热闹归热闹，我却没法去，当我沐着月光入睡，谁知梦也镂月裁云，绚丽得不像样了。

2017.2.11

制　怒

　　关于制怒，我从小就接触很多的名人故事和传说。佛陀说"诸漏皆苦"，我们必须承认，有些时候负面情绪是无法避免的，尤其是熟不拘礼，放松制约时候。有人说，中年是没有愤怒的年龄。其实也不尽然，那也是一个人长期修炼出来的结果。

　　但我细想起来，人进中年以后，确实不那么容易愤怒了，碰到易怒的人和事，我也懂得转移，或爬山观景，或饮酒读书，迅速把心里易燃易爆的情绪和思想腾空，以防不测事件发生，然后像冰心散文《小桔灯》里说的那样，拿粒桔子，把饱满其中的小桔瓣掏空，把点着的蜡烛放进去，提着它，把心路照亮，就不会去怒发冲冠了。一位老友常笑我此方法是拿着空竹当笛吹，我惊奇他的想象，亦信然也。

但今天，正月十六，二位老友来我处闲玩"斗地主"扑克游戏，中间因报没报牌发生争执，不但面红耳赤，而且举止失范，显然出于愤怒，也因此而致尴尬。事后，我也迅速反思此事，虽然老友烂熟，不讲客套是主因，但放松心情控制，任由心田稂莠漫生，才是根本。正如佛家所言，心念不止，众恶方生啊！有气不泄，临辱不怒，需要像扫除一样，在内心勤拭多擦，不留挂碍，日月勤修，方可得之。以一腔空心对红尘，用满眸清澈看世界，虽然世界本已不洁，人心早已不古，然狂怒仍可摧毁尚存的一切，包括有形的和无形的东西。我要自觉地凝风固浪，安澜心海，无修而修，才能无得而得，这样才能心灯不灭，前方也才不会黑暗。

　　玉学兄事后发来一条微信："如果嚎叫能够解决问题，驴早就统治世界了。"我阅后羞愧难当。是啊，发脾气是本能，控制脾气才是本事。不管哪一种发怒，都是负面的，都需要自己去调控，去管理，不然崩溃就会在瞬间。有人说，情绪犹如女朋友，有时候是需要哄一哄，生活才会甜蜜。我信其言。

2017.2.12

春天，究竟有多少日子

雪　饮

　　我参加工作后，收到的第一张贺年卡，便是大学同学高玉杰从郑州发来的。一九八八年的春节前，一张写着"晚来天欲雪，能饮一杯无"的贺年卡飞落到我的桌上，暖暖的问候，盈在诗句里，宛若一杯醇酿，让我心醉。那天恰是纷纷扬扬的大雪，我独在异乡小城的高楼上，正筹划着返乡过年的事情，这穿越时空的情谊，叩动了我的心扉，竟使我满脸潸然。

　　从此以后，我把飞雪饮酒作为人生的一种境界，虽年年有飞雪，但也常常未如愿。二〇〇二年，我在太行山巅的朝阳村驻村工作一年，才有闲有趣，遂了此愿。山里的冬天多雪，有时会连下几天，雪比那山还厚呢！雪拥蓝关，进退不得，于是我就融雪炖肉，煮雪泡茶，揽雪入怀，与雪同饮，虽然没有红泥小火炉，也没有绿蚁新醅酒，但粗炉土灶，也有红红火焰，山曲老酒，也是豪气冲天，外面冰天雪地，屋内热气腾腾，我也乘机雅趣了一番。因大雪堵门，连个串门的老乡都没有，我未免感到孤独和寂寞。雪天饮酒啊，人太多，则纷乱；独饮，却寂寞，最好是两人对饮，细斟慢酌，才有情调。也是出于无奈，我独拥火炉，脸红如梅，慢酌细饮，听着籁籁微响的雪声，偶尔掠雪而过的风语，兽尽雪藏，鸟皆噤鸣，信号不通，电视无音……一切皆是寂静。我捧着一本旧书闲读，亦快乐不知时日。时间长了，我亦出屋到雪院小走，雪花悄然吻颊，那种寒凉爽若酥润，再加上雪饮的惬意与诗画的天气，令人无法言说这种感觉。如此这般四十多天，我们才从稍稍融开的山道攀下山来，现在回想起来，还有不知今夕何夕的陶醉！

今年二月七日，已是深夜时分，高玉杰兄从郑州发来视频，他于古亭聚友欢庆新春，吟诗长啸，斗酒飞花，亭外雪飞如花，亭内投壶赋诗，玉杰兄兴奋地对着手机吟道："惟有酒能欺雪意"，对面的朋友站起来高声喊道："春撩雪骨酒边香！"这般欢闹惹我心动，我是一直羡慕玉杰兄身上那浓浓的文人气息与高士风范，他总是把俗不可耐的日常，雅致到极处，让生活充满了葱茏的雅趣。下雪啦，我也忙去推窗，深夜静，雪飞扬，窗外竹影，雪里婆娑，院中的树桠亦摇曳成画，夜灯里我看见飞雪袅袅的娇媚身姿，正应了《诗品》中的那个境界："月明雪时。"如许风情，如许闲情，如许诗情，怎能缺少酒呢？于是，我漫不经心地伴雪独饮，随心所欲地闲想古今，直到天地皆白，忧愁全无，人已尽醉，快雪晴晨……

2017.2.13

迎春花

今春来了一场大雪，铺天盖地染白世界。为了赏雪，我到易苑闲走，偌大的游园，四周雪雾朦胧，万物尽披雪衣，放眼望去，皑皑之景，忽见几丛金黄碎花在雪里绽放，宛若"带雪冲寒折嫩黄"的诗意，走近细看，果是迎春花啊！

迎春花，在我的家乡，太行山里的坡坡岭岭最是常见，家乡人从未称过它的学名，像给自己小孩起小名一样，随便地以花色称之为"黄花"，甚至把同期也开黄色小花的连翘也统称之。立春后不久，山上就陆续有花在开，不几日就金染太行，满山灿黄。二〇〇二年，我刚到太行之巅的朝阳村驻村工作时，正是初春时节，满山的迎春花正烂漫山野，于是我常常一个人等待着每一天黄昏，独行山间，默默地喜欢着角角隅隅里，那些低调而不低眉、张目而不张扬的迎春花。因为我对于热闹的人和事一直有抗拒和抵触,迎春花的品行正与我的心理契合,我寂寞,它也孤独,我心喜,它也绽放,它低调而有光芒,与春深时绚丽簇锦的花海拉开了距离,在大地山川最为寂寥的时节,花香催春风,花开太行深,给我灰凉的心境增添了光亮和铿锵。爬山归来,一个人的夜,喝茶,也饮小酒,读书,也思闲情,把迎春花落在心间,永恒地绽放与灿烂。

　　我一位老友退休后在家养花无数,小院奇石异花,俨然花圃模样。前日,他打来电话邀我去帮他倒盆栽花,花便是迎春花,我骨伤在身,俯仰不便,称憾缺席。谁知他又要我将《广群芳谱》关于迎春花的内容发与他,唉,我那函十二册的《广群芳谱》因不愿外借,也因他养花快被我翻烂了。当翻至第四十二卷,见到:"迎春花,一名金腰带,人家园圃多种之,丛生,高数尺,有一丈者,方茎厚叶,如初生小椒叶而无齿,面青背淡,对节生小枝,一枝三叶,春前有花如瑞香花,黄色,不结实。叶苦、涩、平,无毒。虽草花,最先点缀春色,亦不可废,花时移栽,土肥则茂,燖牲水灌之,则花蕃,二月中可分。"

　　于是,我拍照下来给他微信过去,并嘱他为我预留一盆迎春花,置之阳台一隅,闲赏瞬间,可抵半生尘梦,我也可拾花酿春,留一份惜春之情了。

2017.2.14

忧蝶记

二月十四日，是一个关于爱情和鲜花的节日。年轻人忙着送花过节日，我们几位老友在一起闲聊，没有谈及爱情，却说到了鲜花，也说到了蜂蝶。

是啊，大地有了鲜花，便有了蜂蝶的喜乐和奔忙，如果没有蜂蝶的辛勤传粉，便不会有鲜花灿烂过后的累累硕果，真正成了华而不实。从这个角度说，蜂蝶也是爱情的使者，是百花的"月老"与"红娘"。但令人担忧的是近年来由于环境的破坏，大气的污染，农药的滥用，蜂蝶数量在急剧下降，出现大面积死亡，严重影响到生态平衡和粮食安全。美国等西方发达国家正在研发人工替代系统，通过人工远程控制操作刷蕊集粉，然后再定点传粉授粉。然而，大千世界，芸芸众生，如何普降甘霖，均沾春情呢？从此花到彼花，从此地到彼地，从一隅到全球，人类如不异想天开，如何具备蜂蝶的智慧和才能？

据说蜂蝶每年春天要光顾二十五亿朵以上的花儿，若是花朵听不到蜂蝶嗡嗡细鸣，春心不漾动，花蕊不含情，即使花粉传出去，接受者也是无动于衷，不动情，没感觉，难结果。物种的灭绝总是始于生活环境的恶化，终于生存条件的丧失，特别是人类凭借高科技无休止、无限度的索取，更是加速了这个过程，我毋庸再喋喋不休地絮叨，如不马上警醒，这个悲剧是人类绕不开的结果。

　　蜂蝶恋花，或许是风情故事；但花招蜂蝶，却是生存的必须。怎奈它，花儿朵朵开，不见蜂蝶来；若无蜂蝶来，花儿为谁开？蜂蝶花丛，仍是大自然永远宁静美妙的画面，不仅是为了它们，更是为了我们人类自己，谁也不要去打扰它了，不要打扰，千万不要！

2017.2.15

弹 弓

　　前些日子，少时的老友邀我参加他们的一个弹弓社团，名曰"丫丫公社"，其实，我无意这样的游戏久矣，虽然少时有过娴熟的弹弓技艺，能够玩出众多的花样，三十米以内弹鸟，几乎弹无虚发，百发百中，说是技压群友，也不算张扬。但对今天喜鸟爱鸟的我来说，往事已是不堪回首，我已经回头是岸了！谁知老友说"丫丫公社"是关于弹弓研究赏玩聚会，只坐而论道，把玩品味，不再野外实战，像体育比赛里的射击，意义古今不同了。听之怦然心动，又念起旧情旧物旧趣了。

　　二十世纪七十年代，农村长大的男孩子，若不拥有几把弹弓是很寒酸的。那时，我的弹弓全是自己亲手制作，且技术不错，被小伙伴儿喊称"弹弓匠人"。做弹弓，首先要找到满意的树杈，剥不剥皮均可，剥了皮要用碗片仔细地抛光磨滑，有条件的还要用彩线缠绕，装饰得五颜六色，十分的漂亮，然后再讨块自行车废旧内胎作弹筋，我一个同学的父亲是汽车司机，他曾送我几块弹力更大的汽车内胎，我用剪刀裁成有长有短，有宽有窄的皮筋，当然是要选取那些弹性好，弹力大的，把它绑紧在弹柄上，然后奢侈一点的人，还一定要找块牛皮，不讲究的随便找一块破布即可，做成底兜缀上，这样一把弹弓就算制作完成了。其实，除此之外，关于树杈的选择很重要，其品种、颜色、开合度、软硬度、弹性弹力等等都是要计较的，但形制必须是"丫"形状，也有做成弧形的，但严格意义上讲，就不算是弹弓，而是弓箭了。那时走路我们总是面朝黄土，留心脚下踩过的那些小石子，发现小巧尖角的石子便是最好的弹子了，时常衣兜里装得满满的沉甸甸的。初时，我也因姿势、持法不规范，挡遮了弹道，回弹过来伤过自己。时间长了，熟能生巧，方才轻车熟路，技艺日趋精湛起来。记得我有把桃木弹弓，不知是日月精华，还是血汗所浸，竟浆得耀眼的红亮，若是留存到现在，当是很珍贵的稀罕物件了。

弹弓的演变是从工具到玩具到艺术品的发展史，安阳殷墟考古发现就有弹弓遗迹，它几乎与人类的历史一样漫长。弹弓初是猎取食物的工具，唐代《北堂书钞》中载有《弹歌》："断竹，属木，飞土，逐肉。"这是关于弹弓从制作到狩猎的记录。随着人们对土地和财物占有欲的驱使，人类之间频发战祸，弹弓也因远距离袭击，而成争斗和战争的工具。随着人类文明的进步，弹弓目前正在向娱乐化、健身化、艺术化方向发展，这也是当今很多成年人成为弹弓拥趸的原因。我以为这是现代人格的升华，让凶器远离杀戮，人们冷静地观照内心的天使和魔鬼，抛去执着与暴戾，取赏玩的态度，把弹弓艺术化，等闲岁月悄悄过，反倒是好！

2017.2.16

雨水，最温润的节气

今日是雨水。仅听名字，便知它是二十四节气中最温润的日子。此后，气温开始回升，冰雪已经消融，春风伴着春雨，开始深情无声地滋润着大地。每年一到雨水节气，我总会想到杜甫的那首《春夜喜雨》来。春雨的可贵，源于生命的渴望，天地人的和谐，滋养出大自然的绿意和缤纷，共听一场春雨，闲情寻意春趣，才算是不辜负雨水这个好节气。

《月令七十二候集解》："正月中，天一生水。春始属木，然生木者必水也，故立春后继之雨水。且东风既解冻，则散而为雨矣。"雨水节气一过，岁月就沉浸在春雨的诗情画意中，细雨渺渺，似有似无，即使淅淅沥沥一阵，雨意浓绿，也是雨媚风娇，感受到的也尽是春雨那美妙的韵味和气息。

今年的初春，我仍在伤痛中。在雨水的节气里，一位文友慰劝我在这个时节的病休，宜听雨，宜读书，宜焚香，宜闲思，于是我从书橱里拿出收藏的古香炉，捻香成灰，燃之袅袅，百事辍罢，又掩户独享，盘坐在蒲台之上，心宁气和，浑身剔透，想之所想，思之未思，淡至极处，也便是芳香浓郁了。其实，在雨水节气里去感知春天，还是要到河边去。洹河岸边，流水潺潺若溪，春光潋滟泛漪，柳如美女出浴，燕若童子调皮，河畔到处萌着春意，露出许许多多的欣喜。这些初春的嫩绿，些绿些黄，看上去毛茸茸的样子，多像刚破壳的小鸭小鸡，一切都是生机。初春的色彩是缤纷的，谁也无法准确地说出那种色彩和春趣，唯有等着"草色遥看近却无"的忽略中，惊呼春意流星赶月的匆忙与洋溢了。

今天是雨水，天气却是晴空万里，满地光辉，比往日还要娇媚许多，哪里见得雨水的影子？于是我在想，在春情和春风里，若是再来几许如烟的雨丝，岂不更具诗情与画意？

雨水，应该是细雨斜风的诗……

2017.2.18

是是非非说春雪

安阳终于要下一场雪了。昨天预报是暴雪，今天的雪虽没有那么狂，不过也是铺天盖地，上下皆白，满目苍茫。

在我的记忆里，还没有哪场雪，像今天的雪一样纷纷扬扬，又是是非非。雪刚刚飘飞，微信圈里指责和嘲讽就跟成了堆，"今天竟然下雪了／是冬天负了雪／还是雪背叛了冬／你本该是冬的伴侣／却跑来做春的情人／人们该赞美你的热情奔放／还是该指责你的水性杨花"，杂言乱语，各有其奇，东议西论均质其疑。这也难怪呀，古城安阳人等了整整一冬，未见雪的踪影，盼雪的心情比漫天飞舞的雪花还要破碎还要杂乱呢！

去年冬天我也做了件痴事。听天气预报有雪来，便约三位好友上了太行山巅。山路上就构想着风雪太行，柴门犬吠，庭院覆雪，老友披风踏雪而来，雪屋炉火正旺，煮雪烹茶，山柴炖肉，把酒言欢，道不尽人间风物，世事纷纭，来一场古典的雅趣……谁知隆冬太行的天空流云淡远，风雪还是无常，等了一天，举目向天，山院上空的阳光仍然灿烂耀眼，虽然山里的风如飞雁，阵来阵去，竟无半点雪意。及至山隅，丁点残雪，野草藏绿，隔岭凝想满山的雪意，也被搅得云散风流去。于是，我们兴冲冲地来，又悻悻地返，天象给闹了场恶作剧，我也受到了嘲笑和奚落。有道是"无心插柳柳成荫"，谁知雨水节气之后，袅娜春天里会轻盈飞来满天的大雪，将一冬的失落化作雪花，把世界装扮得银装素裹。今天午间，我尚在似醒非醒之间，看到窗上缀满的雪花还有点措手不及呢，推窗去看，四周已是雪雾弥漫，地上积了厚厚的雪，物尽似玉雕，树皆如花开，天地之间闹若炫舞的白蝶，此番景致，让我首先想到韩愈的那句诗："白雪却嫌春色晚，故穿庭树作飞花。"所以只顾欣喜，也顾不上骨伤之痛了，匆匆戴个帽子便去了易苑。易苑有山有湖，有亭有阁，有花有树，酝酿一冬的雪，借景渲染，那些冰清玉洁，琼楼玉宇的景色，让我醉入雪的童话世界。此时，雪越下越大，赏雪人越来越多，而我曼妙的心思被这飘扬的雪花也拽得越来越远。夜灯初华，灯光里的雪花兴致勃勃的样子，一点都没有要收场的意思。

　　雪后的第二天，一位画家朋友发来微信："你会相信昨天安阳下了一场大雪吗？"我看后如坠雾里，不明就里，便急忙推窗去看，昨天还厚厚的积雪，怎么就瞬间消失了呢？唯留下满天的清新气息与一地的温情潮润，竟然没有留下一点痕迹，于是留恋雪景的人，也在疯传着雪的薄情与寡义……

2017.2.21

饱　读

　　我从小生活在太行山里，由于生存的锻炼和生活的必需，记事便记得劳作，很少有玩耍和学习的时间，幼时对读书的向往，就有如饥似渴的感觉。对于我来说，"晴耕雨读"不是理想之境，而是如实现描。我往往借书藏室，以待天时，特别是农忙时节，若是连阴几天，大人虽愁叹，我辈却欢喜，可以闲置疲累，拥衾炕上，酣读上几天了。尤其冬天大雪封山，万物阒寂，人可临窗雪读，边暖手，边赏雪，边读书，边做笔记，读得不亦乐乎！少年那段苦寒的生活，今天想来竟是那般的有情趣，有情致，也有情调，充满着诗情古意。那时候人小心闲，不用像大人们那样每天去为生存和生活发愁，不管饭之好坏，果腹无忧，真是两耳不闻窗外事，一心只读借来书！

　　上中学，常住校，农活和家务活不用干了，时间倒是充裕了，可考学压力巨大，几乎没有真正看过自己喜爱的课外书，书反而读得更少。参加工作后，忙着钻研业务，昼则收集汇总资料，夜则撰写修改材料，材料背负了十多年，人倒愈加没"材料"了，看书的时间几乎微之又微，细之又碎。有个时间吧，那个年龄段正渴望交往，与伙计们喝个酒，打个牌的吸引力，竟然比读书的魅力还要大，因此也荒废了不少时光。后来组建了小家庭，忙家务；当了小领导，忙思路，把充沛的精力付之于此，虽有收获，但失落更多。现在我已人生过半，缤纷正在黯淡，纷扰也接踵而至，读书于我于生活于追求是点缀，是调剂，是雅兴，也是必须，但我多未尽情地享受过，故对"饱读"的向往更加迫切，也始终未能解渴！

我近期处在病休状态，对时间的支配相对自主和自由，于是随手从书柜里拿出《围炉夜话》闲读。此书是清代宜山先生虚拟了一个冬日拥炉夜读的环境，可见他与我一样，盼而不得，便画饼充饥，也仅冥想而已，但仅此虚幻已使二百年来的读书人梦寐求之，崇为仙境了。你想把白天的一切喧嚣与疲累卸下，炉边围读，不时小谈品议，与古人先贤对话，与天地自然沟通，感受世界的宁静与温暖，便会顿觉生活和生命的洞然豁朗，一切皆是通透的。现在，我拥有了时间，便卧读闲阅，享受读书之乐，于是周作人、沈从文、贾平凹，还有给予我面教文趣文道的散文大家石英先生的著作，皆悉数簇拥在我的身边，日月抚籍，四周皆书，数点寒梅，日夜酣读，几近废寝忘食，可谓之饱矣！多美好的事情啊，简直是人间至乐！

读书久了，书犹药也，不但医病，也可滋养心灵。此时我捧书临窗，猛然见雪，似蝶似花，如絮如蕊，便又想起宋代翁森《四时读书乐》中的佳句："地炉茶鼎烹活火，一清足称读书者"，便忙去捧雪煮水，泡一壶淡茶，看几页闲书，仿佛也寻到古人围炉夜读的雅趣来！

2017.2.24

二月二

　　在南太行，过罢元宵节，下一个要张罗欢庆的节日便是二月二。二月二，龙抬头。山里人讲究这些，二月二后紫气东来，雨水渐多，春暖花开，是值得热闹一番的。

　　在中国的传统节日中，凡单数月份和日子重叠的节日，均为大节，如一月一的大年，五月五的端午等；双数月份和日子重叠的节日，均为小节，多为民俗节日，如二月二的中和节，六月六的晒衣节等。对于水贵如油的南太行山区来说，"二月二，龙抬头，磕个头，水遍流"，这意义太重大了。此时花未尽开，绿未遍染，但一切春色要靠霏霏细雨做底色的。二月二后，雨水开始增多，民间信仰认为那是春龙耕云播雨的结果，故每逢二月二都要尽其所能，倾其所有，举行各种各样的娱龙娱神仪式和活动，祈求风调雨顺，五谷丰登。

在这一天，大人小孩见面都要可着嗓子喊谣："二月二，龙抬头，雨水足，仓满流。""二月二，龙抬头；地生金，天下油！"南太行山里的人，十分关注二月二春龙的情绪变化，若摇风播雨，便是喜气洋洋；若天晴气朗，即生忧愁。中国的传统节日是先民智慧沉淀下来的瑰宝，许多节日谚语、谣曲，简义明理，包含很多的哲理大道。我不知有无科学依据，但南太行山区的人们认为二月二的天之阴晴，直接关系到他们全年的粮食收成和生活盈亏，所以倍加重视，可是一点都不敢马虎的！

而如今过二月二，简直成了狂欢节，理发美容、购物逛街、踏青访春,过去年月的忧患意识和仪式的神秘感，已丧失殆尽，老人常常责备世风日下，人心不古，年轻人不再关心二月二的雨雾晴风，尽是找个理由，可心可意地玩闹！有岁月的更替，有万物的新生，有人间的聚散，有时光的流逝，更有岁月缝隙里的节日欢乐。其实，在古代娱龙娱神仪式和活动，也是一种狂欢。唐代白居易有诗名为《二月二日》："二月二日新雨晴，草芽菜甲一时生。轻衫细马春年少，十字津头一字行。"那种青年男女玩乐的声色画面，是多么的活泼呀！

今年的二月二，有细雨，也有春色！

2017.2.27

惊蛰帖

新春惊蛰日，万物复苏时。今日惊蛰，中国传统二十四节气中的第三个，标志着仲春的开始，春意渐浓矣！

所谓蛰是指动物入冬后蛰伏土中，不饮不食的状态；所谓惊，就是春雷惊醒梦中的动物。惊蛰一个踉跄，叫醒了蛰伏大地里的蛰虫，淋着细雨的天气，仿佛听到隐隐约约的声音，春天的脚步来了，天暖花开，渐有雷震。从此，中国大部分地区进入春耕时节，农家无闲时，春牛遍地走。万物复苏，才能万象更新，所以，惊蛰才是万物真正意义上的重生，称之以中国的复活节，倒是真贴切！

在太行山里，农家的耕作是以节气作标准的，故而对节气时令很看重。过惊蛰节气，农家会有一系列的仪式和活动，虽然没有宗教节日的狂热和虔诚，但也洋溢着一种神圣的紧迫感。时不我待，忙碌代替了欢闹。惊蛰的象征是桃花，灼灼欲语，燃亮田园春色，也与大家分享着季节更替的喜悦。少时，每逢惊蛰，我总等盼着雁归来，桃始华，等待着黄鹂鸣柳，期盼着把臃肿的冬衣脱褪，然后高高兴兴地在自己的小片荒地里，撒上干粪和草灰，欢欢乐乐地翻耕着土地，桃花开了，点扁豆；梨花开了，点杂豆；百花开了，便插柳。春风吹拂，杨绿柳柔，杏粉桃红，植物争先恐后地在和风里纷绽着自己的那缕春色，动物们揉开惺忪的双眼，扭摆懒腰，抖擞起了精神；小燕子掠水而飞，在河面犁出细长的涟漪；小河汩汩而淌，有歌有舞地欢腾着……随节气一起惊蛰的还有少时青涩的童年往事，是啊，哪能像我呀，依然病卧床头，蛰伏不起，望窗观春，竟氤氲着那么多缠缠绵绵的忧郁！

　　惊蛰节气，就是一首诗，一幅画，一曲歌。每年拥有它，岁月才会有如诗的豪气，如画的景致，如歌的行板，既无人事的羁绊，也无尘世的纷扰，隐隐约约，景色不再若有若无，一切朝着郁郁葱葱的场面渲染，这时节春光明媚，时光缓慢，月光柔亮，霞光美艳，风光旖旎，皆是流光溢彩，缤纷皆花。这时边听着花开的声音，边看着小草萌萌的律动，然后再伸开五指把春光梳理成缕缕脉动的气流，择一处僻静，日出而作，日入而息，凿井而饮，耕田而食，捋风沐雨，尽享自然之趣，坐下来不谈大事、不谈悲喜、不谈未来、不谈生死，无论眼前是糟糕，还是美好，是锦绣还是荆棘，都要随春天渐入繁花深处，用冲动抖落一冬的尘霭，用春雨洗尽旧岁的黯淡和忧郁，让我们从容地向花而歌，踏诗而行，可以豪放，可以婉约，只要我们拥有自己的淡静与豁达。因为惊蛰之"惊"并非尽靠雷震而惊，而是由日渐升高的气温，让蛰睡的万物开始按捺不住，都迫不及待地萌动与勃发。气候与物候是容不得有半点的犹豫与彷徨。不管你愿不愿意，生长总是应时而葱茏，谁也拦不住啊！

2017.3.6

女人如花

今天是三月八日，每年的这个日子，女人们总要搞些活动庆祝一番。最近不知好事者是男人还是女人，把妇女节又称为女神节，在网络上炒得很火热，听来美则美矣，但毕竟有谄媚的意味，我认为还是称作妇女节朴实通俗，叫得自然又有分量！

三月，每年草长莺飞，风和日丽的时节，是春天里最美丽的日子。天暖了，地绿了，天蓝了，水畅了，花开了，景明了……一切都是明媚可人的模样。不知是否有意，世界把关于女人的节日，定在春天，定在三月，定在三月八日，这个花一样的日子，专属于女人，真是具有诗人的浪漫情怀，画家的缤纷画意，极富色彩渲染力，也有丰富的想象，也是天地相和，道法自然，天人合一的体现，因为岁月静好，女人如花！

　　春风三月里，那些自然而然涌现的妩媚、温婉、美艳、缤纷……相互衬托和渲染，演绎出了阳春三月的千娇百媚、万紫千红、鸟语花香的景致来，"莺解初语，最是一年春好处"。春风拂过，唤醒大地上的花花草草、树树木木，它们也张扬夸张，争先恐后地开花的开花，吐绿的吐绿，扬条的扬条，抽芽的抽芽，各尽所能地尽自己的一份心意，向大自然倾诉各自的一缕情思，展现各自的一眸美丽。"女人如花花似梦"，经过漫长冬季的包装和束缚，褪去冬装后的女人，把膨胀过的美丽重又轻巧起来，像春天，像三月，像花儿一样，巧笑倩兮，美目盼兮，出落得曼妙轻柔，更加鲜艳夺目起来！

　　上午，机关的女同事在小会议室举行了一场花艺培训活动，以纪念"三八"妇女节，满桌子的花被她们组合来组合去，像演出扮装一样，组成不同寓意的花束来，然后再插入花瓶中，顿时妖娆的形象栩栩而现，顾盼生辉，仿佛有情。下午，我因腰疾到社区卫生服务中心做理疗，路过小区广场，这里正在举行迎"三八"旗袍风采演示活动，周围站了很多观赏的居民，我也驻足观之，那微笑的脸庞，盈袖的暗香，柳袅的身姿，轻盈的步履，斑斓的衣饰，外溢的自信……与周围的花香、草绿、柳柔、水漾等等悄然融为一体，真是"花动一山春色"，这浓艳、鲜丽与素淡、简约并存，正应了苏老夫子的那句千古名言，"淡妆浓抹总相宜"啊！

　　有位诗人把女人的不同人生阶段比作不同的花，不管鲜艳、迷人、成熟和温暖，还是希望、魅力、气质与永恒，总觉有点陋俗与无聊，但仔细品味，女人一生如花，既静静开放，温馨家庭；又默默芬芳，扮靓世界，对于人生，春天和世界，女人都是一道别样的风景线，也真是巧呀，机关以女同志为主体的志愿服务队，名字就叫"风景线"。现在想来，如果不用花去比喻女人，也真是想不出什么恰当的词来。在这里要告诉男人的是，既然女人是花，就要像养花一样去精心地护养她，要风给风，要雨给雨，倾尽满天的阳光，让她们灿烂，为她们耕耘，促她们成长，用心专心地去陪伴去呵护，然后再静坐其旁，闭上眼睛去聆听那花开的声音，那般的美妙与惬意，语言是没有办法描绘的。女人快乐了，春天才会有芬芳和美丽，特别是饱经风霜、满头苍苍的老妇人，她们满脸的皱纹是人生的日历牌，记录下了历史的日常和岁月的琐碎，也成为护佑后代子孙的女神，从这个角度说妇女节是女神节，也是有道理的，因为那种镶在岁月褶皱缝儿里的笑容，才是人间最为绚烂、最富诗意的风景！

2017.3.8

春天，究竟有多少日子

春分记

春分在二十四节气里是最古老的。早在上古时期的先人们就用土圭测日影，以定春夏秋冬的"两分两至"，用以载时记历。春分是一年当中最美丽的时节，古人颂之"最是一年好时节"，是啊，春光明媚，杨柳青青，莺飞草长，花香遍野。春分也是庄严无比的时日，《帝京岁时纪胜》："春分祭日，秋分祭月，乃国之大典，士民不得擅祀。"所以春分日，民间是没有什么仪式和仪规的，反倒是流传下来不少如"踏青""咬春"之类的有趣习俗。

今年的春分节气，我回到了南太行山里的家乡，在山村的小石巷里，细雨霏霏，若雾若云，微雷轻音，似有似无，到处弥漫着一种朦胧的远景，宛若烟雨江南，只是岁月磨圆的村间路石，更加地湿滑了。古谚有云："春分有雨家家忙，先种瓜豆后插秧。"果然，漫山遍野的梯田里到处是人们忙碌的身影，还有那镶满山坡，飘着浓香，灿若金黄的油菜花。自小从农村长大，我对二十四节气中关于春天的几个节气有着天然的膜拜与尊崇，尤其是春分，已有近乎敏感的触觉和味觉了。春分到，春天才从此一分为半，从初春走向了仲春，大地像展开了流溢着的水彩画，春天顷刻间渲染出灿烂锦绣的景象来。欧阳修词曰："南园春半踏青时，风和闻马嘶。青梅如豆柳如眉，日长蝴蝶飞。"这便是描绘春分日景象的，此时春雨细绵、花开各处，已是"门外无人问落花"的春深之景了，满目婆娑绿意，遍是繁花簇锦。春分过后，春燕飞归，呢喃着春的消息，衔泥新垒，啁啾是歌，老牛奋蹄，犁翻出大地新春的泥土气息，春风吹拂，荡漾着麦苗清波，鲜花簇拥，彩染着田野，撩拨着生机，播撒着绿意，鼓荡着喜喜的春趣，随后再热闹闹地把春天推向无以复加的妖娆与绚丽当中，雨水开始增多，群鸟翩飞成波，日均温度保持在 12℃左右，这才是真正意义上的春天啊！

我总是在每年的春分日回山里的老家，在家的每一天，我总是在山野和阡陌间行走，也总能看到惊喜惊艳与惊奇的景象，听到来自大自然的天然天趣与天籁之音，悟到满心满意满怀的乡情。在池畔的小岸下，堂兄沐着一身阳光，在砌好的红薯床里开始培育红薯苗了。春分日，育苗正当时，剪剪的细风里，他全神贯注地劳作着，手起手落，动作熟练而优美，下手准确而敏捷，转眼间满床的红薯就被他横平竖直地码成图案，键盘似的美妙而有秩序，然后履上轻柔肥暖的粪土，棱是棱，角是角地整理得像件艺术品。整个劳动过程，看上去是那么的繁杂而又简单，劳累而又快乐，一点多余的花哨和拖带都没有，利落得如刀切豆腐一般地迅疾。他向我介绍着春分后的日子里应注意的活计，说农民一年之计在于春，春赶节气，就是赶嘴，只有不误春时，才能不误农事，才能保证全年的收成，所以在春分后，就得在时光的缝隙里去争时忙活，不然就会慌失一年的希望。说罢他又俯仰有致地劳作着，那份匆匆，比春风还要忙碌呢！我正要回去时，看见小溪叮叮咚咚淌来一帘春韵，荡皱一池春水，鸭子在池里悠闲地凫游着，叽叽呱呱地划着春波；池畔的小草泛着绿意，高耸着那朵朵细细微微的花朵；池柳披着一身嫩黄绿装，在风里轮着曲线摇摆，春燕以此为帘，在其中穿来穿去，梳理着缕缕春光；几株杏花桃花灼灼若燃，怒放得有点夸张和张扬，正在鲜一枝、艳一片地铺染着……就这样，我隔着光怪陆离的春景，与花开繁盛的家乡，与辛勤劳作的堂兄对望，南太行，我的家乡，竟是这样的妩媚与嫣然！

　　春分虽是节气，也是时光的标点，它既让时光匆匆地奔逝，又表现得节奏分明，摇曳多姿；它是岁月的画笔，让枯燥漫长的岁月，有了色彩缤纷的回忆。但时间是不会厚此薄彼的，公园与山野，城市与乡村，春分一来总归要花归花，绿归绿，风归风，雨归雨，春花、春燕、春绿、春水等等一切属于春天的景象，都会毫无保留、淋漓尽致地让苍茫的大地色彩缤纷起来。我在山里的故乡更是春风得意，梨花带雨，正是古诗里所说的"桃花香，李花香，浅白深红斗新妆"，俨然成一册芬芳四溢、色彩斑斓的画卷。山村自有山村的春意，山村自有山村的旖旎。在此，我愿把我静守半生的如花流年，与诸君分享，分享我的家乡——南太行的春之绝色，那无限风光！

2017.3.20

春天，究竟有多少日子

清明雨

在南太行的山里，每年的清明节，几乎都有雨。去年的清明就是湿雨兮兮，今年的清明还是雨意绵绵。

清明节是南太行山里最有仪式感的节气。天气、物候与民俗悄然地融为一体，形成千百年来亘古不变的祭祖情结，不管天南海北，还是繁忙闲暇，这一天扫墓大军会风雨无阻，游子返乡祭祖的队伍比春节时还要庞大，而春雨总是在这个日子不邀而至。

清明是情感的驿站，走到今天，走到这里，每个人即使无雨也会湿成一滴水，在心灵深处滂沱成一片汪洋，因为那阴阴蒙蒙的雨天，能够漂染每个人的心境，让人从游山踏青的欣喜中，立马就勾起念祖忆旧的悲情，营造出那空旷、凄寒的氛围，乡愁自然而然地就弥漫在天地之间，经久不散。清明在二十四节气里，未必是最诗意的日子，却是最肃穆庄重而又哀愁悲凉的时刻。每到此日人们必定要挈妇将雏、成群结队地沿着遗传的方向去，通过扫墓缅怀先人，虔诚地表达一种尊崇、感恩和追思，以便激活嵌进灵魂和肉体的遗传因子，这是血缘脉动的默契，自然也是念故怀亲的使然，所以这个日子，这个时节，这个氛围，自哀自怜固不可忧其少，但上升到礼制，慎终追远的真情却是需要时时提醒的。《诗经》云："靡不有初，鲜克有终。"慎终的分量重，追远的思念长，"忘不了"不仅仅是一种情，也是一种道，更是一种传承，这已成为一种历史的积淀扎下根来，一代又一代，一年又一年，像河流一样，奔腾不息。

　　清明仿佛是从水里打捞出来的日子，那飘飘洒洒的雨，湿湿漉漉的情，黏滞而拖沓，马上就复苏起我们的情感记忆，好像必须要靠这疏疏细雨才能勾勒出它淡淡的、缠心的悲哀和丝丝缕缕、环环相扣的忆念，顿时我们的神经就有了蜇痛感，只有回到家乡，回到祖坟，回到那膜拜祷念的时空里，这种感觉才会不知不觉地消失，不然就会紧箍得你心神不安。这你就可理解在南太行的沟沟梁梁上，烟雨蒙蒙的山野里，蜿蜒曲折的山道边，油菜花开遍的田野中，撑几把旧伞，披几件雨衣，在风雨里三五成群，扶老携幼，行行复行行，徘徊且徘徊，回望又回望，悲叹还悲叹，那种寂寥，那种肃然，那种扯不断的愁绪，那种蹒跚的行姿，远远地隐在山坡弥漫的云雾里，模糊在丛林树下的荫影中，消失在渐行渐远的山径上的情景，这是何等萧索凄楚的画面啊！再听着悲鸣的山溪声，还有鹧鸪那慢条斯理的长啼，真是雨湿思念重，风吹哀愁多啊！抬头望，祖坟累累拱起，小山似的排列在眼前，有序地显现出不容紊乱的格局，以最直观、最规律、最生动、最严肃的方式向你展现代代相传的家族基因谱系，它就这样如逶迤着的山脉，高耸在眼前，成为一个家族愈来愈高的心灵刻度和精神标识。于是，我们每逢清明这一天必定要压纸的压纸，插柳的插柳，栽花的栽花，祭祀的祭祀，还得在雨中用伞罩着燃上几堆纸钱，忙乎过一阵之后，再磕头跪拜，行礼如仪，然后远眺香烟袅袅飘散到未知的地方，这时你会不由自主地涌起一阵生命的感动，生发出一种使命感，若有心思心事的人按捺不住，也会向先人故亲哽哽咽咽地絮叨上一阵儿，这是最走心、最富有情感的阴阳对话，通过只言片语，和旧日子、旧生活、旧事情依偎在一起，虽阴阳相隔，亦如日常一样贴切，说悲痛也悲痛，说温馨也温馨，但暮然间泪水盈眶，满脸已是水瀑了。南太行山里沿袭久远的习俗认为，在这个世界消亡的物质，会出现在另一个未知的世界中。根据这个简单的逻辑，人们便认为通过焚烧纸钱物的方式，这些冥品会转渡在另一世界变为实物使用，所以，为使先人好过一些，人们历来都格外重视以此为媒寄托哀思。我也未能免俗，如此这般那般之后，按照乡俗又燃响几串小鞭，才跋涉过泥泞走到山道上，此刻人已是雨流面，泥沾腿，有点狼狈的样子了。这时我伸开双臂接了几点雨珠于掌心，方知那沁沁凉凉的感觉，分量是那样的沉重！果真如古人所言，清明的意象是细雨纷纷，即使年年满路是花，行人也是要岁岁断魂的！

　　清明雨后，万物如濯，一切皆是清新剔亮的。也真是怪呀，这春雨后的花儿为什么都是这么细碎的黄呢？

南太行山上的迎春、连翘、蒲公英和油菜花漫山遍野地闪亮，黄灿灿地开放，宛若刚刚祭祀过的插满坟头上的黄花，突然间跑满了山野和大地，到处铺陈着人们绵绵无期的思念。如果说雨润万物，承载着大自然万物生长的重任，那么细细绵绵的清明雨则是维系中华几千年文明的传统触点，它让我们追忆先祖先贤，内心纤尘不染，永远传递着家族古老的血脉，瓜瓞绵绵，枝叶硕茂，不绝如斯；又可怀念先人曾经逝去的美好和辉煌，滋润内心，点燃心灯，永远温暖着未来！

啊，清明的雨，雨的清明，明年的这个时节，还会这么雨意纷纷吗？

2017.4.4

千瀑沟之春

千瀑沟在太行山里，因瀑布多而名之。春到千瀑沟，万物复苏，春意盎然。绵长幽深的峡谷两侧高耸如削，溪声似乐，花草葱茏，宛如一幅巨大的山水画。

春天里的千瀑沟，明媚的阳光洒在每一块崖上，每一个树梢上，每一片草尖旁，暖暖的阳光，像风在慢慢流动，给人异样的感觉。满沟开满各种各样的花，尤以黄色为盛，像是在这弯弯曲曲的山沟两侧倾泼了染料，随意蔓延，浓得让人感觉有点奢侈和铺张。山鸟在山上树上跳跃着，不停炫耀着自己的羽毛，唱着欢快的歌声。野兔不时出没在你的眼前和身后，用前爪洗自己的脸庞，那狡黠的样子，让人顿生欣喜之情。满沟散漫的溪水，在春雨的鼓动下，心情有点激动，流速明显加快，像只多情而不知疲惫的小鹿，在深沟里窜来跑去，满山都回荡着滔滔的流水声。

最令人惊奇的是老侯家的那群羊，在春暖草绿的引逗下，随头羊上山后便不再回那幽暗寒凉的圈棚了，如云一般的羊群在山上飘来飘去，晚了就宿在山崖的凹处，那里有山泉，也有牧羊人备下的草料，当晨曦抹亮群山，它们就会迎着朝阳，披着朝霞，精神饱满地开始一天的奔波生活。听老侯讲，山上大野兽少，羊群很安全，就连母羊生产也是在山上，不用人去照看，羊的数量一次与一次不一样，几个月下来清点都不知道增加了多少只。听了老侯介绍羊群的生活，我竟有点羡慕起来，它们悠然自在，无挂无碍，饥了啃草，渴了喝水，困了就睡，既没有牧羊人的吆喝，也无人为的驱赶，像一朵闲云，真正享受大自然带来的无穷乐趣。我想它们才是千瀑沟最有画感、最有诗意的美丽风景，恰如它们的生活，展示了春天的最佳境界！

千瀑沟的春天，山高林秀，草青花美，将这寂寞的山沟装扮得淳朴又妖娆，那些写生的男女，也像花朵一样，在你不经意的地方开花，成为这里最美风景的一部分。我在弥漫着花香的夜晚，坐在山屋的窗前，听山民睡前哼唱的那些舒缓情绪、稀释烦愁的悠长哀怨的山曲，如果再伴有一场春雨的美妙声音，就会感觉到发自上苍的天籁之音，猛烈地撞击你的心房，与天然静柔的环境形成强烈的反差，把宁静的山村之夜，用点点滴滴的不眠打发。

春花六妖

迎 春

最先得到春消息的迎春,悄悄地把花开得细细碎碎,缀满那些干枯的枝头,像是太阳散落下来光影,迸放出点点滴滴的灿烂……

初春的风还有点寒,但雨却在缠绵,斜雨疏挂,像蜘蛛的网,开始透亮起来。春雨后,迎春花拉上连翘、蒲公英欢快地疯跑,到处奔走相告着春的消息,可不小心撞翻了上天的染料瓶,结果满山遍野顿时都被漂染起来,灿亮得无语言说。

迎春花,匆匆抹出春天大地上的最初那缕金黄,然后才漫不经心地徜徉,又恣情恣意地泛滥,款款夭夭地走向了红楼……

白玉兰

还是昨夜碎梦里的那场雪事吗？一树一树正繁花恣肆，枝枝桠桠都簇满了洁白，白玉如云缀满了树冠，虽兀自惊艳，但朵朵盈润饱满，尽现如雪如絮的胜景。

雨中，风里，霓裳片片，坠落起来如纷扬的雪花，一片一片又一片，铺成美丽的图案，像是特意用手艺刺绣出来的工艺品，那份圣洁和孤傲，那种静气和雍然，不着一丝烟尘气，即使开在寻常巷陌，也是亭亭玉立，不群不怨、不骄不躁，这素白优雅，这清露芳尘，这柔美如佳人的形象会是谁呢？

杏 花

今年的春天，杏花变得矜持多了，把一冬的心思凝结在枝头，都快沉思成雕像了，可就是不开花。

但杏花一旦绽放，便是那样热烈奔放，它浓墨重彩的开场，总是把荒寂山野的色彩开始推向越来越泛滥的境地，那抹粉红的鲜艳，撩拨起桃花、梨花的春思，于是田野里酝酿着一场不可遏止的潮流，把色光色调色韵张扬得无可奈何......

大地万紫千红的时候，如雪的心思可是杏花的云中锦书？在一片姹紫嫣红的深处，它却洁白成瓣瓣轻羽，杏雨是诗，只是不知谁能解得其中语？

油菜花

清明时节,家乡的山野就被油菜花渲染成片片金黄,贫瘠的土地开始繁闹起来,顿时满山尽披黄金甲。

春蜂春蝶翩飞着,撩起油菜花嫩黄的梦,春潮已经激荡,蜂蝶忘情地在花丛中热恋,田野里到处弥漫着靡靡之音,牟珠河的鲫鱼也洄游产卵,蝌蚪成了春天的标点。

游子们带着乡愁归来,催绽满山遍野的油菜花,这花与风雅无关,却与记忆相染,大地上隐约而现的几通墓牌,正对着无边无际的油菜花,这时传来几串清脆的爆竹声……

桃 花

从欲谢未谢、如雪一般的杏花背后,你轻轻地走来,携着一缕又一缕的和风,走向春的深处,在山沟、岭坡、岸边、村头……与杏花比赛似的,以更加艳丽的姿色,屹立在春的前沿,形成了画家描春离不开的那抹色彩。

或许与杏花重叠着,那种意象让你觉得凡是自己生长的地方,都是绝佳的境地。于是,开始曼妙地绽放开来,有那么一点小羞涩,躲在春风和春色之间悄然地微笑,看上去一点也不含蓄,尽善尽美地张扬,若霞若电地闪耀,向前向后,向左向右,毫不掩饰地漫展着那份娇艳,从此,春的热闹便淹没在色彩之中,鸟儿也成群地追逐着太阳在飞,把桃花衔给那一抹寂寞的晚霞……

桃花影响了大地的朴素,却以生命的名义凸现了自己的本真,我如何说服这抹绚丽融入春的宁静呢?也许那繁华就是春的意境。

蒲公英

　　说着说着，春天就来了。山雾弥漫，我们在茫然中寻找，寻找那细细碎碎的印象。眼睛眯成细细缝儿，才看见那小小的黄花。去年陈旧下来的种子，像风中飘忽着的乱发，于是纤微的黄花遍布了山野，当视力聚焦于令人心跳的一朵小花时，整个山坡便被特写下来，于是我跌倒在那片亭亭而开的黄花中。

　　惊蛰过后是春分，春分过后遍是花。在大地和时间的夹缝里，我居然也听懂了那些小黄花的语言，当春雨过后，那些细碎的小黄花热热闹闹地簇拥在一起，把苍苍莽莽的大地，都画成了稚朴可爱的儿童画，这时春燕啾啾来问："花都开成这样了，蒲公英哪里去了？"

　　春风频吹，杨柳青青，再待些时日，蒲公英就要携带那些传说和春天的消息漫天地飞了。

315

静聆，花开的声音

又到了"树头万朵齐吞火，残雪烧红半个天"的时节。太行山每年的这个季节，万草滋养，百花萌蕾，紧接着便是漫山遍野的花儿，把寂寞一冬的太行山，装扮成了绿茵红芳之地，桃红李白粉红灿黄，花开得繁盛而鲜艳，山山岭岭都缤纷着没完没了的太行花事。

太行山上的花儿次第绽放，从小寒到立夏之间，各花有各花的花候，每候有每候的花信，一花有一花的花音，在每个花候里总有当值的主打山花开放，从凌寒的梅花到夏初的槐花，几番花信风不断，一山春色景不同，你方谢罢我登场，此花落了彼花扬，连绵成景，无始无终，连一向冷峻的山岩，被淹在这色彩浓郁的花海里，也有点把持不住了。花儿绽放在风里，在雨里，在露里，在树下，在晨曦，在黄昏，渐渐地，缓缓地，一瓣一瓣地，从萌蕾到含苞到怒放，像新生婴儿的啼哭，花开的声音在天地间流行，蓬勃的力量催绽了生命的绚丽，尽管那声音纤毫些细，微不足闻，但奔波忙碌的蜂蝶，每年还是要沉湎其中，醉上一春的。我想问问飞来飞去的蜂蝶，花音美若何？是甜蜜是艳丽是诗画是音乐，还是美酒呢？

太行山的春天是花的世界，花小如微粒，花大像盆碗，美似夜星闪亮，灿若锦绣华美，漫山花海，若云若霞；百花妙音，似仙似禅；静聆赏听，如痴如醉。山是亿年的长，树是千年的古，花是百里的香，置身其中，四周白云翻滚，处处响瀑成歌，赏娇艳花色，思自然奇幻，想滚滚红尘，叹白驹匆匆，一切是那么华丽，那么静美，那么诗意。就是这朵朵花，在枯寂无聊的枝头，把酝酿一年的情思全部绽放出来，恣意渲染，随意吐色，着意漫延，如诗如歌如虹如电，那份美意毫不掩饰，说是张扬也不为过啊！然而花儿表达情感的喜悦，却是那样的细微而渺茫，似有似无，时断时续，若行若止，亦真亦幻，以至于千百年来很少有人知晓与辨听得到。其实，每朵花一年只有一次，一次只有几天，甚至短至一瞬，且那缕短暂的鲜艳，并不是都有美好的结果，然而，它们的灿烂却快乐了太行的春天。所以，不要错过那一朵花，那一树花，那一坡花，那一季花，不然你会失落一年的。人生有多少等待与错失，然而满世界的花儿却没有一朵是开错的，它们总是在最适宜的季节，在最适宜的地方，在最适宜的时辰，开出最适宜的花儿，或白或红，或淡或浓，或疏或密，一切竟是这般的自然天工，神奇和完美，它们虽然总是华美艳丽登场，也会悄然凋零而去，稍不留神大自然就会把你的悔意与叹惜变成满天纷飞的枯瓣与潜入泥土的花红！

　　所以，每一次走进太行，每一次走进春天，每一次走进繁花似锦的景色，我都要静静聆听花开时的天籁之音。除了感叹与赞美之外，我也会陶醉在那份惊喜与美妙之中，惊讶大自然给予我的一次又一次的洗礼与奇遇，珍藏起那慰藉我荒凉心灵的绵长记忆……

等闲识春

今年等春的心情格外地铺张，几乎可以完整地动用整日整月，也可以根据心情零碎成分分秒秒。立春过后好多天，春的大幕才拉开，故今年的春天来得分外早，怪不得今年的春节"阳和起蛰，品物皆春"，明显地感受到白昼长，太阳暖。但春节期间零星几点飞雪，也成"白雪却嫌春色晚，故穿庭树作飞花"了。

春节后，一位剧作家朋友发来一条一本正经的短信说，今年气候立冷立热，冬夏已约好，把春秋甩在一边，不需要任何过渡了。果然春节之后，气温很快回升，稍不留神，温润温情温暖已弥漫于天地之间。春风像位热情奔放的女神，把沉睡的山山水水、草草木木一一吻醒，高山融冰，小河奔流，草木吐绿，万物复苏，大地一片生机。窗外的柳绿轻扬，小草萌绿，几株桃杏的枝头已在跃跃欲动。只是那片枫树林依然沉静，它们总是厚积薄发，轻徜春天，因为秋天才是它们张扬的时光，所以春风里便成一副无所事事的样子，不激昂，也不怠慢；不恣意，也不缱绻；认同宿命，认同时节，认同角色，也认同风雨。各种植物在春天里，角色分明，该萌芽的萌芽，该开花的开花，该沉默的沉默，该喧闹的喧闹，各尽自己的本分，各怀自己的春情，自然而然地适应着季节的变化，显现出各自分明的形象来，那些鲜明的差别，尽是在悄无声息中形成的，不知不觉毫无界限地变幻着，随着时间的流逝，风雨的滋润，气候的影响，鲜妍与萧索都是一个潜移默化的过程。窗外草坪里的几株杏树，我每天都在重复着对它们的关注，凝视着它们生长的每一个细节，刻意记取着它们的每一处纤微变化，它们的皮肤如何从黝黑渐渐变得清亮起来，生命的活力怎样从根部涌动到枝头，眼前的熟知是种亲情的关照，一切的陪伴成了一种必然的欣喜。如此一个月后，就在春天里，就在前些日子，我突然看见枝头萌出的几朵蓓蕾，就像佳人回眸时那浅浅美美的微笑，心里甜蜜得像深醉了的人，痴痴地望着花蕾傻笑了半天。灿烂之中，忽然间又觉得有点悲情，花虽萌蕾，却未盛开，即使繁花似锦，可花开花落也不过是几天的事情，我也许会长久地住在这里，但窗外的花总会在我的一个不经意间，随风飘去，落红成泥，于是又生出许许多多的心心念念来。就因为这样，我连窗也不舍得关了，夜空的月色带着清凉和花香，把我小小的窄书隅淹得溢溢漾漾……

　　春天是怎样的一个季节？有人，在花丛里邂逅；有人，在春风里得意；有人，在细雨里沉思；有人，在风景里疗伤；有人，在追逐里流浪……一切皆是诗意与曼妙，春天，总有一种浪漫在等你。我所说的不仅是几株杏花桃花在开，在洒满春光的小区，春意盎然的深巷，小草染绿的角隅，柳丝拂面的树下，溪流欢唱的岸边，街头飘然的长发春裙，堤上草地的欢声笑语……都会让你邂逅感念一生的浪漫与缱绻，惊鸿一瞥间，蓦然心动，却不去拥有，只在内心永留那一丝感动和美妙。是啊，我们或独走浥河之畔，或漫步田间阡陌，或跻身闹市街头，或埋头夜灯之下,如果能够在春天里为一个人,为一件事,为一片云,为一缕风,为一株草,为一朵花,在刹那间感动，感动得泪流满面，一塌糊涂，然后又刻骨铭心地去留恋去怀想，这便真是春天的惊艳了！

惊蛰过后几天了，"春雷响，万物长"，蛰居的小虫都开始出动了，我也该把伤痛扔在一边，出去与春天互动互动了。久违的阳光，在建筑物间弥漫着绚丽的暖晕，使一切都有了灿烂光亮的轮廓，空气中到处充斥着春天的气息，花影鸟语草香直往眼睛和鼻子里生挤；我是无法拒绝春的多情的，虽然，天还有些乍暖还寒，但散散淡淡的春阳，倒是正适合我。白昼越来越长，绿意越来越浓。水虽无弦，日夜淙淙唱着欢歌；花亦不语，开始在枝头酝酿着花事；燕未曾邀，在柳丝绿绦间往来穿梭，呢喃春天的故事；彩未着染，迎春花已经露出一簇簇鹅黄色的小花，"嫩于金色软于丝"，十分耀眼与醒目！我到处走着看着嗅着，着力搜寻着春的一切景象，搜寻着春的蛰伏与待放，灿烂与明朗。此时，风是最流行的，我想能做一做风便是最好的，可以伴春左右，随春旅行，春到哪里我到哪里，与春携手步韵，同歌同行，这份情意，已然是最美的诗章了。

今天气温骤降，春一下变脸了，街上刚刚缤纷起来的色彩，重又回归冬的凝重了。我拾起地上几粒花蕾，鲜鲜嫩嫩还未及绽放呢，就被劲摧的风吹落了，我小心地舒展它，把它夹在心爱的书页间，收藏起这些报春花朵的倩影，让它们与书中那些美妙的诗行悄然相融，再去翻读时，必然斑驳成必不可少的精美绝句了。这样一些惜春的心思，只有在新春伊始才会有，既是一种自然的心性，更是一种羞于启齿的心迹。即使自己的爱美之心沉沦和颓废，每年的春天都会重新唤醒连绵在内心深处的渴望，让花花草草拔节的律动和绽放的旋律，把胸怀敞开，让灿烂入目，绚丽在心，使香气禀赋，香息入髓！

蒙蒙的细雨，夹杂着些许小雪花。春光依然，尽泻在花蕊和草尖之上，像露珠一样滚来滚去。莞尔春雪，并非春天着意虚构的故事和情节，杏花开了，桃花红了，有雪才显得妩媚与妖娆。今年我等春的心情，比日月还要漫长，经过了寒冰寒风，见证了春风春雪，正在期待着春花春景。每年的这个季节，这个花期，在这最柔软的时光里，我只要与春相见，哪怕是怦然心动的瞬间，一场萍水相逢的邂逅，都会成为自己奇幻迷离、美妙奢华、意犹未尽的艳遇。此刻，沉浸在激动中的我，要为这浪漫的春天写首诗，正在酝酿呢，笔尖刺破了我的手指，这竟然让我惊喜起来，谁知这不经意的一刺，竟然刺出了春天的色彩。远处娇羞的桃花开了，红得夭夭！

咏春三篇

踏　青

花开了，柳绿了，小燕子回来了，风吹花瓣满地跑。
听人说起这景色，教我如何能安坐？

约好同伴，走向田野，把春光尽揽入怀，虽然春风
频频掀衣裳，我也不怯把歌唱。

把古典放下，把现代放下，把功名利禄放下，把世
事纷扰放下，放下才能欣赏春天，春天能让你把一切放下。

携手去游，在一片油菜花里的羊群旁，在一排延伸
的柳行间，在桃园里，在田野边，在小河畔，在古台前，
听心灵的歌声，嗅春天的香讯。

你唱了一路的歌，把花儿都唱艳了，那么美艳的春色，

让我蓦然回首，忽生愁怨，如何留住春天？如何留住春天的花儿？

紫 薇

微风的天气，开满紫薇的苑区，花瓣如雪纷纷落地，好一派春的景致！苑外紫薇大道，满道尽是紫薇花苞，花上有蜂蝶絮叨：风骚风骚，哪抵我们夭夭？菜农担菜上了桥，嫩绿鲜活的菜伴着民谣飘，蜂蝶从紫薇花上，纷飞菜篮落脚，菜农阵阵窃笑，原来篮里尽是菜花闪耀！

紫薇花落了，艳丽的花瓣，随风去飘，如云如霞，如梦如幻，把一春的梦幕谢下，把期待的种子放飞，飞到祖国各地，飞到天上去，可是那群亮晶晶的星星？

明春的紫薇还会这般美妙，还会这么窈窕吗？

洹 河

几节历史，几段传奇，一条古河，几缕春风，几声燕呢。在远逝的古老码头，甲骨铺砌的河堤，长着文字的废墟，那偏静的自然角落里，一条古河流淌了几千年，淙淙的湍流像吟诵的古诗，韵律谐和，情真意切。

这难道就是烟水苍茫，斑驳沧桑的古洹河？那像汗青一样的水，长长的柔柔的弯弯的，向东流去，流过小南海原始人群落，流过三千年繁华之后的殷墟，流过魏晋士人啸傲的不羁，流过厚厚的土壤、高高的树行和低低的农房，然后流到芬芳夹岸、落英缤纷的桃花和逶迤而去的飘逸柳阵旁，一朵桃花，艳了整条河流，一缕绿柳，柔了满河情愁，邀春风同饮，醉进洹河这无边的风景。

　　一个人，正好赏景，像春燕不停地在河畔剪春。读书，作诗，绘画，吟诵，在洹河岸边，图卷如浪花；听着涛声闭目养神，静静聆听，满耳是欢快的歌声，一直到很久很远，不知是新近流传的歌谣，还是重弹起的老调……

曰 静

这是又一年的春节，还是那般不疾不缓，不约而至。今年的春节，家乡没有雪，大年是在阳光里灿灿烂烂走来的。从午后到夜晚，到处都是鞭炮声，先是此响彼息，渐渐地才浓了起来，最后竟像一场持久不息的激烈战斗，炮声如雨，密集得透不过气来。夜深人静，我想起《安阳日报》副刊部主任王若虹先生节前所嘱，约写一篇"新春第一字"的文章。新年的钟声响了，我首先想到了"静"。尽管楼外爆竹齐鸣，烟火璀璨，但此刻我满脑子想的就是这个"静"字了。

新春曰静，其含义有三：一是闲月有闲情，意静；二是读书犹在野，神静；三是浪涌竟波平，心静。今年除夕之夜，我特意燃着一根古烛，粘在古旧的案桌上，把烛捻挑得老亮，把自己罩在烛光里，还在烤火炉上用一把陈壶煮着老茶，用的是深山里的山泉水，要的是那份水甜茶香。院门上挂着的灯笼在放着红光，被山风轻柔地刮来刮去，灯光也轻柔如烟了。我因骨伤在身，要靠侄儿的搀扶，才能倚在阳台的栏杆上，放眼山上的皑皑积雪，在熠熠地闪光；山梅在开，亦黄亦白亦红，山乡的一切风月风情都绽放在春之头。我在这个偌大的院子里闲思，夜深了，心静了，仿佛听见了自己的声音，心灵烛照，浑身剔透，万物亦自然得映了。一个人的风景不只是孤独，还有无法言说的空谷传声般的幽静，但心情却是安逸又别致，寂寞而静谧。这时天上飘忽着几粒小雪花，似有似无，落到脸上便不见了，但在灯光下又翩飞如蝶，十分地诗意和妙趣。此景此情让我想起白居易的那句小诗来："晚来天欲雪，能饮一杯无？"在鞭炮闹过的间隙，院里响着的是甜睡者的阵阵鼾声，我想要是此刻与好友邀月小酌，该是怎样的一种情调与风雅啊！其实我也知道静极了的一切，便就是空了。佛门言定，道门言静，最终空也定也，都是要归结于静的。佛家的见性忘情，儒家的独善其身，道家的解纷和光，都是境中之静，没有静，那一切的一切才是空呢！

　　静是一种高境界。能静会静，是知识和智慧高度集中在一起的一种涵养。在静里，才能享受美，悟着道，体验到快乐。像蒲公英的种子，纷飞不止，永无未来，只有静止在某一个地方，它才能吸收大地的能量，才能生长开花结籽；火山只有安静下来，才能变成多样生物的栖息地，才能变成美丽的风景；激流只有静下来，才能形成静籁美妙的湖泊，才能有万千美丽的帆影。不止于一处，就不能接受这一切。我现在已到了不需要取悦别人，也不需要别人取悦自己就能生活下去的年纪，无需看别人的眼色行事，不会为干正确的事情而踌躇再三，不用为一句批评去闪烁其词，环顾左右了。静已经成为生活的常态，我已能做到闭门即深山，读书皆净土的境界了。真的，是也非也，名也利也，恩也怨也，毁也誉也，皆成过眼云烟，持不将不迎、不卑不亢之态，应而不藏，我心静已久矣。我只想凭良心、靠信念、用行动，踏踏实实、认认真真地干点事，不逐潮流，不去奢求，不受诱惑，不被打垮，不慢待别人，也不忽视自己，只收获属于自己的那份快乐！

春天来了，山会青，水会绿，花会开，丝柳如烟，绿苔陌上，燕栖屋堂，桃艳枝头，但我不会像春那样闹腾，因为我没有春的资本，春张扬一季，缤纷炫耀，下年还会重来，或许还会更加鲜艳。常言道，花有重开日，人无再少年。人生短瞬，不觉青春易逝，其实红颜已老，只想爱自己想爱的人，做自己想做的事，写自己畅意的文。如果再保持不住一颗静心，那一切就会凌乱的，即使人至迟暮也会惊涛骇浪，难得安生。人生的脚步常常走得太匆忙，学会静吧，停下来笑看云，坐赏花，那样才能在尽欢得意之时不会目眩头晕，曲终人散之时不会落落寡欢，才能不为名利耿耿于怀，不为谗言非议百口莫辩，不会为算计别人寝食不安，不因缺少掌声鲜花寂寞难当，才会静静地涵养自己疲惫的心灵，安逸地过着自己想过的日子，从容地步履自己惬意的人生，真正做到夜静人寂，数星赏月看天，乐听夜鸟频啼；心闲神怡，看云卷云舒，顿觉眼界尽空。我有自己的生活信念，那就是不能让人生输给了心情。因为只有控制好它，你才能静静地干自己的事业，过自己的生活，心若不动，狂风奈何？自己不伤，岁月也就无恙了。

动心不如静心。但静并不是要人无所作为，而是倡导人们凡事要有计划，要符合实际，摒弃不必要的妄想、企图与苛求，减少不必要的应酬、钻营与奔波，生活要重品位，交往要讲原则，工作要有责任。其实，生活要五味杂陈才好，要有一点执着、一点散淡、一点希望、一点无奈，但要是少了一点闲闲静静，生活的韵味就会寡淡乏趣，怎么也不会绵长起来。

家乡的黄昏，一切都是如诗如画。我回到屋里，枕边有侄儿放的一本旧书，没有了封面，破如花卷，翻开一看是本《道德经》，中有一句曰"归根曰静，静曰复命"，正与我此刻的心情契合，心便被温暖起来了。

知味新年

雾霾过后，天晴如洗，阳光洒得哪里都是，恰似我那刚刚走过的年华。我走到书桌前，把最后一页日历撕去，心里有莫名惆怅在忧郁，我惊叹元旦来得这么迅疾，来不及回味一年的喜悦、痛苦、拼搏、收获……就被那薄薄微微的一张小纸给掩去了，十二个月、五十二个星期、三百六十五个日子的光辉和繁华被埋进岁月的尘土里。然而四季变化，昼夜更替，依然岁序静好，古道惯常，看不出一点变化的痕迹，寒尽不知年，就这样把人又带入光阴那无限的循环中。

此刻心情，正如这岁月的模样，寒寒冷冷、雾雾蒙蒙。一个人独坐灯下，不读不写不看，微闭双眼，让思维舒展起来，慢慢地扯出堆积在一起的记忆，纵横成格，恍惚也是图景了。人知天命，才知道在这个世上我最适合做的就是一个标点符号，唯有生活在文字的夹缝里才觉得舒适和惬意。当岁月在身边掠过，标点依然是标点，但阅读的文字、心情和领悟已发生了变化，虽然浑然不觉，但我已非从前热衷热闹的我了，从此落落寡欢，十分地孤独与寂寞。因为要寻找，我已顾不得欣赏自己留下的脚印。日子像飞驰的列车，把未及整理和回味的一切都要带去，岁月阻挡不了日子，日子也阻挡不了自己的心思，心思只能溶进时光的背影里。我所有的散文和诗歌，只不过是匆匆前行中由热到凉的泪滴。人到中年，才想起努力，应该心智高度成熟的季节，我依然懵懂青涩，所以过去一年的创作，我才又回到人生的原点，走进大山深处，找创作的源泉。那些如影随形的文化积淀总让我有俯拾即是的收获，于是便有了那本小书《太行风土小记》的诞生。

辞旧时辰，我心沉重。每年我总要在这个日子的黄昏，泡上一杯茶，坐在阳台上，慢慢地消磨时光，来一次静然无声的迷失，因为温润清澈的茶水里有深沉的世味。我爱绿茶，不只欣赏茶在水里婀娜的身姿、青绿的春色，更醉那淡雅的醇香。品着茶的气韵，什么风也雨也、是也非也、成也败也，全随这茶水润入我的五脏六腑，滋养着我的生命，一切皆是闲静淡远，心已柔软成天边的晚霞，风声云影成了诗情画意，高楼大树竟也美妙委婉，便觉人若坐禅悟道，一切须是静然与简约才好，这样随意又尽意，寻道便可得道了。想我这一年去杂心，寻静趣，不喜与人争长论短，而是随缘喜乐，以忙碌为生活，收获许多小得意，竟也内生小宇宙，落落而有趣了。但也多了一些执念，对花鸟草虫、风花雪月、奇石怪木平添了一份念想，对古文旧典、古玩旧物又多了几分痴心，心尽管静寂了不少，人依然活得神经叨叨！

一年好长，历经百战艰难，九曲回肠，方才洗淡铅华，添上几缕白发，两鬓微苍，在额上刻下几道深纹，然后从容老去，把三百六十五个日子里的毁誉荣辱、得失成败酿成年酒，封存于窖，来年大雪纷飞之时，邀二三旧友同饮，岁月的悠长韵味便会袅袅飘绕。我曾写过一首小诗《无人喝彩的时光》，那里面浓缩了我一年的拼搏、勤勉、困厄和无奈。一年也好短，纵有万千风光，不及回首，已成旧历残章，仔细想想也不过是匆匆简朴的模样。世间的事，多是随波，偶亦领潮，繁华只是瞬间，平淡才是长久，很多事情前世已经注定，挣扎也是无用。有些人有些事有些物有些情会是你灵魂的皈依，有的虽只是擦肩而过，但已是刻骨铭心；也有厮磨经年，竟是形同路人。新年到了，随缘尽意，过去的永远过去了，一切都已尘埃落定，岁月无心，时光知味，我只是想在城市的一角找一处溪水弯流的地方，与明月与涛声在夜静风闲时，诉说我的光阴故事，然后再开始那永不停息的行进。

岁月的馈赠，除了工作的所得之外，我亦把自己赏过的风景、发生的故事、轻吟的微喟、品过的世味抒写成了短文与诗章，既是我的情感，也是人生的轨迹。我把这些献给久未谋面的朋友，让他们聆听我的宁静、我的闲情。

前天，郑州文友高玉杰兄发来"坛边调查"的短信："假如皆是可能，新的一年的选择是什么？"唉，还会是什么，无非是远离尘嚣，回归宁静，寻一深山僻壤，携几函旧籍古典，临崖而居，面瀑而歌，与山云相偎，和明月絮语，让一切放下，使困惑顿开，绝奢华之色，存淡然之心，把自己遗忘，看别人花开，幸福地走进吹灭读书灯，一身都是月的境界，我便是成佛成仙了。其实，痴想过后还是要回到现实，我给高先生的复信是："新年新为，青云不坠，工学相长，入心入微；布衣之心，难迷宦程，不慕虚华，勤耕广种；不舍细流，点滴使功，偶事诗文，小技雕虫！"

太行年事记

　　我的家乡在太行山里，一进腊月，山里就弥漫起一股渐行渐浓的年味，这时候家里家外的一切活动，都围着一个"年"字去忙活。山里的年味总是要早于城里，从冬至算起，祭灶、祀神、洒扫庭院、制作腊品、备存祭品、置办年货等等，那浓郁的年味总是最先飘荡在那些庄户人家的柴扉石院里，使家乡的腊月别有一番风情和韵味。

　　山里人家的年货里，最充足的要数豆腐。山里小地多，种大庄稼嫌小，秋禾里多是大豆。因为原料充足，腊月二十三祭灶一过，家家户户忙的都是磨豆腐。全村只有一个豆腐坊，第一件事就把豆腐坊靠好，再把精拣的大豆泡上，趁人家一个晚上的工作间隙，一家大小齐上阵，有的不停地往磨眼添着大豆，有的轮流拐着小磨不停地转圈，忙乱而有趣。豆腐坊里没有电灯，挂盏灯苗忽大忽小的电石灯，成夜刺啦刺啦乱响。为了破除寂寞，大人不知疲倦地讲先祖的事迹、亲友的传闻、自己的经历、未来的希望，然后你一言我一语地插话和评论，气氛温馨。这时我多是蹲在一边，双手不停地揉着睡意蒙眬的眼，看着那浓浓的豆糊，从两扇石磨中间溢流下来，先是像溶洞里的钟乳石，贴着磨石形成千奇百怪的形状，时间长了，流银泻玉般环绕成小小的瀑布，然后顺着磨盘上的小石嘴流进了大广盆里。这时在大人的哄嚷下我才动弹起来，帮着大人把豆糊盛进大筛箩里，看着大人们抖动着双肩，手握木柁不停地按压，让豆浆渗进大锅里，然后用柴火把锅烧沸，豆浆在锅里欢快地翻滚簇拥，很像瀑布倾泻而下溅起的浪沫，如飞雪在风中漫舞，这时飘逸的味道，表明大豆完成了羽化成蝶的蜕变。待豆浆成脑时，那神秘惊绝的一招便是点卤！点过卤的豆腐脑渐渐凝固后，就把它放在铺着纱布的 竹箅上，用尽力气挤压，然后再压上石板，石板之上再加上石块，石块之上还要让我们几个小孩儿踩上去增加压力。忙完这一切，天亮了，豆腐也做成了，当家的用刀划出一小块豆腐，往木板上一甩进行检验，成块的良，碎渣的劣。此后，才把豆腐切成大块，腌到盐水缸里储存起来，能够吃上一个月都不会变质。想吃冻豆腐，把它置之窗台；想吃乳豆腐抹点腐乳；麻婆豆腐只是炒作中丢点麻椒便成；要是让豆腐当配料，那菜品、食品样式可就多了，因此，年节饭中会吃到各种各样的豆腐菜，有的味道比肉还要鲜还要香！

山里人十分讲究备春联。因为山里人把春联称作门对儿，门对儿是年的标签，贴与不贴，贴得好坏，用纸的颜色，它会关系到一家人全年的兴衰，所以十里八乡，临近年根儿，都要副副联语，盏盏红灯，不管你走多远，不管房子住不住，都习惯年前在门上贴满春联。过去临近春节，我和大哥从腊月二十五就开始忙活与春联有关的事，在家院当中摆出那张破方桌，然后买纸、割条、撰联、贴对，还要给村里人帮忙。每年大年初一，村里人来家里拜年时，都会在我家的大门口驻足很久，指点和品赏我哥俩的创意春联，这让我父亲很是自豪！现在市场上的春联琳琅满目，又便宜得很，已没有人起雅兴再做这等苦差事了。只是市场上的春联千篇一律，缺少寓意和个性。时代在变，很多趣味很浓的年俗，有的已潜入历史的深处，变成一种乡愁的记忆了。而父亲和大哥都已去世多年，每年此时，我都会有一种怆然伴随着追思。

　　故乡童谣曰："三十，蜕皮。"不仅大人小孩在除夕这一天要换新衣服，而且在年三十午饭后，还要去上坟，在坟头上压许许多多的用棉纸剪成的小衣服，意即让逝去的先人也换新衣服过年，祭拜结束后还要把他们都请回家来一起过大年。此后每天的每顿饭都要把第一碗敬在祖宗的牌位前，还要甩臂捋袖地磕个头。春节期间，向祖宗敬香磕头的次数，要远比敬神佛的多。去坟上请祖，到家安祖，亲友敬祖，一次次一遍遍地燃香跪拜，把祖宗磕成了愈来愈远愈来愈高的山峰，把自己也跪成了山下一棵永远长不大的小草。就这样直到正月初五的午后，再由家里的女人们举行仪式，把请回来的列祖列宗再"送"走。我记得小时候去敬祖宗饭时，大娘老远就朝我喊："搁会儿就行了，老祖宗是闻味的，他们回来过年就是认认你们这些后承们。"听了大娘的吩咐,我心里惴惴的,回返时端着碗边走边回头,看身后是否有祖宗在尾随。后来我也进入青春的反叛期,意识到从神灵到先祖都是一种虚无,认为长辈们所做的这一些都是迷信和愚昧。走出山村这么多年,我常常回味起少时那些有趣的东西,一下子明白了,至今仍撼我心魄的,正是自己过去背叛过的那些旧事,即使今天看来还有点愚昧的那些仪式,也早已融进我的灵魂里。古训有"要想富,敬祖墓",这几年敬祖的风气似乎比前几年更浓了,一些做派也近乎奢侈,只是那种仪式不再像前几年那么讲究,膜拜也不再那么虔诚与认真了。

我的家乡最为壮观的年事活动要数拜年了。农历大年初一,天近五更,在此起彼伏、声声不断的鞭炮声中,全村人都要倾家出动,老的小的,男的女的,按照辈分和年龄的大小,自由结对,按序登门,向长者磕头拜年。这时村里拜年的人会逶迤成群,像山溪一样在村里奔流不息,大街小巷,庭院庙堂响彻一片拜年声,蔚为壮观,形成一道独特的年俗文化风景线。过去乱翻些民俗书,知晓旧时的拜年形式有"柬""签""门状""飞帖"等,对仪式、穿戴、语言、应酬、还礼等都有严格的要求,这十年来山外拜年的变化大了,从跪拜、送帖、揖礼、电话拜年,直到今天的短信拜年,几个字过去,绝无惊扰之嫌,也无缛节之礼,倒是适用得很。可我的家乡依然是传统的跪拜形式,听老人说历朝历代都没有简化过,一直延续至现在,简直成了历史上拜年礼俗的"活化石"。这也说明了传统因袭力的强大。先祖们把抽象的关于忠孝的理念具象为仪式,让你在反反复复的跪拜中,自然而然地形成忠孝、向善、感恩的传统，使这些仪式能够穿透时空，把你陶冶成优雅、知礼的人。

　　我离开家乡三十多年了，那些年事，却在我记忆深处，像收拢的长线，正一圈一圈地把我在木轮上缠得越来越紧，使我这只漂泊的风筝，回归的心思也越来越重了！

谷雨天

　　午时，天上飘来谷雨后的雪，雪很大，也很少见。本来这个时节是赏梨花的，雪却飞来凑热闹，纷纷扬扬伴着花瓣飞。雪下得久了，天上地上屋上树上都洁白一片，真难辨得清何树为雪，何树是花了。

　　这里是下石壕村，位于山西省平顺县境内的太行山巅上，入村的路称为折叠公路，层层叠叠，曲曲弯弯，村子不大，三十多户人家散布在沟沟坎坎上，因为典型的山村风貌和奇美的山乡风光，成为旅游的热点村落。听村里人说，近年来此拍电视、搞摄影、写诗画画的人很多，这我相信，要不这个僻壤山村怎会有旅游指示牌呢？前两年，个别领导嫌村名土影响旅游，把这个岳姓村落改名为岳家寨，谁知那有婉约味道的下石壕村，竟被豪气冲天的岳家寨取代，未免让喜爱唐诗的人少了几许想象。

春天的雪，大都喜欢在山巅集聚。初降时雪粒如豆，落到地上弹得老高，响声清脆，音如裂帛，雾气也伴雪而来，弥弥漫漫，闲适恬淡。这时，村里村外的杏花谢了，桃花落了，黄花也败了，但梨花如簇，白得耀眼，开得哪里都是，整个村庄都被淹在梨花之中。朝方兄来过多次，在村头老张家约好午饭，我们就在村里闲逛起来。春雪把村染亮，薄薄的白雪和浓浓的梨花一起把村子装扮成童话世界。田里一村民在焚烧枯枝败叶，说是为了肥田，浓烟在雪雾里横冲过去，一会儿就与雪与雾与山色融为一体了，雪花在火上转眼变为缕缕清雾而去。我第一次听到如此肥田之法，岂亦是古老的习俗乎？山里的梯田在雪里的轮廓更加清晰，石垒的田岸像弯曲的画线愈发鲜明地呈现出来，让这古老的山村有了线条之美。

雪越下越大，越下越柔，如梨花一样绽放飞扬起来，我和扶生弟，随着朝方兄沿着村里的石径小路旋上盘下，追着雪花满村跑。建在崖边和山上的房子，石墙石顶石梁石柱像古堡一样，险要而古朴，全用石头造就的房屋前檐墙上，镂刻着精美的图案，有的已风蚀得辨不甚清，这些石屋历经几代已不可考了。一名村妇引我们去赏一张古桌，桌上青菜乱物杂陈，但木雕图案却清晰秀美，她也说不清古物从何代传来，但知道是件宝贝，内蒙古的一名商人多次要买这个古桌，她说兴瞧不兴买，硬是留存下来，说要传给迁徙到长治市的儿子，但她心里也没底，不知此物能否永远留在岳家手里。

下石壕村有众多的风景，我们循着村里制作的指示路线图，看了石板浴、观景台、古石阶、老屋子，在幽深弯曲的小巷深处，有一棵耸立云霄、干粗冠大、几人无法合抱的椰榆树，旁有说明，树龄在千年之上，在几次艰难关头，它用枝叶搭救过全村人的性命，因此村里历代都奉之为神。树身灰染红黄，色泽古朴，树皮可治病，满树遍布大小不等的凹痕，不知是自然脱落，还是人为索取所致。树上系了很多红布条，树下有一个小石庙，貌已斑驳，十分古老。就在这棵树下，有两间小石屋，门前挂着牌子，上书"八路军藏金银处"，在对面石屋的门内，一位老人端着碗边吃边给我解释："那些年打日本兵的时候，这屋里有两个穿长袍马褂的先生，藏着咱八路做炮造枪和日常开销的金银，在这里一住就是四五年，日本兵跑了，两位先生才下了山。"我虽无从考证其真伪，但属于太行山抗日根据地范围的下石壕村，民风淳朴，此言定是不虚。

雪正起劲地下着，雾也不时从山崖深处涌来，让我奇怪的是顺着村道攀上跃下，有时竟然可以毫不费劲地行走在屋顶上，还能轻轻地从这个屋顶步到另一个屋顶，如履平地，很多的桃树、杏树、山楂树和梨树等都斜倚过屋顶，巧妙地构成天然的花景。朝方兄和扶生弟一次又一次惊呼着寻着了雪里怒放的桃花，拿起相机一个劲地拍照，在这山村里，在这春雪里，在这缀满鲜花的山上，我很想静静享受这天赐的静谧和孤独，于是撑着朝方兄为摄影配色的红伞，在山乡浓郁的旧石屋间，在弯弯曲曲的石板巷里，在古老的磨坊旁，独自穿来穿去地闲走，很想拾取些历史不慎遗存下来的痕迹，心有期待又很惬意。这时，雪落声音重了起来，伞上忽有宛如小碎炮脆响的声音连续传来,敲击着我的心弦,让我陶醉在天地浑然一体的境界里,恍若坐禅般。一个吃过午饭的村民,斜倚着门框,叼着烟卷,懒洋洋地看着我们在雪里奔跑,没有打招呼,也没有表情,像雕像一般,似乎眼前的风风雪雪花花草草,一切景色都与他无关,漠然地看着前方。山顶有个长长的亭子,四面空空,看上去像南方的廊桥,是在旅游旺季当餐厅用的,但此时临亭观景,却得了个妙处,环顾左右可观八面山色,阅春天深处雪里太行的雄浑和灿烂,让人醉意绵绵啊!

这时,村头的老张,站在高处可着嗓子喊我们吃饭,朝方兄和扶生弟过来拍拍我说:"吃饭去!"看着他们兴高采烈的样子,显然收获的春色已是瓶钵满溢了,我却像闲敲木鱼一样,虽雪花漫天纷飞,心里仍是空空如也。这让我想起在官场上备受磨难之后的苏东坡的那首诗:"花间置酒清香发,争挽长条落香雪。山城薄酒不堪饮,劝君且吸杯中月。"他把郁积的满腹金刚之怨,在雪飞花开的情景里也柔成菩萨心肠了。午饭时,我把饭碗放在院里的石桌上,让雪花落在饭菜上,连雪和赏雪的心情一同吃进去,抬头忽见墙上贴着佛家那句"色即是空,空即是色"的偈语,我空空的心灵竟然充实起来……

家乡的清晨

　　我的家乡在太行山里，名字叫东坡。它北靠小寨坡，南倚椿树岭，东临东南坡，西面沿着山口出去，是一片较大的开阔地。村庄就坐落在这个三面环山的山窝里，地势东高西低，梯田层层级级，漫坡高岗，树林遍布，是一个恬静安然的小山村。

　　这段时间，我因骨伤在疗养，人一闲了便想起家乡，所以乘此闲暇回乡小住了些日子。这是我离开家乡三十多年来停留时间最长的一次，也是最为悠闲和惬意的一段时光。在家乡，那么多的山，那么多的树，那么多的花，那么多的鸟，你用不着去寻觅，到处都是它们婆娑的身影，婉转的叫声和翩跹飞翔的娇姿。这些天来，我都是在鸟啼中入眠，在雀唱里醒来，满脑子都是缤纷的色彩和悦耳的鸟鸣。在这里疗伤特别好，白天搬把长椅在堂檐下，负暄闲读闲聊；晚上在静夜里赏繁星满天，月明皎洁，十分舒适与有趣。但最让我欣喜的还是家乡的清晨，清晨那满天的朝霞，清新的空气，弥漫的轻雾，还有那初听来有点聒噪的鸟唱。

在家乡的这几天，每天清晨我都要出去小走片刻，似乎有一种事物在吸引，瞬间成了一件非常紧迫和必要的事情。从四哥家出门是条弯弯曲曲的水渠，这是红旗渠第一干渠第二支渠的最末端。渠两岸树木众多，以杨树为最，这些杨树亭亭而立，棵棵钻天似的笔直耸向天空，十分惊奇的是树树皆有鸟巢，成为每一棵树所共有的装饰，奇趣得很，有的树上还不止一窝呢！天刚破晓，喜鹊和乌鸦都在各自的鸟巢边撩开喉咙清嗓练声，枝上枝下跃飞不止，歌唱不歇，声音虽洪亮辽远，但有点细碎。我一路慢走过去，百鸟田野争鸣，大地一片和声，我淹在了这片浓密的鸟唱之中，真是路有多长，这美妙的音乐就有多远。此刻，我感觉自己有点奢华，竟然独享这来自上苍的天籁，陶醉进大自然的音乐盛典中。

第二天，这是一个有风的清晨。我用夜里酝酿好的情思，早早地就把晨光扮亮了。我四处寻觅，看到风在树树木木间欢快地游弋，听到枝枝丫丫在风中发出与鸟伴鸣的窸窸窣窣的碎响。阳光从东山头上泻下来，村西的田野顿时明亮了起来。那青一块绿一块黄一块红一块的田野，像倒乱了的染料瓶，色彩鲜艳得无法用语言来描绘，文字也苍白得令人惋叹。我沿着阡陌小径徜徉，麦田葱茏如画，那深深浅浅的绿，让风轻轻掠过，便恍若静湖微波粼粼，漾漾溢溢，而这些细微的变化，没有丝毫的生涩与萧索，满是生机与活力。空气在阳光里透着氤氲的亮光，像片巨大的轻雾，缓缓地流动，山川遏制不住它的漫溢，一圈圈的涟漪，一缕缕的波纹，一道道的光影精巧又灵动，神秘而美妙。田野里几池小小的水面，也是那般温煦静娴，像面镜子平滑光亮，听不到一点波动的声音，但鸟雀掠水成画，却惊扰了这方宁静与闲逸。柳树开始飘绿，杨穗已经落地，小草在角角隅隅绿嘟嘟地闹起来了，只是其他树木还在沉默。家乡清晨的田野，众鸟奔跃，欢唱着追逐，不顾觅食，只想歌唱。小麻雀总是成群结队地辄起辄落，翩飞如云。喜鹊登枝，满树都是，它们从这枝缘到那枝，从这树飞到那树，呼朋唤友，比着嗓子劲歌。我立在树下用少时的小伎俩仿着鹊唱，它们听后便都停止了嘶鸣，一起朝下瞅着我，不停地把头摆来摆去，有点惊奇地看着陌生的我，临场像是惊恐模样，那么地谨慎与羞涩，先是嘈嘈切切的私语，随之与我和鸣起来，而且动静比先前更大，摆出竞技的姿态，招来更多的喜鹊加入，顿时便喧闹成戏，简直像进了劲舞热歌的厅堂。鹧鸪与喜鹊相比要沉稳得多，老学究似的拖着嗓子，慢条斯理，不慌不忙，像吟诵一般地叫着，不但节奏明显，听起来还是那样合辙押韵，而且持久不息，一点也不受周围环境的影响。还有几种叫不上名字的鸟儿，羽毛光亮华美，它们不时炫耀地张扬着双翅，把羽光绽放起来，在天空中唱着歌儿飞翔，璀璨成美丽而耀眼的花朵。

在家乡的最后一天，我起得特别早。夜雾尚未散去，晨光像牛奶漫洇，泛得天空已是柔柔白白的了。脸未及洗，我便直奔小寨坡了。我走得很慢，分分秒秒都在拾取着鸟唱与鸟影。鸟声如雨，密集得淅淅沥沥，尽管鸟叫的音色各种各样，有宽亮，有窄高，但喧闹起来也是难分伯仲，不辨彼此，就像众珠坠盘，满是清脆，十分醉人！我多想用手机捕捉几处喜鹊登枝而歌的镜头，无奈终是不能成功。山上依稀成林的小树还在，新树不多，多数还是自己熟悉的老树，仍在蹉跎着岁月，儿时在其上攀来攀去玩闹的情景犹在眼前。

从小寨坡走过去，便是井沟村。井沟是家乡的一个自然村，因井多而名。我两年的初中学习生活就在这村中央的古庙里度过。寻幽访旧心思的弥漫，使我特意走过古村古巷、古井古院，到达学校旧址时，陈迹已是了无纤痕了，现在已成一座崭新的庙宇，大门紧闭，喜鹊、麻雀、灰鸦等落满了房顶和墙头，但周围的境况依然如故，绳痕累累的古井供人凭吊；石雕、砖雕、木雕记录着失去的荣华；石房、石街、石墙也没有多大变化，只是比过去更加破落和陈旧了。我绕到校后那片核桃树林，当时浓荫密匝，阳光细碎，鸟唱虫鸣，很是吸引我们在此晨读、自习和作文。现在几棵老树犹在，比那时高大了许多，但也沧桑斑驳了许多，地面上堆满了杂草、枯枝和粪物，脏乱得不像样了。我走近时，几群正在晨光里欢唱的鸟儿訇然腾空飞去，落下些干枝残叶。我的心情此刻突然落寞了下来，心中扩散着莫名的惆怅，也微微有些哀怨了。在这个过去千口人的村庄里穿街走巷，我竟然没有碰到一个人，只是在村的边缘才见到一老一少在砌红薯苗床，但老的叫不上我的名字，少的我又叫不出他的名字。在家乡我已然是异客了，真有让人"笑问客从何处来"的尴尬。当我向他们请教鸟雀之学时，少时学校周围的上空，成群的鸟儿正在翩翩而飞，叽叽喳喳的声响很大，这些顽皮的小家伙，竟然排着某种方阵旋着圈儿萦回，或在不断变换着队形行进，形成一个很大很美的图景。这些鸟儿快活得不得了，或衔花或穿云或梳风或唱歌，可以看出它们比现在的我要快乐得多，甚至比以往任何时候感到幸福的我都幸福。这一老一少还在不停地向我讲述着这些鸟的名字和习性、传说和故事以及叫声的特点和不同。此时，我抬头望天，天上云彩几朵，在晨风里挤挤抗抗，正簇拥在我的头顶。鸟儿们在云里不停地穿梭，扯着霞光做背景，做着它们快乐的事情。

从家乡回来已有一些日子了，家乡的一切，特别是家乡清晨的霞光、云影、鸟鸣等，都在我的心灵深处镌刻得很深很深。我喜欢鸟，喜欢有鸟的城市，更喜欢有鸡有鸭有牛有羊有猫有狗还有鸟鸣的山村。这些天来，感谢家乡给予我这么多的惊喜和感动；感谢每早醒来家院周围那些树上、墙上、房上为我热情鸣唱的鸟儿，感谢它们始终让我处在诗情画意的浸染中，好似我正在经历的这些小苦痛，只是人生某个阶段的一种刻意的铺垫和安排，让我发现生于斯、长于斯的家乡的清晨，竟是这般诗意与美妙！我记得离家时四嫂告诉我，天暖了，会有更多的鸟儿飞回来，黄鹂鸟在四月，百灵鸟在五月……家乡这些知名和不知名的鸟儿，像小精灵似的，扯起我漫天相遇相知、相恋相亲的缠绵。鸟儿尚知回归，我不知何时还能在春天里静聆家乡的鸟鸣？此刻，所有的心愿只能融一朵尘梦莲心，倾醉我所有期盼，在乡愁里，婉约成一帘细细碎碎的心念……

后 记

王兴舟

　　《梦里 有几朵花儿在开》是我的第三本散文集了。

　　近几年来，我在工作之余、养病间隙，又陆陆续续写了一些文章，写得很杂，也很随意，都是些家常话、眼前事、心里思、人间情，往往信手写来，自然成文。为追求朴实和简洁，为文时少了许多的刻意和雕琢，为道日损，写作的坏习惯也改掉了不少。写散文时间长了，就喜欢胡乱地涂抹些文字，记录些事情，抒发些感情，也算是敝帚自珍，这些文字我不是拿到报刊去发表，就是将其藏之于袋。去年我病休时闲居无事，把这一堆文稿逐一整理归类，殊不胜感慨，于是摭存旧稿三四，聊以自娱，遂成卷集，题名《梦里 有几朵花儿在开》，几番校阅，总算成书了，觉得很是愉快，仿佛迎来了新的生命。在等待成书的阵痛中，回想这些文章，它们已经透视了我的思想和灵魂，对于这个世界，我已经是一个透明人了，什么毛病和弊端会了然在读者面前。但我究竟还不是一个十分开朗的人，有许多事情是不愿多说的，仔细看看或许能够看到我的初心，缓冲中有激流，但那全赖地势之利，而非我着意要去做的那番奔腾的努力！据说，当下流行大散文，那种大情调、大思辨、大格局、大震撼的文章，我是写不好，也写不来的，这也是没办法的事情。我写的都是小玩意儿，不载道，也不虚假，没趣味，但有真情，把自己的所见所闻、所抒所发真实自然地流露出来，虽不华丽，但不虚妄，让读者感受到一个"真"字，也不会有太大的失望，不过要略微浪费一些时间了。不只是为文，在工作和为人上，我也不想说那些言不由衷的话，总是努力地说实话，也许还会沉默不语。不过因为写文章会有想象的成分在，文中也有与现实不相符的地方，但那都不是有意地去掩饰和夸张，书里自有我的真情在，所以也是情文俱至，是一样的真诚和真实。

　　周作人先生说过："一个人在某一时期大抵要成为理想派，对于文艺与人生抱着一种什么主义。"说来也是奇怪，我并无什么远大的理想，对高深的理论也不感兴趣，只是埋头孤独地做一些自己想做的事情，不入帮，不靠派，连一些微信朋友圈的加入也是很犹豫，即使加入也多呈潜水状，不露头，也很少冒泡，因为文学创作究竟不是一个热热闹闹的活动。这种性情影响到工作上，便成为我致命的弱点，那也无办法，所以享受寂寞，对我来说，既是一种生活，也是一种幸福。因为孤陋寡闻，外面关于文学的新理论新潮流对我的影响很是有限，所以我写出来的东西，如山里石罅里的微水，是显不出什么景象来，只是表现自己的一点情思与趣味。如果能从读者那里得到一些中肯的意见，就算是我意外的收获了。

　　我在编校这本小书的过程中，惊奇地发现属于我的烙印：一是故乡情结浓郁。书中大部分文章写的仍是以故乡为中心的太行山风情，这是我与生俱来、摆脱不了的，把根扎在那里，太行山风土的影响大约很深，成就了我不可祛除的文性与文心。所以我写就的事情多是琐碎，难免有冗杂芜秽之弊，也会落了窠臼，至于不讨人喜欢还倒是其次了，不过正如周作人在《〈雨天的书〉自序二》中所说："我不必因自以为是越人而故意如此，亦不必因其为学士大夫所不喜欢而故意不如此。"不美不能强之爱，不爱不能强之传。山里人的倔犟说优点是它，说缺点也是它，于我而言也就只能赋泉于溪，波澜掀舞，淋漓山间了。二是文思愁绪，究竟难去。从小就这样惯了，很多习性就不以为然，所受影响自己也不大觉得，故不以为是，亦不以为非，茫然或许有，但常常有即使想说也无从说起之慨，也有瞻之在前忽焉在后之感。书写胸臆，难以完全摆脱脾性所限，故忧郁的性情，使文章常常不能明朗流丽，此例文病亦是久矣。虽也着意去改，意在破人之执缚，但无论如何努力，仍留其痕，如孙悟空把尾巴变成旗杆，猴性也是难改一样。我非无心于世之毁誉，怎奈笔随人老，习以年成，心虽有所逮，但笔却不自抑，求工反拙流露出来的文字仍有旧弊。谁知这般的萧萧清清，对我来说正好可以荡涤尘俗，唤来激情，浸淫久了，嗜之如常，去之也难，故此文病也可谓是真天授，而非人力也。

　　我现在是一个公务员，工作的繁忙和劳累，常常牵累于双休和节假日。前些年我写过一首名为《无人喝彩的时光》的诗，中有"人像陀螺在转／事如日子在添／加班变成日常／度假成了奢望／休闲叹为梦想／生活到底是什么／忙碌成了永远的模样……"我现在的工作状态实在"闲似忙"，也是"忙似闲"，几乎没有一日闲闲静静的时间，能够让你悄悄然然地去读书和写作，所以这些文章就成了我工作之余在时间碎片中的"抓拍"。从前读书与写作是有计划的，后来工作一忙，生活一乱，便是东一榔头，西一棒槌的没个准头，随机随性又随意，于是荏苒岁月悄悄过，有虚掷，也有无奈，老是感觉写不出什么文章来，也不是不想写，也不是没有什么可说，时常有笔涩心滞的意味，每有闲暇，仿佛就感觉到一种无名的惆怅与失落，老是想应该做点什么了，但忙碌里的写作，费力费神，亦苦亦怨，不大舒展，时有恐慌，往往搁笔以歇，徒唤奈何，奈何！要不是石英老师的一再教导，林腙先生、史超君女史和众师友的督促和策励，我不知又要荒芜到何种境地了，或许以忙累的理由，早搁笔不写，做了逃兵。写作不是自己的天分和职业，所以写得艰难又辛苦，紧张且局促，付出很多，而收获甚微，看来我是没有本领靠此去维系生活的。但正因为自己是一个公务员的缘故，所以写的文章与在大庭广众面前讲话，是同样的庄重和负责任，写作人不打诳语，以真诚行世，写真情文章，但也不愿流于人云亦云当中，有自己的东西在，便是自己的印记。虽然优劣与否不敢自信，可与读者的识荆之缘，我是不想错过，不管奉献给大家的是什么，抱璞之心是有的。

　　一本书的诞生，有赖于各方的支持、鼓励与帮助，

后记

是大家共同培育的结果。鲁迅文学院常务副院长、著名散文家徐可先生在百忙中拨冗赐序，中国散文学会名誉会长、《人民日报》高级编审石英先生多年的辅导与指教，全国著名书法家刘颜涛先生出访欧洲归来，征尘未洗，马上题写书名；著名画家刘子英先生及其弟子精美的封面设计；中国文联出版社王东升编审、助理编辑徐国华同志为这本书出版付出的大量心血，以及领导、同事、朋友、家人的理解、包容和鞭策，都让我难以忘怀，并从中汲取了无穷的勇气和力量，在此致以深深的敬意！

今天，在北中原的安阳古城，迎来了今年的第一场冬雪，朵朵雪花若白蝶漫飞，突然惊艳了大地。雪花，是四季当中最后的一道风景了，它纷纷扬扬的景象，正如我现在的心境，于是，我正好托它带去问候，我的读者，愿你们一切安好！

2019 年 12 月 15 日于耕雨堂